Allyson Miller

Greta

Bibliografische Information der Deutschen Nationalbibliothek:
Die Deutsche Nationalbibliothek verzeichnet diese Publikation in
der Deutschen Nationalbibliografie; detaillierte bibliografische
Daten sind im Internet über http://dnb.dnb.de abrufbar.

Herstellung und Verlag:
BoD – Books on Demand, Norderstedt
ISBN: 9783738651591

Sie war nun bereits seit drei Monaten in seinem Haus und genoss immer noch jeden Moment.

Obwohl es nicht so war, dass sie ihm jemals wieder persönlich begegnet wäre.

Nur einmal war sie mit ihm in einem Raum gewesen.

Als er sich die neuen Sklaven angeschaut hatte.

Alle waren ihm vorgeführt worden, jeder einzelne. Richtig beachtet hatte er sie damals nicht. Aber das hatte sie auch nicht erwartet.

Sie war nur eine der niedrigen Putzsklavinnen und allein für die Reinigung der Villa und des weitläufigen Parks in seiner Abwesenheit zuständig.

Aber er war vorher auf denselben Fluren gegangen, hatte in dieselben Spiegel geschaut und hatte dieselben Lichtschalter berührt wie sie. Sie konnte nicht anders, als immer daran denken. Dann tastete sie ehrfurchtsvoll alles ab, stellte sich vor, wie er es angefasst hatte, bevor sie es sauber machte.

Ab und zu, wenn sie Glück hatte, sah sie ihn allerdings aus der Ferne, während sie sich hinter den Zweigen von Büschen verborgen hielt. Dann jauchzte ihr Herz vor Freude, dass sie ihn erblicken durfte.

Er strahlte eine hochexplosive Mischung aus Charme und Gefahr aus, etwas, dem sie nicht widerstehen konnte. Dazu war er in ihren Augen wunderschön, soweit man das von einem Mann sagen konnte, ohne glatt oder schmierig zu wirken. Eher schlank, dunkel, leicht muskulös, für sie ein Traum von einem Mann.

Aber sie hatte dafür zu sorgen, dass sein Blick sie nie bewusst streifte, ihr Rang als Sklavin war viel zu niedrig. Rechtzeitig hatte sie lautlos die Räume, die er betreten würde, zu verlassen. Über Wege, die er nicht kreuzte. Doch sie war dennoch zufrieden. Denn ab und zu rochen die Räume nach ihm, lag etwas, das er gerade getragen hatte, auf dem Teppich, einem Tisch oder einem Sofa.

Dann nahm sie es in die Hand und roch daran.

So wenig reichte ihr zum Glück.

Eines Tages jedoch rief ihr Gebieter, der Aufseher über die Putzsklaven, sie in den Garten. Sie sollte die Wege vom Laub befreien und alles neu harken.

Auch hier gab sie sich Mühe. Wie immer bei ihrer Arbeit. Schließlich sollte ihr Herr erfreut sein, wenn er den Garten erblickte. Auch wenn er nie wissen würde, wer dafür gesorgt hatte. Aber seine Augen sollten glücklich darüber streifen.

Sie war gerade in einer sehr versteckten Ecke dabei, den letzten Rest des Weges schnurgerade zu harken, da hatte sie plötzlich das Gefühl, beobachtet zu werden.

Obwohl sie vorher keine Schritte gehört hatte, wandte sie sich ganz langsam um. Voller Furcht.

Sie hatte richtig gefühlt.

Leider.

Denn dort stand ihr Herr und sah sie interessiert an.

Schamesröte färbte ihre Wangen rosa. Sie hatte einen Fehler begangen.

Nun blickte er sie an. Direkt und bewusst.

Sofort ließ sie die Harke fallen und fiel komplett zu Boden, ihren Kopf auf ihre geschlossenen Hände.

„Wer genau bist Du noch einmal?" fragte er mit seiner vollen, wohlklingenden und charmanten Stimme.

Selbst diese kurze Frage erfüllte ihr Herz, allein der Klang seiner Stimme ließ sie vor Wollust erzittern.

Doch gleichzeitig erstarrte sie vor Angst. Denn sie war diesmal nicht rechtzeitig verschwunden, wie es ihr gebührte. Sie hatte ihn einfach nicht bemerkt und nicht erwartet, ihn hier zu sehen.

8

„Herr, beachtet mich nicht. Ich bin nichts. Vergebt mir, dass ich mit meinem Anblick Eure Augen beleidige." flüsterte sie leise und kroch ein wenig rückwärts ins Gras.

„Wie heißt Du, Sklavin?" beharrte er jedoch auf seiner Frage und sah sie aus seinen dunklen Augen an. Unter seinen Blicken fühlte sie sich, als wäre sie nackt.

Sie fing fast an, zu weinen vor Angst: „Greta, Herr, ist der Name, der mir gegeben wurde."

Er strich ihr vorsichtig mit seinen schlanken, kräftigen Händen über die Haare. Wie sie diese Hände und die Bewegungen, die er damit machte, liebte. Sie erbebte unter seiner Berührung und hätte fast geschnurrt wie eine Katze.

„Greta, das hast Du gut gemacht." sagte er beruhigend „Ich habe noch nie jemanden gesehen, der den Garten so sorgfältig und mit so viel Freude gesäubert hat."

Doch Greta hört ihm nicht richtig zu, zu groß war ihre Angst, für ihr Vergehen für immer aus seiner Nähe fortgeschickt zu werden.

„Bitte lasst mich bleiben, Herr." bat sie verzweifelt.

Aber sie verdammte sich sofort dafür, weil sie es gewagt hatte, etwas zu sagen, ohne gefragt worden zu sein.

„Warum solltest Du nicht bleiben?" fragte er irritiert. „Mach einfach weiter."

Dann ging er fort. Mit dem für ihn typisch energisch federnden Gang.

Sie war erschüttert, wie sehr sie ihn begehrte und liebte. Nur aufgrund seiner Stimme, seiner Gestik, seines Aussehens, seiner Gangart. Eine Liebe, die nie auf Gegenseitigkeit beruhen konnte.

Mit Furcht im Herzen ob der bestimmt noch folgenden Bestrafung und gleichzeitiger Freude darüber, dass sie ihm so nah hatte sein dürfen, machte sie die ihr aufgetragene Aufgabe noch sorgfältiger als sonst zuende und kehrte in die Sklavenunterkünfte zurück. Egal, wie sie bestraft werden würde…seine gerade erfolgte Berührung würde alles aufwiegen.

— * —

Kurz darauf wurden ihre Befürchtungen wahr.
Der Aufseher Jakob kam zu ihr. Das hatte er noch nie gemacht. Üblicherweise rief er nur morgens alle Sklaven im Innenhof zusammen und teilte sie für die täglichen Pflichten ein.
Bebend vor Angst kniete sie sich vor ihm nieder. Würde er ihr nun eröffnen, dass sie die Villa verlassen müsse?
Er sah böse auf sie herab.
„Du bist heute dem Herrn begegnet, Greta? Nicht rechtzeitig seinem Blick entschwunden? Er hat Dich gesehen, aus der Nähe? Dich berührt?" fragte er mit strenger Stimme.
Greta senkte schuldbewusst ihren Kopf und flüsterte: „Ja, Gebieter."
„Dafür gebührt Dir eine Strafe. Das weißt Du?"
Sie streckte ihm flehend ihre Hände entgegen: „Vergebt mir, Gebieter! Ich habe ihn nicht kommen sehen."
Jakob ging auf ihr Flehen nicht ein. Sie hatte auch nicht wirklich geglaubt, ihn dazu bringen zu können.
Er sagte nur trocken: „Stell Dich an die Wand. Mit dem Rücken zu mir."
Dann rollte er seine Peitsche aus.
Voller Angst stand Greta auf und gehorchte mit zitternden Beinen.
Jakob riss ihr das Kleid auf, das sie trug. Jetzt war ihr Rücken frei.

„Wehe, Du schreist!" drohte er ihr. „Dann müsste ich die Bestrafung wiederholen."

Er reichte ihr ein Holzstück, auf das sie während der Bestrafung beißen sollte.

„Bitte, Gebieter, ich…"

Er unterbrach sie wirsch: „Kein Wort will ich mehr hören! Du bist Deinen Pflichten nicht nachgekommen, Sklavin! Nimm das Holz in den Mund und ertrage die Strafe."

Schluchzend biss sie in das Holz.

Dann schlug er fünfmal mit der Peitsche zu.

Es tat so weh, als habe jemand mit einer Rasierklinge ihre Haut aufgeritzt. Doch er war sehr geschickt. Er achtete darauf, dass ihre Haut nicht wirklich aufsprang. Das Eigentum des Herrn sollte nicht beschädigt werden.

Greta wimmerte leise nach der Bestrafung, aber sie war froh, dass sie es geschafft hatte, nicht aufzuschreien.

„Jetzt bedanke Dich bei mir. Da es Deine erste Verfehlung war, hast Du Glück gehabt. Das nächste Mal werde ich nicht so gnädig sein." forderte er sie auf.

Greta war der ganze Rücken wund, aber sie kniete demütig vor Jakob nieder, küsste den Boden vor seinen Füßen und sagte leise: „Danke, Gebieter, für Eure Strafe. Ich hatte sie verdient. Ich bin meinen Pflichten nicht nachgekommen. Es tut mir leid, dass das Auge des Herrn auf mir ruhen musste, weil ich nicht rechtzeitig weggegangen bin. Es tut mir wirklich leid!"

„Gut, Greta!" Jakob hob mit seinem Peitschengriff ihr Kinn an: „Ich hoffe, das war Dir eine Lehre!"

Greta nickte stumm und erwartete, dass Jakob sie wieder verlassen würde.

Doch anstatt zu gehen, reichte er ihr nun einen Rasierer und Seife.

11

„Du gehst jetzt sofort in die Waschräume und rasierst Dich! Ich will weder Achsel- noch Schamhaare danach an Deinem Körper entdecken. Sei also gründlich! Danach komm zu mir zur Überprüfung."

„Gebieter?" Greta konnte nicht glauben, was sie hörte. Rasiert waren nur die Vergnügungssklavinnen. Die wunderhübschen Sklavinnen mit ihrer weichen, zarten Haut. Was hatte sie mit diesen zu tun? Sie war dagegen nichts. Zu hässlich, zu niedrig im Rang.

„Du hast nicht zu fragen. Gehorche einfach." fuhr Jakob sie an.

Fassungslos nahm Greta die Utensilien entgegen und verneigte sich: „Ja, Gebieter. Vergebt mir."

Jakob verließ das Sklavenquartier wieder.

Greta ging in die Waschräume und gehorchte. Vielleicht würde sie nun ausgestellt werden, um einem der männlichen Sklaven zu seinem Vergnügen zu dienen. Die übliche Strafe, neben der Auspeitschung, für erste Vergehen.

Aber wenigstens würde sie wohl nicht fortgeschickt werden.

— ✳ —

Nach der sehr sorgfältig ausgeführten Rasur, sie fürchtete eine erneute Auspeitschung, ging sie zurück zu Jakob und übergab ihm kniend den Rasierer und die Seife.

„Zieh Dich jetzt komplett aus und stell Dich vor mich hin. Arme hoch und Beine auseinander. Ich werde überprüfen, ob Du gründlich warst." meinte er ruhig.

Greta streifte sich den Rest des Kleides ab und stellte sich wie gewünscht vor Jakob auf. Sie war Jakobs Bli-

cken so gänzlich ausgeliefert. Er schaute sie wirklich
sehr genau an. Obwohl sie es nicht wollte, erregte sie
dies. Sie fühlte, dass sie feucht wurde.

Jakob streichelte über ihre Brüste, deren Knospen hart
und steif waren. Ihr Körper reagierte auf die Berührung.
Ein Schauer der Lust durchlief sie. Was Jakob sofort
registrierte. Dann strich er über ihre Arme und tastete
die Achseln ab.

„Hmmm" murmelte er. „Wirklich gründlich. Gut."
Er fuhr fort, ihren Körper mit den Händen zu begut-
achten, er strich langsam ihre Beine von unten nach
oben herauf, bis er an ihre Lustöffnung kam, die nun
prall und weich und vollkommen nackt war. Auch diese
befühlte er ausführlich, um die Rasur zu kontrollieren.
Kurz war Greta in Versuchung, die Beine zu schließen.
Ihre Lust überrollte sie.

„Wage es ja nicht!" zischte er sie an. Er hatte ihre Zuckung sofort bemerkt und richtig interpretiert. Greta
stellte sich noch breitbeiniger auf, um ihn nicht zu verärgern.

Er fasste sie nun härter unten an und stieß plötzlich
seinen Daumen in ihre Vagina. Greta stöhnte auf. Biss
sich danach aber sofort auf die Unterlippe. Lust durchfuhr sie wie eine Welle.

Jacob zog den Daumen wieder heraus und sah sie mit
hochgezogenen Augenbrauen an: „Oha! Deine Vagina
als nass zu bezeichnen wäre noch geschmeichelt! Du
läufst aus, Sklavin!"

„Vergebt mir, Gebieter." flüsterte Greta.

„Aber nicht doch. Das ist gut!" sagte Jakob. „Schließ
jetzt Deine Augen. Und bleib stehen. Du darfst Deine
Augen erst wieder öffnen, wenn ich es sage."
Greta gehorchte sofort.

13

Sie konnte hören, dass die Tür aufging und jemand hereinkam. Feste, warme Hände streichelten sie zart. Zuerst an den Schultern, dann wurden ihre Arme vorsichtig nach unten gedrückt. Die Hände erkundeten langsam ihren Körper, blieben auf ihren Brüsten liegen und kneteten ihre Brustwarzen, so dass diese noch steifer wurden. Sie wimmerte hilflos vor Lust. Schließlich fuhr eine Hand an ihre Orchideenblüte. Diese war inzwischen auch außen klatschnass und prall. Die Hand suchte gezielt ihren Kitzler und berührte ihn. Sie war kurz davor, einen Orgasmus zu bekommen.

„Bitte…nicht…" flüsterte sie zitternd vor Lust und Angst. „Ich darf nicht."

Die Hand wurde weggenommen.

Dann ging wieder die Tür.

Kurz danach befahl Jakob ihr, die Augen wieder zu öffnen.

— * —

Sie war erneut allein mit ihm und er erlaubte ihr nun, vor ihm niederzuknien.

„Du hast Glück, Greta." eröffnete er ihr. „Du darfst heute im Haus servieren."

Damit zeigte er ihr einen, wie Greta bemerkte, Keuschheitsgürtel. Im Innern des Gürtels waren zwei Dildos fest angebracht, für jeden ihrer Öffnungen einer.

„Zieh ihn an. Der Herr wünscht es. Damit sich niemand ohne seine Erlaubnis an Dir vergreift. Du sollst aber erregt sein beim Servieren."

Ohne Widerspruch zog Greta ihn an. Als sie die Dildos in sich hineingleiten ließ, musste sie wieder aufpassen, keinen Orgasmus zu bekommen. Es fühlte sich ungewohnt, aber auch irgendwie gut an.

Jakob befestigte vorn ein Schloss, um zu verhindern, dass sie ihn wieder ausziehen konnte. Die Dildos füllten sie aus und steckten tief in ihr drin.

„Wenn Du ein Bedürfnis haben solltest, gehe zu einem der anwesenden Aufseher und bitte ihn um eine Auszeit."

„Ja, Gebieter."

Jakob führte sie nun zu den inneren Räumen. Er gab ihr keine andere Kleidung.

Sie trug nur den Gürtel und ihr Sklavenhalsband.

In einem Raum zeigte er auf einen Teppich und sagte: „Auf alle viere! Dort!"

Greta fühlte die Dildos deutlich in sich, als sie auf die Knie ging. Ihre Brustwarzen wurden sofort wieder steif. Dann ging sie auf alle viere.

Jakob grinste: „Gut so, Greta. Jetzt bleib so."

Er holte etwas aus der Tasche, das wie eine Fernbedienung aussah und drückte auf ein paar Tasten. Sofort fingen die Dildos in Gretas Öffnungen an, zu vibrieren und pumpten sich auf.

Greta wimmerte: „Bitte, Gebieter! Hört auf!" Sie wagte nicht, sich zu bewegen, aber so konnte sie sich bald nicht mehr zurück halten und ein Orgasmus überflutete ihren nackten Körper.

Jakob grinste wieder. Dann befahl er ihr, aufzustehen und schlug ihr ins Gesicht: „Ich habe Dir nicht gestattet, zu kommen!"

Greta weinte: „Verzeiht mir, Gebieter. Ich konnte nichts dagegen tun."

Die Dildos füllten sie nun noch stärker aus und vibrierten fast unerträglich in ihr.

„Steh still!" befahl er ihr.

Dann befestigte er zwei Ketten an ihrem Sklavenhalsband. Am Ende der Ketten waren Klammern. Diese befestigte er nun an ihren steifen Brustwarzen. Es tat höllisch weh.

Greta schluchzte auf.

„Entschuldige Dich jetzt noch einmal!" befahl Jakob ihr. „Demütig, bitte!"

Sie warf sich vor ihm zu Boden, auch wenn dies bedeutete, dass sich die Ketten spannten und die Klammern noch mehr wehtaten.

„Bitte vergebt mir, Gebieter! Bitte!" flehte sie ihn an.

Jakob lächelte: „So ist es richtig, Greta. Bleib so liegen. Kopf nach unten und Beine auseinander. Ich werde Dich jetzt verlassen."

Er ging. Die Fernbedienung nahm er mit.

Greta stöhnte auf. Die Dildos wurden noch mehr aufgepumpt (ging das überhaupt?), was die Vibrationen verstärkte. Ihre Lust steigerte sich wieder. Dann wurden die Dildos plötzlich abgestellt. Um nur noch etwas stärker aufgepumpt zu werden. Sie füllten Greta jetzt vollständig aus. Eine weitere Welle der Lust durchfuhr sie. Lange würde sie es so nicht mehr aushalten.

— ✳ —

Kurze Zeit später kam wieder jemand in das Zimmer.

Er nahm auf einem Sofa im Raum Platz.

Greta konnte nicht sehen, wer es war, weil ihr Kopf weiter gesenkt war.

„Komm her, Greta. Ich möchte ein Glas Wein." sagte er ruhig.

Zu ihrem Entsetzen war es ihr Herr.

Trotz der in ihr wütenden Lust robbte sie demütig zu ihm hin und schenkte ihm kniend stumm und zitternd etwas Wein aus einer bereitgestellten Karaffe ein.

Er nippte daran und betrachtete sie von oben bis unten.

Sie war wahnsinnig erregt und schämte sich zugleich.
Für ihr Aussehen und ihre Lust.

„Nimm die Klammern ab." sagte er fast nebenbei.
Warum hatte er nur so eine wunderbare Stimme?
Vorsichtig öffnete sie die Klemmen. Das Blut schoss
schmerzhaft in ihre Knospen, sie wurden warm und
noch steifer.

„Komm näher zu mir."
Sie näherte sich ihm vorsichtig auf Knien.

„Gib mir die Klammern."
Sie reichte sie ihm. Seine Finger berührten sie dabei
kurz. Sie errötete.

„Du weißt, was jetzt kommt?" fragte er leise. So nah
war sie ihm noch nie gewesen. Sein Geruch machte sie
wahnsinnig vor Lust. Ihre Erregung war wieder kurz vor
der Explosion.

Dann befestigte er die Klammern ein weiteres Mal an
denselben Stellen. Es tat nun noch mehr weh als vorher.
Und bereitete ihr noch mehr Lust.

„Herr, bitte habt Erbarmen." murmelte sie zitternd.
Doch gleichzeitig wünschte sie sich nichts mehr, als dass
er weitermachen würde.

„Steh auf für mich, Greta." flüsterte er.
Sie gehorchte sofort, auch wenn sie die Dildos nun
wieder stärker spürte.

Mit dem Glas Wein in der Hand beobachtete er sie.
Genüsslich und abschätzend.

Dann stellte er das Glas ab und stand ebenfalls auf.
Er streichelte ihre Brüste und zog ganz vorsichtig an
den Ketten. Ihre Brustwarzen wurden etwas in die Länge gezogen. Sanft und gleichzeitig grausam.

Greta stöhnte auf vor Lust und flehte gleichzeitig: „Bitte, Herr, nicht…"

Ihre Lustgrotte floss aus.

Lächelnd flüsterte er ihr ins Ohr: „Dir gefällt das, oder?"

Stumm schüttelte sie unter Tränen ihren Kopf, flüsterte jedoch heiser: „Ja, Herr. Vergebt mir."

„Es ist in Ordnung. Wehre Dich nicht gegen Deine Gefühle." meinte er leise und zart zu ihr.

Noch einmal nahm er die Klammern ab.

Greta schrie leise auf, als das Blut wieder zu pulsieren begann. Unten reagierte ihr Körper noch heftiger.

Da befestigte er die Klemmen wieder.

Greta stöhnte auf.

Er holte eine weitere Kette hervor. Die er an dem vorderen Ring ihres Sklavenhalsbandes befestigte und dann an dem Sofa. Dabei berührte er fast unbeabsichtigt ab und zu ihre Haut. Greta biss sich auf die Lippen, um nicht aufzustöhnen.

„Knie nieder." befahl er nun, während er sich wieder hinsetzte.

Mit zitternden Beinen fiel Greta auf die Knie vor dem Herrn. Er roch so gut, er sah so gut aus.

Jetzt holte er den Schlüssel des Gürtels hervor und schloss auf.

„Zieh ihn aus." flüsterte er. Aufmerksam sah er ihr wieder zu, während er weiter an seinem Wein nippte.

Die Dildos waren immer noch prall aufgepumpt. Greta bekam sie nur mit einiger Kraft heraus.

Besonders der vordere glitzerte von ihrem Schleim.

Der Herr lächelte: „Ja, Jakob hatte Recht. Du bist eine selten geile Sklavin. Wer hätte das gedacht? Präsentiere Dich mir."

Greta schluchzte, als sie nun ihren Oberkörper nach hinten legte und ihre Beine weit auseinander spreizte, damit er direkt auf ihre pralle und nasse Vagina sehen konnte. Sie hoffte, sie machte es richtig. Dafür war sie nie ausgebildet worden.

Dabei zogen die Ketten wieder an ihren Knospen. Es tat weh…und steigerte dennoch ihr Verlangen.

Ihr Herr fuhr mit seinen Händen sanft über ihre Oberschenkel.

Sie wimmerte.

„Du möchtest kommen, oder?" fragte er. Sie nickte stumm.

Einmal. Nur einmal. Bitte!

„Das will ich aber noch nicht. Reiß Dich zusammen." befahl er ihr.

Sie versuchte es und schaffte es tatsächlich, ihre Lust etwas zu zügeln.

Er streichelte vorsichtig über ihre gequetschten Brustwarzen: „Gut so, Greta. Du machst das wirklich gut. So siehst Du einfach begehrenswert aus."

Dann zog er ohne Vorwarnung die Klammern ab. Greta schrie kurz auf. Fast hätte sie den Befehl ihres Herrn ignoriert. Ihr Körper wollte unbedingt den Orgasmus. Nur mit äußerster Willensanstrengung konnte sie ihn noch einmal abwenden.

„Ich werde Dich jetzt für meine Party fesseln, Sklavin." sagte er, während er sie mit funkelnden Augen betrachtete. „Reich mir Deine Hände."

Zitternd streckte sie ihm ihre Hände entgegen.

— * —

Er fesselte sie am ganzen Körper. Ihre Hände gekreuzt kurz vor ihrer Scheide, die Beine durch einen Eisenstab an den Knien breit gespreizt, die Busen abgeschnürt, so dass diese wie große Bälle aus den Stricken hervorlugten.

Die Vagina selber blieb nackt. Sie klaffte feucht und glitzernd auseinander.

Zum Schluss schob er ihr einen Gummiball als Knebel in den Mund und befestigte ihn am Kopf.

Er streichelte sie sanft und zärtlich mit seinen warmen, festen Händen. Gretas Haut reagierte darauf überempfindlich. Es war fast wie Folter, weil sie mehr, einfach mehr wollte. Doch nicht mehr bekam.

„So bleibst Du jetzt liegen, Greta." eröffnete er ihr schließlich lächelnd. „Du bist mein Kunstwerk für die Party. Meine Gäste sollen sich an Deinem Anblick erfreuen."

Sie sah ihn entsetzt an.

Wirklich kamen nun Gäste in den Raum, der sich immer mehr füllte. Fast alle begafften sie und der eine oder andere fasste die Schnüre, mit denen sie gefesselt war, sogar neugierig an.

Alle waren zwar exquisit gekleidet, aber wie auf einer völlig normalen Abendveranstaltung. Es gab niemanden in dem Raum, der auch nur ähnlich wie Greta ausgestattet war.

Die Tür zu dem Raum, in dem sie sich befand, stand weit offen. Die Gäste ihres Herrn, wie Greta bemerkte, kamen und gingen.

Als befänden sie sich auf einer Vernissage, auf der in verschiedenen Räumen Kunstwerke ausgestellt waren.

Sie schämte sich, so den Blicken aller ausgeliefert zu sein, im Mittelpunkt des Interesses zu stehen und gleichzeitig erregte es sie über alle Maßen. Ihre Haut war schließlich so sensibilisiert, dass sie es fast nicht mehr ertrug.

Doch niemand befriedigte ihre Lust, die immer noch tief in ihr wühlte, berührte sie dort, wo sie es gewollt hätte. Ein Blick auf den Herrn, wenn er anwesend war, sagte ihr, dass er es den Gästen verboten hatte.

Sie sprachen über sie, als wäre sie ein Gegenstand. Viele lobten den Anblick ihrer gebundenen Brüste und ihrer feuchten Lustgrotte mit den langen inneren Schamlippen, die von ihrer Feuchte glitzerte.

Auch das erregte sie. Sie spürte, wie sich ein steter Strom geiler Feuchtigkeit aus ihrer Vagina auf den Boden ergoss.

Greta konnte sich nicht dagegen wehren. Es war schwer genug, ihre Lust überhaupt etwas unter Kontrolle zu halten.

Noch schlimmer war, dass sie sich nicht selbst befriedigen konnte. Die Hände so nah an ihrer kleinen Knospe und doch so fern.

Die Fesselung gestattete ihr fast keine Bewegung. Dennoch war sie so erregt, dass sie es wirklich nicht mehr lange würde aushalten können.

Ihr Herr sah manchmal zu ihr hinüber und blickte sie lächelnd an. Er genoss wie die Gäste den Anblick ihres verknoteten Körpers. Dann erzitterte sie, denn Glück durchströmte sie, dass er tatsächlich sie meinte.

Schließlich verteilte er an einige Gäste silberne Wäscheklammern und forderte sie auf, diese an Gretas äußeren Schamlippen zu befestigen.

Die Gäste des Herrn waren hocherfreut und manch einer nutzte die Gelegenheit, sich dabei einen Tropfen aus der feuchten Grotte zu stehlen.

Bald war jeder Zentimeter mit einer Klammer bedeckt. Es tat weh, aber Greta stöhnte wieder trotz Knebels vor Lust.

Der Herr selbst hatte keine der Klammern genommen, er befestigte stattdessen noch stärkere Klemmen an ihren Brustwarzen, es schmerzte so stark und ließ gleichzeitig ihre Lust so steigen, dass sie einen metallischen Geschmack im Mund hatte.

Dann flüsterte er ihr ins Ohr: „Ich werde Dich hart bestrafen, wenn Du ohne meine Erlaubnis einen Orgasmus bekommst. Hältst Du es noch aus?"

Greta schüttelte den Kopf. Ihre Augen flehten um Gnade. Die Lust in ihr war überwältigend.

Nachdenklich sah er sie an, bevor er sagte: „Nun gut. Ich werde Dich bald erlösen. Warte."

Der Herr verließ den Raum und kam mit einigen Sklaven zurück.

Es waren eindeutig Sklaven, denn sie trugen nichts außer einem metallenen Halsband und einem ledernen Gurt, der kreuzweise den Oberkörper bedeckte, dann nach unten führte und ihre Hoden abband.

Er befahl ihnen, Greta ins Nebenzimmer zu tragen. Dort legten sie Greta auf das im Zimmer vorhandene Bett.

Der Herr folgte kurz darauf und entfernte nach und nach die Klammern um ihre Scheide herum.

Er wies die Sklaven nun an, Greta bäuchlings über einen Tisch zu legen, so dass sie ihm ihr Hinterteil zuwandte. Ihre Brüste quetschten sich dabei zusammen, die Klemmen wurden so schmerzhaft, dass sie leise stöhnte.

Dann führte er mehrere seiner Finger in ihre Scheide, während er über ihren gefesselten Körper streichelte.

Er ging mit viel Gefühl vor. Sehr viel Gefühl. So etwas hatte sie noch nie gespürt.

„Du bist so feucht, so nass, so erregt." flüsterte er, während er immer wieder die Finger in sie hineinstieß. „Das ist wirklich unglaublich."

Dann sagte er endlich, worauf Greta die ganze Zeit gewartet hatte: „Ich erlaube Dir jetzt, zu kommen, Greta. Ich will es in Dir fühlen. Komm!"

Greta fiel fast sofort in einen Orgasmus, wie sie ihn noch nie erlebt hatte. Er durchflutete ihren gesamten Körper, ließ sie kurzfristig blind werden und am Ende pulsierte ihre Scheide mit einer vorher nie gekannten Kraft.

Ganz langsam zog ihr Herr die Finger wieder heraus. Er leckte sie genüsslich ab.

Dann drehte er sie um, streichelte über ihre Brüste und entfernte vorsichtig die Klemmen. Greta stöhnte auf.

„Möchtest Du noch einmal kommen?" flüsterte er sanft.

Sie nickte atemlos. Würde er ihr das wirklich gestatten?

Diesmal steckte er ihr nur seinen Zeigefinger in die Lustgrotte, aber das reichte aus, um sie noch einmal pulsierend den kleinen Tod sterben zu lassen.

Sie liebte ihn. Sie liebte ihn…für immer und ewig.

— * —

Nun öffnete der Herr auch wieder ihre Fesseln, entfernte den Knebel und nahm die Stange ab.

„Leg Dich ins Bett und ruh Dich aus. Ich bin sehr zufrieden mit Dir." sprach er ruhig zu ihr.

Sie wollte gehorchen, aber ihre Beine knickten ihr weg. Die Orgasmen fluteten immer noch durch ihren Körper.

Da nahm er sie in seine Arme und trug sie ins Bett.

Greta versuchte, ihn daran zu hindern und wehrte ihn schwach ab: „Bitte nicht, Herr."

Aber er kümmerte sich nicht darum, legte sie in sein Bett und befahl leise: „Schlaf."

Fast sofort fiel sie in einen tiefen Schlaf. Als habe er sie hypnotisiert.

Erst am nächsten Morgen wachte sie wieder auf. Sie war immer noch nackt, nur eine dünne, seidene Decke umhüllte ihren Körper.

Schlaftrunken bemerkte sie, dass sie tatsächlich in seinem Bett lag. Es roch nach ihm, nach seinen Haaren, seinem Schweiß. Ihr Kitzler regte sich sofort wieder.

Dann hörte sie, dass vor dem Bett jemand ganz leise atmete.

Sie öffnete ihre Augen.

Als sie sah, wer es war, sprang sie sofort aus dem Bett und warf sich auf den Boden.

Ihr Herr saß vor dem Bett und hatte sie ihren Schlaf beobachtet.

Er lächelte sie an: „Ich sehe, Du bist wach."

„Ja, mein Herr." erwiderte Greta.

„Bist Du immer so erregt wie gestern Abend?" fragte er neugierig.

Greta wusste nicht, was sie darauf antworten sollte. Sie war selber zu überrascht gewesen.

„Ich... Herr..."

Sie schämte sich.

„Du weißt es nicht?"

„Ja, Herr. Vergebt mir."

„Wir werden es noch herausfinden. Keine Sorge."

Er reichte ihr den Keuschheitsgürtel: „Zieh ihn wieder an. Dann melde Dich bei Jakob."

Greta nahm den Gürtel entgegen: „Ja, Herr."

Bald füllten die Dildos sie wieder aus. Sie vibrierten jedoch nicht und waren auch nicht so extrem aufgepumpt. So war es für sie wesentlich angenehmer auszuhalten.

Noch einmal warf sie sich nieder: „Danke, Herr."

Dann ging sie zu Jakob.

Dieser erwartete sie bereits und grinste sie an: „Benimm Dich, Greta! Ich habe immer noch die Fernbedienung."

Greta senkte ihre Augen: „Ich weiß, Gebieter. Ich werde alles versuchen, um Euren Befehlen Folge zu leisten. Der Herr sagte, ich soll mich bei Euch melden, Gebieter."

„Ja. Du wirst nicht mehr die Villa reinigen. Auch nicht den Garten." erklärte Jakob ihr.

Entsetzt fiel Greta zu Boden: „Bitte, Gebieter, was habe ich falsch gemacht? Bitte schickt mich nicht fort!"

„Oh nein, das hat niemand vor." beruhigte Jakob sie. „Im Gegenteil: Du bist in der Hierarchie aufgestiegen, geil, wie Du bist. Ich bringe Dich zu Deinen neuen Zimmern und übergebe Dich an Roman, dem Aufseher dort."

Greta zerbarst fast das Herz vor Freude. Mit Tränen in den Augen küsste sie den Boden vor Jakobs Füssen: „Danke, Gebieter! Ich danke Euch!"

Jakob hob sie grinsend hoch. Dabei fuhr er mit seiner Hand an den Rand des Keuschheitsgürtels.

„Du bist schon wieder nass." stellte er fest.

Greta wurde rot.

„Komm mit." befahl er ihr.

Stumm folgte Greta ihm mit gesenktem Kopf.

Er brachte sie in einen Bereich der Villa, den sie bisher noch nie betreten hatte. Sie wusste noch nicht einmal, dass es diesen Bereich gab.

In einem der Zimmer befahl er ihr, vor einem Schreibtisch nieder zu knien. Er selber blieb davor stehen und wartete.

Kurz darauf ging eine Tür hinter dem Tisch auf und ein Mann kam herein. Er war groß, schlank und hatte eine olivfarbene Haut, fast weißblonde Haare und hellblaue

Augen. Das war Roman, der Aufseher der persönlichen Sklavinnen des Herrn.

„Schon da, Jakob?" fragte er und setzte sich hinter den Schreibtisch.

„Ja, Sir." sagte Jakob und verbeugte sich leicht. „Der Herr hat mir befohlen, Euch Greta zu bringen. Die Sklavin der letzten Nacht."

„Sie scheint vielversprechend zu sein, oder?" meinte Roman.

„Ja, Sir. Sie ist schon wieder nass." Jakob grinste.

Roman lächelte: „Sehr schön."

Er stand wieder von seinem Schreibtisch auf und betrachtete Greta.

„Sie sieht nicht besonders aus. Ziemlich gewöhnlich." murmelte Roman abschätzend. „Nun gut. Das heißt nicht viel."

Greta wurde rot.

„Steh auf, Sklavin!" befahl er ihr.

Greta gehorchte sofort und blieb mit gesenktem Kopf stehen.

„Du weißt, wer ich bin?" fragte er sie.

„Ja, Gebieter." flüsterte sie. „Der Gebieter Jakob hat es mir erklärt."

„Gehorche mir und Du wirst hier ein gutes Leben führen." stellte Roman fest. „Gehorche nicht und ich werde Dich hart bestrafen. Glaube mir, ich kenne Strafen, die Du Dir nicht einmal in Deinen kühnsten Träumen ausdenken könntest. Schmerzhaft, subtil, Widerstände brechend, ohne den Willen zu brechen. Hast Du das verstanden, Greta?"

„Ja, Gebieter." flüsterte sie. Sie würde gewiss immer gehorchen.

Roman nickte. Dann fasste auch er ihr an den Rand des Gürtels.

„Hmmmm…" meinte er. „ Das ist wirklich erstaunlich. Klitschnass. Ich hoffe, Du bekommst keinen Orgasmus hier in meinem Büro?"

Kaum hatte er es ausgesprochen, fiel Greta vor ihm zu Boden: „Verzeiht mir, Gebieter. Ich werde mich zusammenreißen…"

Ihre Lust war unbeschreiblich. Roman wie Jakob strahlten Macht und Liebe aus, nicht so wie ihr Herr, aber auch die Gebieter erregten sie bereits durch ihre Anwesenheit.

Roman zog die Augenbrauen hoch: „Bist Du etwa wirklich kurz davor?"

Greta schaute ihn flehend an: „Vergebt mir, Gebieter!"

Ohne Vorwarnung schlug Roman ihr ins Gesicht und herrschte sie an: „Wage es ja nicht! Oder Du wirst die nächsten Tage hier kniend vor meinem Schreibtisch verbringen. In einer Fesselung, die Dir garantiert nicht gefällt."

Greta schluchzte leise. Sie war immer noch erregt und wusste selber nicht, wie ihr geschah. Dieser Gürtel machte sie wahnsinnig vor Lust. Dazu noch die Anwesenheit der beiden Männer. Sie musste auch ständig an den Abend davor denken, an die Zeit mit dem Herrn. Das erregte sie noch mehr.

Jakob grinste. Er hatte Recht gehabt. Sie war geiler als jede Sklavin, die er vorher Roman und dem Herrn zugeführt hatte.

Roman grinste ihn ebenfalls an: „Du kannst jetzt gehen, Jakob. Danke!"

Jakob legte Schlüssel und Fernbedienung des Gürtels auf Romans Schreibtisch und ging: „Immer gern, Sir."

Kaum war Jakob fort, setzte sich Roman halb auf den Schreibtisch und betrachtete Greta.

— ✳ —

Greta bekam Angst.

Er schaute sie einfach nur an und sagte nichts. Ab und zu nippte er an einem Glas Whiskey, das bereit stand.

Dann sah er sie ruhig weiter interessiert an.

Sie wurde unruhig, wagte aber nicht, etwas zu sagen.

Nach einer Weile, die Greta wie eine Ewigkeit vorkam, sagte er knapp: „Steh auf."

Sie erhob sich.

Die Dildos rieben dabei an ihr und sie biss sich verzweifelt auf die Lippen, um ihre Lust zu zügeln.

Er blickte wieder stumm auf ihren Körper. Was sie noch mehr erregte.

Ihm entging das nicht, denn auch die Knospen waren nun steif und voll.

Dennoch nahm er noch einen kleinen Schluck aus seinem Glas, bevor er aufstand und sie vorsichtig berührte.

Greta stöhnte auf.

„Ich befürchte, Du wirst mir noch Probleme bereiten, Sklavin." sagte er ernst. Mit einer schnellen Bewegung, die Greta nicht einmal ansatzweise hatte kommen sehen, schlug er gezielt auf ihren Musikknochen.

Greta schrie auf und hielt sich den Arm. Kurz wurde ihr schwarz vor Augen. Ihre Lust ebbte schlagartig ab.

„So ist es besser." meinte Roman zufrieden. „Du hättest es nicht mehr lange ausgehalten. Dann hätte ich Dich richtig bestrafen müssen."

Greta rieb sich den immer noch schmerzenden Musikknochen.

„Bedank Dich bei mir, Sklavin." forderte er knapp.

Mit ihrem wehen Knochen sank Greta vor ihm zu Boden und sagte gehorchend: „Danke, Gebieter."

28

„Jetzt komm mit. Zukünftig beherrsch Dich rechtzeitig!" befahl er ihr.

Stumm folgte sie ihm und rieb sich den immer noch vibrierenden Musikknochen.

Er führte sie über einen langen Flur in einen wunderbaren, großen Raum.

„Dies ist ab heute Dein Zimmer, Greta." eröffnete er ihr. „Wenn ein freier Mann dieses Zimmer betritt, hast Du die richtige Stellung einzunehmen, bis er etwas anderes verlangt. Kennst Du diese Stellung?"

„Nein, Gebieter." Greta schämte sich für ihr Unwissen.

„Knie nieder." befahl er.

Sie fiel auf die Knie.

„Beine auseinander." gab er die nächste Anweisung.

Und dann: „Weiter!"

Greta kam dem nach, bis er mit der Weite zufrieden war.

„Jetzt lege deine Arme nach hinten. Verschränke Deine Hände über den Pobacken. Senke Deinen Kopf und den Blick."

Roman war zufrieden mit dem, was er sah.

„Das ist genau richtig, Greta." sagte er nun sanft. „Bleib so."

Sie wurde schon wieder nass.

Er bemerkte es an der leichten Röte ihrer Wangen und den steif werdenden Knospen und sagte: „Schau mich an!"

Als sie seinem Befehl gehorchte, fuhr er fort: „Dir gefällt es, so betrachtet zu werden."

Es war eine rhetorische Frage, aber Greta nickte stumm. Sie schämte sich für ihre Reaktion. Warum gefiel es ihr, in einer so devoten Haltung angeschaut zu werden und dann auch noch nackt, während in ihrem Körper zwei Dildos steckten?

Roman nickte ebenfalls und meinte seufzend: „Du wirst mir Ärger einbringen, ich weiß es. Du bist zu willig, zu geil, zu devot. Aber unserem Herrn wird es gefallen."

Er seufzte noch einmal, fuhr dann aber mit seinen Anweisungen fort: „Du hast jeden freien Mann mit Gebieter anzusprechen, nur Deinen Eigentümer mit Herr. Hast Du mich verstanden?"

„Ja, Gebieter."

Dann überlegte er einen Moment und fragte: „Kennst Du eigentlich den Namen Deines Herrn?"

„Nein, Gebieter."

Roman verdrehte seine Augen: „Hat Jakob Dir das nie gesagt?"

Greta verzog ihr Gesicht und sagte vorsichtig: „Nein, Gebieter. Niemand hielt es bisher für nötig. Darf ich ihn denn erfahren?"

„Dein Herr heißt Michael, Greta. Aber Du darfst ihn nie, wirklich nie damit ansprechen. Außer er verlangt es. Das ist der einzige Grund, dass ich ihn Dir nenne."

„Michael?!" dachte Greta. „Was für ein schöner Name. Er passt so gut zu ihm."

Dann sagte sie leise zu Roman: „Ich danke Euch, Gebieter."

„Wofür?"

„Dass ich seinen Namen erfahren durfte." entgegnete sie sanft. Sie wurde schon wieder feucht. Was sie erneut erröten ließ.

„Du bist schon wieder erregt?" fragte Roman fassungslos. „Nur, weil Du den Namen des Herrn erfahren hast?"

Greta wurde nun richtig rot: „Vergebt mir, Gebieter. Ich weiß auch nicht, warum ich derart reagiere."

Roman sog scharf seinen Atem ein: „Ärger, ich habe es gewusst! Du schreist geradezu nach Ärger. Ich befehle Dir nochmal, Dich zurück zu halten."

„Ja, Gebieter. Ich versuche es ja. Bitte bestraft mich nicht." Sie schluckte schwer und versuchte, an etwas Unerotisches zu denken. Das fiel ihr nur in der Haltung, die sie immer noch innehatte und dem Gürtel, den sie immer noch trug, unsagbar schwer.

— * —

Roman beobachtete sie einige Sekunden sehr intensiv und fuhr dann fort: „Nun gut. Machen wir weiter."

Er blickte kurz in einen Spiegel rechts von ihnen. Hinter dem Spiegel war ein Geheimraum ohne Fenster und ohne Licht. Dort saß auf einem in rotem Samt gepolsterten Sessel Michael und betrachtete Romans Einführung. Greta konnte ihn nicht sehen, aber er sie.

Er lächelte. Greta würde ihm noch viel Freude bereiten. Er mochte demütige Frauen, die allein von seiner Gegenwart erregt waren. Sie hatte schöne Brüste und eine helle, weiche Haut.

Ihre Vagina war genauso, wie er es mochte. Man konnte viele Dinge daran befestigen. Außerdem roch sie gut, wie er festgestellt hatte. Und schmeckte noch besser.

Roman fuhr inzwischen fort: „Dir wird ein Sklave zugeteilt werden. Du bist ihm gegenüber höher gestellt, daher wird er Dich mit Gebieterin ansprechen. Er ist auch für Deine Rasur zuständig. Sollte er je nur versuchen, Dich anderweitig als unbedingt für seine Aufgaben nötig, zu berühren, sagst Du mir umgehend Bescheid. Er wird dann bestraft werden. Sollte er jemals in Deiner Gegenwart erigieren oder Dich auch nur irgendwie begehren, sagst Du mir umgehend Bescheid. Auch dann werde ich ihn bestrafen. Solltest Du dagegen versuchen, ihn zu berühren, wird er mir Bescheid sagen…und Du wirst bestraft. Je mehr Du versuchst, umso härter die Strafe. Verstanden?"

„Ja, Gebieter." antwortete Greta. „Ich habe Euch verstanden und werde gehorchen."

„Jetzt steh auf."

Greta war froh, aus der Begrüßungsstellung herauszukommen. Stehend war sie nicht mehr ganz so erregt.

„Du darfst den Gürtel nun ausziehen." Roman gab ihr den Schlüssel.

Greta öffnete das Schloss und schlüpfte aus dem Gürtel.

„Gib ihn mir."

Sie überreichte Roman den Gürtel. Der legte ihn unbeachtet auf den Tisch.

„Spreiz Deine Beine, Sklavin!" befahl er. „Und jetzt bleib so stehen."

Er kam zu ihr und fasste ihre Vulva an. „Du bist tatsächlich klitschnass. Mal schauen, wie Du schmeckst. Leg Dich mit dem Rücken aufs Bett. Und halte die Beine auseinander!"

Kurz darauf lag Greta in ihrem Bett. Genau wie Roman es gewünscht hatte.

Ihre Schamlippen glänzten satt und feucht. Roman gefiel, was er sah. Er stieß mit seinen Fingern in ihre Vagina und zog sie vorsichtig wieder heraus. Sie waren nun voll köstlicher Feuchte von Gretas Lust.

Roman sah sich die Finger erst freudig an, dann steckte er sie in seinen Mund und leckte sie ab. Einer nach dem anderen. Der Herr hatte Recht. Sie roch und schmeckte fantastisch.

„Es reicht!" hörte er plötzlich eine Stimme in seinem Ohr. Michael befahl ihm über seinen Ohrstöpsel, aufzuhören. „Vergiss nicht, sie gehört mir! Bring sie zum

Piercing, Roman. Ich will für sie noch Ringe in den Schamlippen und in beiden Brustwarzen."

Bedauernd sah Roman Greta an. Gern hätte er noch mehr gekostet. Sie schmeckte wirklich nach reiner Lust. Doch auch er hatte zu gehorchen, wenn Michael es wünschte.

So befahl er ihr, aufzustehen und ihm zu folgen.

Sie gehorchte still und schnell.

Roman brachte sie in einen Raum, in dessen Mittelpunkt ein mannshohes weißes Andreaskreuz stand. Oben und unten waren Manschetten zum Festbinden angebracht.

Greta sank vor Roman zu Boden.

„Habe ich etwas falsch gemacht, Gebieter?" fragte sie ängstlich.

Roman sah sie an: „Nein. Steh auf."

„Warum wollt Ihr mich dann bestrafen?" wagte Greta, zu fragen.

„Du wirst nicht bestraft. Du wirst geschmückt, Sklavin." Er zeigte zum Holzkreuz: „Stell Dich dorthin, mit dem Rücken zum Holz."

Greta verstand nicht, was er damit bezweckte. Sie zögerte.

Roman hob drohend eine Augenbraue hoch: „Ich werde es nicht wiederholen. Tu es einfach!"

Angstvoll stellte sie sich hin, wie er es befohlen hatte.

Er band sie fest, die Arme rechts und links nach oben ausgestreckt, die Beine unten an den Knöcheln festgeschnürt.

„Du bist so ein schöner Anblick." sagte er ruhig und strich über ihren nackten Körper. „Aber etwas fehlt noch. Mach Deinen Mund auf."

Greta öffnete ihre Lippen. Leicht bebend wartete sie so.

Roman klatschte in seine Hände.

— * —

Ein Sklave erschien. Er trug nur ein Sklavenhalsband
und eine enge Gummihose, die genau vorn in der Mitte
ein kleines Loch hatte, aus der sein Schwanz und die
Hoden herausschauten. Greta sah, dass er rasiert und
beschnitten war, aber nicht erregt.
Mit sich führte er einen Tisch auf Rollen, auf dem verschiedene medizinische Dinge lagen.
Vor Roman blieb er stehen, kniete nieder, senkte den
Kopf und küsste Romans Füße.
„Danke, Peter, Du kannst wieder gehen." entließ Ro-
man ihn.
Wortlos verließ der Sklave den Raum.
Roman nahm nun einen Knebel vom Tisch und schob
ihn Greta fest in den offenen Mund. An ihrem Hinter-
kopf machte er ihn fest.
Sie sah ihn ängstlich an.
„Du brauchst keine Angst zu haben. Es wird nicht sehr
wehtun." sagte Roman freundlich. „Ich mag es nur
nicht, wenn zu sehr geschrien wird. Außerdem siehst
Du so viel schöner aus."
Doch statt sie zu beruhigen, erreichte er nur, dass sie
noch mehr Angst bekam. Und plötzlich wieder erregt
war.
Roman grinste. Ihre Knospen standen steif und hart.
Das hatte er jetzt schon erwartet. Es freute ihn, aber er
konnte nicht weiter darauf eingehen. Denn er hatte
etwas zu erledigen.
Mit geübten Händen zog er sich sterile Handschuhe an,
nahm ruhig einen Wattebausch aus einem Glas vom
Tisch, nässte ihn mit Desinfektionsmittel und rieb damit
Gretas Brustwarzen ein.

34

Der intensive, scharfe Duft stieg in Gretas Nase und ließ sie kurz leicht schwindlig werden.

Ihre Knospen wurden durch die Verdunstung kalt und noch härter.

Jetzt nahm Roman eine verschweißte Tüte mit einer Stahlnadel vom Tisch, öffnete diese, nahm die Nadel heraus und setzte ihn unterhalb der rechten Warze an.

Greta schaute ihn bestürzt an.

Sie wusste jetzt, was er vorhatte.

Roman zog die Warze lang und durchstieß mit der Nadel das Fleisch. Greta, die wegen des Knebels nicht schreien konnte, wimmerte leise vor Schmerz. Tränen liefen ihre Wangen entlang.

„Sch…." sagte Roman leise, „Gleich ist es besser."

Sanft wischte er ihr die Tränen weg und führte einen Finger in ihre Vagina. Gretas Körper bebte wieder vor Lust. Der Schmerz verblasste dagegen.

„Aber nicht kommen, Greta." flüsterte er leise, während er den Finger wieder hinausnahm und sich neue Handschuhe anzog.

Dann führte er durch das entstandene Loch unterhalb ihrer Brustwarze einen vorbereiteten, noch an einer Stelle offenen Ring. Er verschloss ihn.

Mit Gefühl desinfizierte er die Stelle noch einmal. Greta durchzuckte erneut ein brennender Schmerz. Sie sah Roman flehend an.

„Es tut mir leid, Greta, aber jetzt ist noch die zweite Deiner Knospen dran." erklärte er.

Er wiederholte alles bei der zweiten Brustwarze. Greta wimmerte. Es brannte und tat weh.

Roman strich wieder sanft über ihr Gesicht: „Nur noch zwei Ringe, Greta."

Sie sah ihn erschrocken an und versuchte, trotz Knebels, ein „Bitte nicht, Gebieter!" herauszubringen.

„Keine Sorge. Nur ein bisschen Schmerz. Du wirst hinterher noch besser aussehen. Dem Herrn besser gefallen. Das möchtest Du doch, oder?"

Er beugte sich herab zu ihren Schamlippen und schnalzte einmal laut auf: „Du bist ja schon wieder klatschnass! Trotz Deiner Angst vor dem Schmerz."

Forschend blickte er sie an: „Oder wegen?"

Greta antwortete nicht, sondern schloss ihre Augen. Sie wusste selber nicht, was stimmte. Nur, dass ihre Lust sie fast umbrachte.

Sorgfältig trocknete er die langen, weichen Lippen und stach danach durch beide ebenfalls kleine, stählerne Ringe. Greta schluchzte kurz auf. Jetzt brannte auch noch ihre Vagina.

Die Lust wurde aber nicht weniger. Wenn sie auch noch daran dachte, wie Michael…welch schöner Name…sie mit den Ringen bald betrachten würde, bemerkte sie den Schmerz fast nicht mehr. In ihr war dann nur noch Lust.

Roman trat einen Schritt zurück und betrachtete seine Arbeit.

Er war zufrieden.

Hoffentlich würde Michael auch zufrieden sein.

Sorgfältig zog er die Handschuhe wieder aus und legte sie in den dafür vorgesehenen Eimer auf dem Tisch.

Lächelnd nahm er nun Greta den Knebel wieder aus dem Mund und machte sie vom Kreuz ab. Unsicher stellte sie sich hin.

Genau in dem Moment ging die Tür zum Raum auf.

Roman zischte Greta zu: „Begrüßungsstellung. Sofort!"

Trotz ihrer wunden Stellen nahm sie sofort die Stellung ein. Es schmerzte. Greta wimmerte leise auf.

Dann sah sie, wer hinein gekommen war: Es war Michael.

Sofort wurde sie rot und war erregt. Ihre Orchideenblüte reagierte mit Feuchtigkeit und Anschwellen.

Roman verbeugte sich: „Sir?"

„Ich wollte nur einmal nachsehen, ob Du meine Befehle ausgeführt hast, und wie das Ergebnis aussieht." war seine gelassene Antwort.

Er schaute Greta an. Ein Lächeln erschien in seinem Gesicht. Ein glückliches Lächeln. Greta vergaß sofort ihren Schmerz.

„Der Schmuck steht Dir gut, Greta." sagte er ruhig.

Warum nur verzückte sie seine Stimme so sehr?

Er fuhr fort: „Bitte achte sehr darauf, dass alles gut verheilt. Ich weiß, es tut jetzt noch weh. Ertrage den Schmerz für mich. Später wirst Du die Ringe nicht mehr missen mögen."

„Ja, Herr. Ich tue alles, was Ihr wünscht." flüsterte sie. Ihr wurde warm. Er sprach sie an und beachtete sie. Sie würde alles für ihn tun.

Er legte fürsorglich eine Hand an ihre Wange und sie schmiegte sich ganz kurz glücklich an.

Dann wandte er sich wieder Roman zu: „Gute Arbeit, Roman. Bring sie wieder ins Zimmer und stell Peter zu ihrer Pflege ab."

„Ja, Sir." entgegnete Roman.

Michael verließ das Zimmer wieder. Das Zeichen für Roman, dem Befehl seines Vorgesetzten nachzukommen. Greta folgte ihm auf unsicheren Beinen. Die Ringe an den Schamlippen rieben bei jedem Schritt an den Wunden, wenn sie normal ging. Nur etwas breitbeinig war kein Schmerz da.

Roman achtete nicht darauf. Er hatte schon vielen Sklavinnen Intimschmuck angebracht.

In ihrem Zimmer ließ er sie niederknien und sagte dann: „Du wirst, solange nicht alles restlos verheilt ist, nackt bleiben. Kleidung würde nur den Heilungsprozess verzögern."

Dann klatschte er zweimal in die Hand.

Peter erschien und kniete mit gesenktem Kopf vor Roman nieder.

„Peter, der Herr hat Dich dazu bestimmt, Greta zu dienen, bis die Wunden verheilt sind. Du weißt, was Du tun musst?"

„Ja, Gebieter. Ich werde die Gebieterin gut pflegen und mich um sie kümmern. Ihr könnt Euch auf mich verlassen. Aber Gebieter, darf ich noch etwas hinzufügen?" fragte er vorsichtig.

„Bitte." erlaubte es Roman ihm.

Peter flüsterte voller Scham: „Bitte vergebt mir, Gebieter, aber könnte der Gebieter mir erlauben, einen Keuschheitsgürtel umzulegen? Die Gebieterin reizt meinen Körper und ich weiß nicht, ob ich gehorsam bleiben kann."

Überrascht sah Roman ihn an und erwiderte: „Ich rechne es Dir hoch an, dass Du es mir sagst. Dich erregt diese Sklavin des Herrn?"

Verzweifelt warf Peter sich auf den Boden: „Bitte verzeiht mir, Gebieter! Ich weiß, es ist mir nicht gestattet. Mein Körper begehrt sie dennoch. Wenn ich den Gürtel nicht tragen darf, werdet Ihr mich bestrafen müssen."

„Schon gut, Peter." Roman sah den Sklaven an. „Ich werde Dir gleich einen bringen, der Deinen Schwanz bändigen wird."

Peter küsste Romans Füße und dankte ihm. Denn er kannte die Strafen, die Roman anderenfalls verhängen würde. Die wollte er auf keinen Fall riskieren.

Roman dagegen hätte Peter gern bestraft. Peter hielt viel aus. Es machte Roman Spaß, ihn zu bestrafen.

Doch auch Roman musste sich zurückhalten. Michael würde ansonsten ihn bestrafen. Was schlimmer als alles andere war.

So wandte sich Roman an die Sklavin seines Herrn: „Greta, Du darfst aufstehen und Dich aufs Bett legen. Ich bin gleich wieder da. Ihr dürft Euch gern miteinander unterhalten, solange ich weg bin."

Roman ging hinaus, um einen Gürtel zu holen.

Es würde ihm auch gefallen, Peter beim Anlegen zuzusehen und den Sitz zu überprüfen. Besser als nichts.

Greta legte sich erleichtert ins Bett. Der kühle Stoff fühlte sich wunderbar auf ihrer Haut an, auch wenn sie sich nur auf den Rücken legen konnte.

Sie betrachtete ihren neuen Schmuck. Die Ringe an ihren Brustwarzen sahen ungewohnt aus. aber nicht schlecht. Greta fasste sie vorsichtig an.

„Bitte nicht, Gebieterin." wagte Peter, zu sagen. Er kniete immer noch an derselben Stelle. „Eure Knospen könnten sich sonst entzünden."

Schuldbewusst nahm Greta ihre Hände weg. Die Ringe hoben und senkten sich im Takt ihres Atems. Der Anblick erregte sie.

Peter schaute angestrengt weg. Wenn er sie anschauen würde, wäre sein Blick direkt auf ihre Vagina gerichtet, deren Schamlippen nun weit aufklafften und den Blick auf die süße Nässe freigaben.

Peter schluckte schwer und versuchte, an etwas anders zu denken. Aber im ganzen Zimmer war ihr Duft zu riechen. Ein wunderbarer süßer Geruch nach unendlicher Lust.

Es wurde Zeit, dass der Gebieter Roman wieder erschien.

Verzweifelt robbte Peter vom Bett weg und näher zur Tür hin. Sein Penis regte sich, weil er den Duft Gretas immer noch wahrnahm.

Greta sah es und stand auf: „Kann ich etwas für Dich tun, Peter?"

„Bitte, Gebieterin, nicht! Kommt mir nicht zu nah." meinte Peter erschrocken, während er verkrampft auf die Tür starrte.

Greta legte sich schuldbewusst wieder hin und legte über ihren nackten Körper ein seidenes Betttuch, das dort lag.

„Ist es so besser?" fragte sie vorsichtig.

„Danke, Gebieterin. Ihr seid zu gütig." Peter hatte Tränen in den Augen. So konnte er es besser aushalten.

Roman kam wieder und sah erstaunt, dass Peter inzwischen bei der Tür kniete, das Gesicht von Greta abgewandt, seine Hände hielten seinen Penis nach unten gedrückt.

„Peter!" Roman schlug ihm ins Gesicht. „Ich verbiete Dir, die Sklavin zu begehren!"

Peter warf sich sofort wieder zu Boden und streckte seine Hände flehend empor: „Vergebt mir, Gebieter! Seid gnädig!"

Roman hielt ihm den Gürtel hin, den er mitgebracht hatte.

„Zieh ihn an! Wie ich sehe, ist er tatsächlich mehr als nötig. Ich werde ihn dann sichern."

Peter zog das Kleidungsstück fast erleichtert an. Es war so geschneidert, dass sein Penis stramm nach unten gehalten wurde und jede Erektion schmerzhafte Folgen haben würde.

Die Hoden waren darin nach hinten gezogen und lagen fest am Körper.

Roman überprüfte den Sitz und zog noch einmal die Ledermanschetten um das Glied des Sklaven fester.
Peter zuckte zusammen, ließ es aber geschehen. Eine Erektion war ihm nun unmöglich geworden.
„So." sagte Roman. „Jetzt bist Du hoffentlich nicht mehr in Gefahr. Ich werde den Sitz einmal am Tag überprüfen. Wage ja nicht, ihn ohne meine Erlaubnis abzulegen."
Der Gürtel war extrem unbequem und tat sogar leicht weh, aber Peter war dankbar dafür. So kam er hoffentlich nicht mehr in Versuchung.

Er ergriff demütig Romans Hand, um sie zu küssen: „Danke, Gebieter. Ich werde Euch immer gehorsam sein."
„Das hoffe ich für Dich. Aber glaube ja nicht, ich bin mit Dir bereits fertig: Streck' mir Deine Handflächen entgegen."
Peter schluckte.
Er wusste, was nun kam: Seine Bestrafung dafür, dass der Gürtel überhaupt nötig war.
Ängstlich streckte er dem Aufseher wie befohlen seine Hände entgegen, die Handflächen nach oben.
Roman schlug mehrfach mit einem dünnen Rohrstock auf die Hände. Der Schmerz trieb Peter Tränen in die Augen.
„Was bist Du noch einmal?" herrschte Roman ihn dabei an.
„Ein nichtswürdiger Sklave des Herrn, Gebieter." war Peters Antwort.
„Was darf dieser Sklave nie tun?" fragte Roman barsch nach der Strafe.

Unter Tränen antwortete Peter: „Eine Gebieterin begehren, Gebieter Roman."

„Ich höre, dass Du es verstanden hast. Ich hoffe nur, dass Du es zukünftig endlich befolgst. Sonst sperre ich Dich in den Käfig. Jetzt geh Deinen Pflichten nach. Die Gebieterin braucht etwas zum Essen. Hol es!"

„Ja, Gebieter. Danke, Gebieter."

Peter eilte davon. Er war froh, nicht härter bestraft worden zu sein. Roman war diesmal gnädig gewesen.

Greta hatte dagegen die Begrüssungsstellung auf dem Bett eingenommen, als Roman erschienen war.

Er kam nun zu ihr herüber und sagte: „Du darfst Dich entspannen, Greta. Leg Dich wieder hin."

„Danke, Gebieter." murmelte Greta erleichtert.

Musternd sah Roman sie an, wie sie da lag: „Ich glaube, Du wirst Michael noch viel Freude machen. Ich sehe, Du bist schon wieder feucht?"

Greta errötete. Ja, sie war tatsächlich schon wieder erregt.

„Ich würde jetzt zu gern etwas Bestimmtes mit Dir ausprobieren." sagte Roman mit einem gierigen, bedrohlichen Unterton in der Stimme. „Aber leider müssen wir zunächst abwarten, bis alles verheilt ist. Ich warne Dich ausdrücklich davor, dich während der Heilung selbst zu befriedigen und einen Orgasmus zu bekommen. Es ist Dir hiermit ausdrücklich verboten!"

Greta nickte demütig: „Ich werde mich beherrschen, Gebieter."

Aber in ihrem Innern war sie sich ganz und gar nicht so sicher. Sie brauchte nur an die Party ihres Herrn denken und…

„Lass es, Greta!!" ermahnte sie sich selber und versuchte, sich auf Romans Worte zu konzentrieren. Warum fiel ihr das nur so schwer?

„Das hoffe ich für Dich." entgegnete Roman jetzt. „Peter würde es mir übrigens ansonsten sofort berichten. Du weißt, was dann passiert! Den Rohrstock lasse ich Dir hier. Sollte Peter noch einmal Probleme bekommen…schlage ihn damit gegen den Gürtel. Das wird ihn an seine Pflichten erinnern."

„Ich soll ihn schlagen, Gebieter? Ich?" fragte Greta erschrocken nach.

Roman grinste: „Ja, Du hast meine Erlaubnis, Deinen Sklaven zu bestrafen, wenn er erregt ist."

Greta wand sich innerlich, dann flüsterte sie: „Bitte, Gebieter, das möchte ich nicht, wenn Ihr mir das erlaubt."

Roman zog seine Augenbrauen hoch: „Das ist aber üblich, Greta. Er braucht das und will es auch."

Greta senkte voller Unbehagen ihren Kopf zum Laken hin: „Es tut mir leid, Gebieter."

Würde sie das wirklich tun können?

Dann sah Roman sie genauer an und stellte fest: „Du hast noch niemals jemanden geschlagen?"

Voller Scham errötete Greta: „Nein, Gebieter. Ich befürchte, etwas falsch zu machen. Etwas, das dann meinem Herrn nicht gefällt. Und auch Euch nicht, Gebieter."

„Das ist natürlich ein Problem. Da musst Du wohl noch Unterricht bekommen." Roman überlegte kurz. „Dann lassen wir das vorerst mit dem Rohrstock. Sag mir einfach Bescheid und befiehl Peter, solange dort drüben niederzuknien, bis ich komme, um ihn zu schlagen."

Roman zeigte auf eine Stelle neben der Tür.

Greta senkte ihren Kopf: „Ja, Gebieter. Danke, dass Ihr es mir so erlaubt."

Dann hielt er ihr einen Gegenstand hin: „Du weißt, was das ist?"

Greta sah ihn unsicher an. Ja, sie wusste es. Zu gut.

„Antworte mir, Sklavin!" herrschte Roman sie an, da sie nicht sofort antwortete.

„Ein Analplug, Gebieter." hauchte Greta. In ihrem Körper zog sich vor Erregung wieder alles zusammen. Hatte Roman tatsächlich das damit vor, was sie befürchtete…und ersehnte?

„Dreh Dich um, Greta! Vierfüßlerstellung!" befahl Roman nun.

Sie gehorchte, während ihren Körper heiße Wellen der Erwartung durchfluteten. Ihre Vagina wurde wieder nass…oder war sie es immer noch?

„Sehr schöner Anblick, Greta." murmelte Roman zufrieden und strich fest über ihre Pobacke.

Greta erzitterte.

Dann zog er die Backen auseinander und strich mit dem Plug über ihre Vagina.

„Ich wusste es!" grinste er. „Klatschnass."

Bevor Greta überhaupt noch reagieren konnte, stieß er den Stöpsel in ihr Arschloch. Greta stöhnte auf, ohne es zu wollen. Es ging nicht anders. Ihr Körper bäumte sich auf vor Wollust.

„Wage ja nicht, zu kommen, Sklavin!"

„Nein, Gebieter." wimmerte Greta und biss sich auf die Lippe. Es fiel so schwer.

„Da Du aufgrund Deiner Ringe den Keuschheitsgürtel nicht tragen kannst, wirst Du jetzt den Plug in Dir haben." eröffnete Roman ihr nun. Er sah genau, dass sie wieder erregt war. Ihre Wangen waren gerötet, ihre Knospen standen steif und fest ab, ihre Schamlippen glänzten von feuchtem Schleim.

„Ja, Gebieter." flüsterte Greta.

Roman lächelte und holte eine Fernbedienung aus seiner Hosentasche. Mit dieser pumpte er den Plug noch auf, bis er wirklich fest in Greta steckte.

„Gebieter…bitte nicht stärker…" bat sie leise. Die Lust brachte sie fast um.

„Nein." meinte Roman mild. „Es ist gut so. Du wirst Dich daran gewöhnen."

Er reichte ihr die Fernbedienung: „Hier. Wenn Du auf Toilette gehst, wirst Du den Plug hinausnehmen, ihn sorgfältig säubern und dann wieder hineinstecken. Hast Du verstanden?"

„Ja, Gebieter."

„Gut."

Damit ging Roman ohne weitere Worte.

Greta blieb zurück mit ihrer Lust.

Da ging die Tür ihres Zimmers wieder auf und Peter trat ein, mit einem Tablett in den Händen.

— ✳ —

Er stellte das Tablett auf den Tisch im Zimmer.

Dann kniete er vor ihr nieder: „Euer Essen, Gebieterin."

„Danke, Peter." sagte Greta. Vorsichtig setzte sie sich auf den Rand des Stuhls. Sie war immer noch nackt. Roman hatte ihr nichts zum Anziehen erlaubt.

Ihre Schamlippen mit den Ringen hingen nun über der Stuhlkante und sie konnte die Beine nicht zusammenhalten. Der Plug machte sich zusätzlich bemerkbar. Ein fester, steter Druck in ihrem vor Lust bebenden Körper.

Peter blickte in seiner knienden Position direkt auf ihre feuchten, zarten Lippen.

Es verfehlte bei ihm seine Wirkung nicht, wie Greta bemerkte. Seine Hände zitterten und er versuchte, weg zu schauen.

Dann ging er wortlos auf die Position, die Roman Greta vorher gezeigt hatte.

Er sah sie an und schluckte. Dann flüsterte er: „Gebieterin…Ihr müsst ihm Bescheid geben. Sonst werdet Ihr auch noch bestraft."

Greta schüttelte peinlich berührt den Kopf: „Aber es ist doch nichts passiert, Peter. Ich weiß auch gar nicht, wie ich ihm Bescheid geben soll."

„Gebieterin, es reicht, was ich denke, wenn mein Körper mich verrät. Ich bin noch nicht…oh Gott, vergebt mir … Euch gegenüber neutral eingestellt. Bitte, holt den Gebieter. Ihr müsst dafür nur vor den Spiegel treten und ihn bitten, zu kommen."

Greta blickte Peter unglücklich an.

Dann fragte sie leise: „Und wenn ich es nicht mache?"

„Gebieterin, dieser Raum steht ständig unter Beobachtung. Ihr müsst es tun oder werdet selber bestraft."

Betrübt nickte Greta. Ihr Essen ließ sie stehen, stand auf und stellte sich verlegen vor den Spiegel.

Dann sagte sie: „Gebieter, ich bitte demütig um Euer Kommen. Peter hat mich begehrt." Dabei wurden ihre Augen feucht und sie senkte ihren Kopf.

Dann wandte sie sich ab und nahm neben dem Bett die Begrüßungsstellung ein.

Roman kam tatsächlich nur kurze Zeit später wieder in das Zimmer. Er war wütend und schlug Peter sofort ins Gesicht.

Der fiel zu Romans Füssen nieder und schluchzte auf: „Vergebt mir, Gebieter, verzeiht Eurem geilen Sklaven!

Die Gebieterin saß mit ihrem neuen Schmuck am Tisch

und ich konnte nicht rechtzeitig meinen Blick abwenden."

Drohend stellte sich Roman vor ihm auf: „Du hast Deinen Blick abzuwenden oder ich werde Dir die Augenbinde umbinden müssen."

Peter sah ihn flehend an: „Bitte nicht, Gebieter. Ich werde mich nicht wieder gehen lassen, aber bitte bestraft mich nicht mit Dunkelheit."

„Dreh Dich um!"

Stumm gehorchte Peter.

Roman zog eine Peitsche hervor, Greta senkte zitternd ihren Kopf.

Dann schlug der Gebieter fünfmal zu. Peter schrie nicht richtig auf, sondern hielt sich eine Hand in den Mund, um die Schreie zu unterdrücken.

Sein Rücken war danach zwar gezeichnet, aber auch Roman hatte darauf geachtet, dass die Haut nicht aufplatzte.

Schluchzend drehte sich Peter zu Roman um und dankte ihm für die Bestrafung.

Roman war immer noch wütend. Er schlug Peter noch einmal ins Gesicht.

„Das ist dafür, dass ich so schnell wieder hierher kommen musste! Du bleibst jetzt hier knien, bis ich Dir erlaube, zu gehen."

„Ja, Gebieter." flüsterte Peter. „Bitte seid gnädig…"

„Ich überlege es mir." sagte Roman und ging.

Greta war völlig unbeachtet geblieben. Zögernd stand sie nun vorsichtig wieder auf.

„Es tut mir leid, Peter." sagte sie leise zu dem Sklaven. Der senkte seinen Kopf und schloss seine Augen: „Ihr könnt jetzt essen, Gebieterin. Es ist gut so. Beachtet mich einfach nicht."

Greta wollte zuerst zu ihm gehen, ließ es dann aber. Sie wollte nicht riskieren, dass er noch einmal bestraft werden musste.

Also setzte sie sich an den Tisch und aß etwas. Mit schlechtem Gewissen. Peter blieb knien.

Dann ging Greta ins Bad.

Es war Zeit, den Stöpsel zu ziehen. Unsicher bediente sie die Fernbedienung und zog ihn. Ihre Vagina reagierte wieder prompt.

„Bitte nicht…" flüsterte sie, als sich ein Orgasmus ankündigte. Sie dachte an den Schmerz, als ihr Roman gegen den Musikknochen geschlagen hatte. Das half etwas.

Dann wusch sie sich gründlich, soweit es die Ringe zuließen. Und steckte sich den Analstöpsel wieder rein, bevor sie ihn mit der Fernbedienung anschwellen ließ.

Es fühlte sich so gut an.

Dann legte sie sich ins Bett und sah zu Peter hinüber, der immer noch an seinem Platz kniete.

Sie wagte es, bevor sie das Licht ausmachen wollte, zu fragen: „Peter? Willst Du nichts essen? Wo schläfst Du?"

„Gebieterin, ich bin zum Knien bestraft worden. Alles andere interessiert nicht, bis es mir der Gebieter wieder erlaubt. Bitte beachtet mich einfach nicht."

Greta machte mit Tränen in den Augen das Licht aus. Sie konnte aber nicht einschlafen, weil sie immer an Peter denken musste. Es musste schrecklich sein, da im Dunkeln zu knien. Kurz nickte Greta weg.

Als sie aufwachte, sah sie immer noch im Halbdunkeln Peter in der Ecke knien. Er hatte sichtlich Mühe, wach zu bleiben, aber blieb knien.

— * —

Peter kniete immer noch, als der Morgen dämmerte.
Greta konnte es nicht fassen. Er hatte tatsächlich die
ganze Nacht gekniet. Roman hatte ihn nicht erlöst.
Vorsichtig stieg Greta aus dem Bett.
„Ihr seid wach, Gebieterin?" fragte Peter leise und vor-
sichtig. „Ich hoffe, Ihr hattet eine gute Nacht. Ich habe
Euch hoffentlich durch meine Anwesenheit nicht zu
sehr gestört?"
Greta schüttelte beklommen den Kopf und verschwand
im Bad. Sie hätte Peter gern irgendwie geholfen, wusste
aber nicht wie. Eine weitere Strafe für Peter wollte sie
auch nicht riskieren.
Als sie wieder kam, sah sie Peter genauer an.
Er schwitzte vor Anstrengung und Müdigkeit. Lange
würde er das nicht mehr aushalten.
Da öffnete sich die Tür und Roman kam herein.
Greta nahm sofort die Begrüßungshaltung ein.
Roman sah sie anerkennend an. Sehr gut. Das be-
herrschte sie also bereits.
„Aufs Bett, Greta!" befahl er.
Peter wurde von ihm ignoriert.
„Auf alle Viere und Beine auseinander!"
Greta gehorchte stumm. Aber mit einem Blick sah sie
auf Peter.
Der wandte gerade seinen Blick ab, aber sie sah, dass
eine Träne zu Boden tropfte.
Roman fasste ihr auf den Rücken und strich wieder über
die Pobacken.
„Gut." sagte er. „Ich sehe, mein Spielzeug steckt noch.
Gib mir die Fernbedienung!"
Greta biss sich auf die Lippe und reichte sie ihm.

49

Roman pumpte den Analstöpsel damit noch stärker auf, so dass Greta zuckte.

„Wird es jetzt unangenehm?" fragte er.

„Etwas, Gebieter." war Gretas ehrliche Antwort.

Roman nickte nur, veränderte aber nichts.

Dann befahl er ihr, sich auf den Rücken ins Bett zu legen und die Beine zu spreizen.

Er sah sich die Intimringe an und desinfizierte sie.

„Das heilt gut, Greta. Peter hat sich benommen?"

Greta sagte leise: „Ja, Gebieter. Darf ich Euch darum bitten, ihn endlich zu begnadigen?"

„Nein, darfst Du nicht." sagte Roman kalt. „Ignoriere den Sklaven. Er ist es nicht wert."

Dann schob er vorsichtig ihre Schamlippen auseinander. Greta stöhnte leicht auf.

Die Berührung war zart und fast unerträglich. Ihre Perle lag nun feucht und matt schimmernd vor seinen Augen.

„Ich würde Dich jetzt zu gerne nehmen, aber leider darf ich nicht. Der Herr hat es mir verboten. Aber ich darf etwas anderes." grinste er und holte einen Dildo hervor.

Ganz vorsichtig strich er damit über ihre Schamlippen, über ihren Kitzler und ihr hinteres Loch, das voll war mit dem Stöpsel.

„Wage ja nicht, Deine Beine zu schließen, Greta!" drohte er dabei flüsternd.

Sie wurde sofort feucht. Wie gern hätte sie jetzt mit den Händen nachgeholfen. Aber sie durfte nicht, musste die Stimulation ertragen, ohne auf Erlösung zu hoffen.

Roman lächelte und stieß dann ohne Vorwarnung den Dildo in sie hinein.

Greta schrie vor Überraschung auf.

Er verschwand fast vollständig in ihr.

„Du bist klitschnass, Sklavin." sagte Roman grinsend.

„Deine Vagina ist eine glitschige, feuchte Pforte. Dem

Herrn wird das gefallen. Halt den Dildo fest und keinen Orgasmus! Hörst Du?"

Verzweifelt hielt sie den Dildo an seinem Platz, während ihre Lust immer stärker wurde. Ihr Körper zuckte vor Anstrengung, nicht zu kommen.

Da beugte sich der Aufseher zu ihrem Gesicht herunter und küsste sie plötzlich lang und intensiv. Seine Zunge erforschte ihren Mund, seine Lippen ertasteten die ihren.

Selbst Gretas Lippen erbebten nun vor Lust. Wenn der Kuss schon des Aufsehers solche Folgen hatte…wie würde es erst mit dem Herrn sein?

Doch gleich verbannte Greta diesen Gedanken. Der Herr würde sie nie küssen. Sie war nur seine Sklavin. Seine ihn liebende und verehrende Sklavin, eines Kusses nicht wert.

Roman verließ nun das Bett und ging endlich zu Peter: „Wie geht es Dir, Sklave?"

„Bitte, Gebieter, habt Erbarmen mit mir. Ich halte es nicht mehr aus." flehte dieser Roman an.

Streng befahl Roman: „Küss meine Füße!"

Zitternd gehorchte Peter ihm. Seine Knie schmerzten inzwischen unerträglich. Dazu musste er dringend auf Toilette, der Keuschheitsgürtel tat ihm weh.

„Was darfst Du nie wieder tun?" zischte Roman.

„Eine Gebieterin begehren, allergnädigster Gebieter." schluchzte Peter.

Roman blickte ihn forschend an. Hatte Peter seine Lektion gelernt?

Schließlich sagte er: „Du darfst jetzt aufstehen. Geh ins Bad, mach Dich frisch und säubere den Gürtel. Dann kommst Du wieder zu mir."

Dankbar ergriff Peter Romans Hand und küsste sie:
„Danke, Gebieter. Euer ungehorsamer Sklave dankt
Euch!"

Der Sklave stand schwankend auf und ging unsicheren
Schritts ins Bad.

Greta lag immer noch, den Dildo festhaltend, auf dem
Bett. Ohne viel dagegen tun zu können, durchflutete
unaufhörlich Lust ihren Körper.

Sie war so ausgefüllt. So furchtbar wunderbar voll.

Die Hand, die den Dildo hielt, lag so nah an ihrem Kitzler, dass sie deren Wärme spüren konnte wie eine
hauchzarte Berührung.

Es war unerträglich…und doch so lustvoll.

Roman wandte sich ihr wieder zu.

Er nahm ihre Hand weg.

„Ich übernehme wieder." erklärte er ruhig, bevor er den
Dildo halb herauszog, um ihn dann fest wieder hinein-
zustoßen. Nicht tief, aber ausreichend.

Greta bäumte sich auf. Ihre Lust stieg noch einmal an.

„Bitte, Gebieter, nicht…" sagte sie, während ihre Nippel mit den Ringen steif wurden.

Er kümmerte sich nicht um ihr Flehen, sondern zog den
Dildo wieder etwas heraus, um ihn erneut hineinzusto-
ßen. Immer wieder…und immer schneller.

„Bitte, nicht, ich kann nicht, Gebieter, bitte!" schrie
Greta fast.

Dann, kurz vor einem Orgasmus, zog er den Dildo
komplett heraus und schlug sie mit einer Gerte quer
über ihren Busen, ohne die Ringe zu berühren.

Welch köstlicher Schmerz!

Greta konnte nicht fassen, dass selbst das ihre Erregung
noch steigerte. Sie wollte mehr.

Doch Roman gab ihr keine Schläge mehr.

Er stieß den Dildo wieder in sie hinein. Greta konnte sich nicht mehr wehren. Ein Orgasmus durchflutete sie.
Jetzt grinste Roman: „Ich wusste es. Du hast Dich nicht unter Kontrolle, Sklavin. Bleib liegen!"
Er holte aus einem Schrank ein langes Seil.
Mit einer Hand legte er auf einem Ende eine Schlaufe und legte fast zärtlich ihre Arme so hin, dass sie ausgestreckt lagen. Ihre Beine zog er auseinander.
„Herr, bitte bestraft mich nicht zu sehr." flüsterte Greta zaghaft.
„Keine Sorge, Greta. Du bekommst nur das, was Du verdienst." erwiderte Roman, während er mit der Schlaufe des Seils über ihren Körper strich.
Das Gewebe des Seils ließ Greta erzittern. Was hatte er nur vor? Greta spürte die Angst vor Schmerz, die in ihr hochstieg, aber sie war gepaart mit sehnsüchtiger Gier nach noch mehr Lust.
„Nicht bewegen!" befahl Roman ihr.

— ✳ —

Mit einigen schnellen und sicheren Griffen fesselte er Greta ans Bett. Er berührte sie dabei aber nicht einmal mehr als nötig.
Enttäuschung machte sich in Greta breit.
Ja, sie hatte gefehlt. Sich nicht beherrscht, als er es verlangte. Jetzt würde er sie bestrafen.
Greta biss sich verzweifelt auf die Lippen.
Was Roman wieder ein Lächeln entlockte. Er wusste genau, was in ihr vorging.
„Sehr schön. Sie hat ein schlechtes Gewissen." dachte er. „Der Herr wird sehr zufrieden sein."
Dann band er ihr eine Maske um. Die Welt versank im Dunkeln.

„Gebieter, bitte, es tut mir leid, ich konnte nicht mehr, bitte…" flehte Greta ihn an.

Aber Roman antwortete ihr nicht.

Sie bekam jetzt wirklich Angst.

Dann hörte sie, wie er aufstand. Ihr Körper zuckte.

Würde er sie nun bestrafen? Wie? Ihre Vagina zog sich immer noch zusammen.

„Ah, Peter, gut, dass Du da bist." hörte sie die Stimme des Aufsehers.

An den Geräuschen erkannte Greta, dass sich Peter wohl vor Roman niederwarf. Scheinbar hielt er dem Sklavenmeister den Gürtel hin, denn Roman sagte: „Das hast Du gut gemacht. Sehr fein sauber. Dann kannst Du ihn Dir jetzt wieder anlegen."

Kurze Zeit später hörte Greta, wie Roman ihn wieder richtig fest zog. Peter seufzte auf.

„Jetzt leckst Du die Gebieterin." befahl Roman ihm.

Greta wurde starr vor Schreck. Meinte er das ernst?

„Bitte nicht. Allergnädigster Gebieter, habt doch Erbarmen mit mir, bitte!" flehte Peter. Wie sollte er das tun, ohne wieder erregt zu sein?

Ein Peitschenknall ertönte und Peter schrie auf.

„Du wirst die Gebieterin jetzt trocken lecken!" herrschte Roman ihn an. „Wehe Dir, wenn Du es nicht richtig machst! Solltest Du Dich nicht beherrschen können, sehe ich von einer Strafe ab. Aber wehe Dir, wenn Du es trotz des Gürtels schaffen solltest, zu kommen!"

Greta keuchte fast unhörbar auf.

Sie spürte, dass sich jemand auf das Bett zwischen ihre Beine kniete und begann, ihre Vagina mit unsicheren Zungenbewegungen zu lecken.

Sie stöhnte hilflos auf und flehte Roman nun ebenfalls um Erbarmen an. Peter war gut, wirklich gut. Er wusste genau, welche Stellen sie besonders erregten, was ihre Spalte aufschwellen ließ.

Die Spannung in ihrem Körper baute sich schon wieder erbarmungslos auf.

Da wurde Peters Kopf weggezogen.

„Es reicht, Peter." sagte Roman leise. „Du darfst gehen und schlafen."

„Ich danke Euch, Gebieter." flüsterte Peter und verließ das Zimmer.

Jetzt war Greta wieder allein mit Roman.

Sie spürte, dass er wieder näher kam, über ihren Körper strich, bis er zu ihrem Venushügel kam.

Ohne ein Wort nahm er die Hautfalte über ihrem Kitzler auf und befestigte genau dort eine Klammer.

Es tat nicht weh, Greta spürte lediglich einen sehr festen Druck, aber dennoch erzitterte sie. Ihre kleine Lustkugel wollte mehr, viel mehr.

Lust…so viel Lust…

„Gebieter…bitte…" flüsterte sie verzweifelt.

Doch Roman erwiderte nichts.

Dann wurde ihr erneut ein Dildo in die inzwischen tropfnasse Vagina geschoben. Langsam und tief.

Er wurde aufgepumpt, bis es nicht mehr ging.

Greta stöhnte auf. Was für eine lustvolle Qual.

Wie lange konnte sie es das noch aushalten? Sie durfte auf keinen Fall noch einmal kommen, bevor man ihr das erlaubte, aber Roman hatte keine Gnade.

Er befestigte weitere Klammern an ihren Schamlippen und band diese dann mit einem Scil an den Oberschenkeln. So dass ihre vor Lust triefende und nasse Grotte offen dalag.

Was Greta noch mehr erregte.

Dann strich er auch noch sanft mit eine Feder über ihren sensibilisierten Körper. Sie stöhnte immer mehr.

Was passierte nur mit ihr?

Sie wand sich in den Fesseln, auch, um ihre Lust zu betäuben, aber dadurch wurde es nicht besser. Im Gegenteil.

Durch die Maske war alles noch intensiver, noch unerträglicher. Und schöner…

Greta hörte, dass die Tür sich plötzlich öffnete und eine dritte Person hereinkam.

Roman schien sich zu entfernen.

Hörte sie, dass er sich vor dem Hereinkommenden verbeugte?

Der Fremde näherte sich ihr nun und strich mit seinen Händen über ihren Körper.

Greta wimmerte.

„Sch…" sagte die Person leise.

Nach und nach entfernte sie die Klammern.

Greta stand in Flammen und konnte nichts tun. Sie war nackt und gespreizt ans Bett gefesselt.

Ihr Hals wurde sanft geküsst. Ein Finger strich zart über ihre Lippen. Sie erzitterte.

Der Dildo wurde herausgezogen und dann spürte sie einen harten, langen Schwanz auf ihrem Bauch. Er lag jetzt halb auf ihr.

Die Wärme des Mannes umhüllte sie wie ein Mantel aus Daunen, sie konnte ihn jetzt riechen. Ein männlicher Duft, der sie an dunkle Wälder und warme Sommer erinnerte.

So gut. Er roch so gut.

Konnte es sein…?

„Bitte…" flüsterte sie.

Doch die Person auf ihr sagte nur wieder beruhigend: „Sch…"

Und stieß sein hartes, dickes Glied in sie hinein.

Es verschwand ohne Widerstand, so nass und feucht war sie.

Greta bäumte sich auf und schrie auf, denn eine noch nie gekannte Lust durchflutete sie und schwemmte sie hinweg. Nichts konnte den Orgasmus mehr aufhalten.

Er stöhnte unter ihrem Orgasmus auf und stieß jetzt schneller zu, mit Kraft und bis an ihre Grenze.

Wieder durchflutete sie ein Orgasmus. Wie hielt sie das nur aus?

Selbst ohne Maske wäre sie jetzt blind, so stark war der Orgasmus gewesen. Ihr ganzer Körper schien zu pulsieren, aber er hörte immer noch nicht auf mit seinen kraftvollen Stößen.

Ein letztes Mal starb sie den kleinen Tod und diesmal kam auch er und ergoss sich in ihr. Sie spürte es genau.

Es war unfassbar gewesen.

Zuletzt beugte er sich zu ihrem Gesicht hinunter und küsste sie zart auf die Lippen.

„Darf ich wissen…" setzte Greta an, doch bevor sie aussprechen konnte, fühlte sie einen Finger auf ihren Lippen.

„Sch…" sagte er nur. Sie konnte hören, dass er dabei lächelte.

Dann, zu ihrem Entsetzen, stand er auf und ging.

Die Tür öffnete und schloss sich wieder.

Kurz darauf hörte sie die Stimme von Roman: „Du bist wirklich eine geile Sklavin, Greta."

Er berührte ihren völlig hypersensibilisierten Körper und sie zuckte stöhnend zusammen.

„Bitte, Gebieter, bitte habt Erbarmen…" flüsterte sie. Die Lust überwältigte sie.

„Du kannst immer noch?" fragte er völlig überrascht. Greta hauchte ins Dunkle hinein: „Ja, Gebieter. Aber ich würde lieber nicht…lieber nicht…Es ist zu viel, Gebieter…"

Sie war völlig erschöpft.

„Hm." sagte Roman. „Du bist es nicht gewohnt, aber das werden wir Dir noch beibringen. Keine Sorge, Greta."

Ganz vorsichtig band er sie los und nahm die Maske ab. Greta blinzelte von dem Licht, das jetzt wieder ihre Augen traf.

„Du darfst Dich nun ein wenig ausruhen." sagte Roman. „Wir sind sehr zufrieden mit Dir."

„Wir?" dachte Greta und ein Leuchten ging in ihrem Herz auf. Auch der Herr? War er es doch gewesen? Er, für den sie alles tun würde? Sie hoffte es so.

Während Greta nachdachte und versuchte, sich zu beruhigen, wies Roman Peter an: „ Du reinigst die Gebieterin und bringst ihr etwas Nahrung ans Bett. Sie muss wieder zu Kräften kommen."

Peter warf sich vor Roman auf den Boden: „Ja, Gebieter."

Dann verschwand Roman.

Greta wunderte sich über Peters Anwesenheit.

War er nicht fortgeschickt worden?

Wann war er wieder hereingekommen? War er die ganze Zeit doch dagewesen?

Aus dem Bad holte Peter nun eine Schüssel mit warmem Wasser, etwas Seife und einen weichen Waschhandschuh.

Greta wollte aufstehen, aber Peter hinderte sie sanft daran: „Bitte, Gebieterin, Ihr müsst nicht aufstehen." Dann wusch er sie sorgsam und zärtlich ab.

Selbst das war Greta nach den Orgasmen fast zuviel, aber als er fertig war, merkte sie, wie gut es ihr getan hatte.

„Wer war hier, Peter?" fragte sie ihn vorsichtig. Konnte er es ihr sagen?

Aber er schüttelte nur den Kopf: „Das darf ich Euch nicht verraten, Gebieterin."

Darf? Er wusste es also?

Traurig erwiderte Greta: „Ich verstehe. Es reicht, wenn ich weiß, dass ich ihm Vergnügen bereitet habe. Das habe ich doch, oder?"

„Ja, Gebieterin. Das habt Ihr."

„Danke, Peter. So bin ich doch zu etwas nütze."

„Gebieterin?"

Greta sagte nichts mehr. Sie war kurz davor, zu weinen. Der Herr, der sie genommen hatte, war so stark gewesen und hatte sie so absolut befriedigt, ihr Körper sehnte sich schon jetzt wieder nach ihm, so wie sich ihr Herz nach Michael sehnte. Sie wünschte sich so sehr, dass beide ein und dieselben waren.

Peter war mit der Waschung fertig. Er hatte sogar ihre Lustgrotte und den Analstöpsel sorgfältig gereinigt und sich erfolgreich bemüht, sich zu beherrschen. Noch eine Nacht wie die letzte würde er nicht überstehen.

Dabei roch sie so gut, ihre Haut war so zart und weich. Es fiel ihm wirklich schwer, sie nicht zu begehren. Er verstand, warum der Herr sie wollte und genommen hatte.

Roman hatte ihn vorhin leise ins Zimmer gelassen und ihn zusehen lassen, dafür war er ihm dankbar. So war ihm noch einmal bewusst geworden, dass sie dem Herrn gehörte. Nur dem Herrn.

Er war nur ein niedriger Sklave, der sie nie begehren durfte.

Vorsichtig schob er den Analstöpsel wieder in sie hinein. Welch ein Anblick!

Seufzend pumpte sie ihn auf, bis er prall und fest saß.

Roman hatte nichts davon gesagt, dass sie ihn nun weglassen durfte.

Dann verneigte sich Peter vor ihr und sagte: „Gebieterin, ich hole Euch nun etwas zur Stärkung."

Er war froh, das Zimmer verlassen zu können. Sonst wäre er möglicherweise doch noch schwach geworden.

„Danke, Peter." sagte sie. „Aber ich habe gar keinen Hunger."

Das stimmte.

Hunger hatte sie nur nach ihm…allein nach ihm. Unstillbar!

„Ihr müsst dennoch etwas zu Euch nehmen." entgegnete Peter und ging. „Glaubt mir. Ich bin gleich wieder da."

Greta schlief jedoch kurz darauf völlig erschöpft ein.

Als sie aufwachte, saß Peter bereits vor ihr mit einer Tasse heißer Brühe.

Er bemerkte, dass sie wach wurde und stand sofort auf, kniete vor dem Bett nieder und reichte ihr die Tasse mit gesenktem Kopf: „Gebieterin, habt Ihr gut geschlafen? Hier ist etwas zur Kräftigung. Ich hoffe, es ist noch warm genug. Sonst sagt mir Bescheid, ich hole dann etwas Neues. Trinkt es, dann kommt der Gebieter Konrad, um mit Euch zu trainieren."

Greta zuckte zusammen. So schnell schon wieder?

„Nicht so ein Training." sagte Peter schnell, der ihre Gedanken erriet. „Er wird mit Euch nur etwas Sport machen."

Greta nahm die Tasse und trank die Brühe. Sie war immer noch so warm, dass sie etwas pusten musste, bevor sie einen Schluck nehmen konnte. Die Suppe tat Greta wirklich gut.

„Sport?" fragte sie dann.

„Ja, Gebieterin. Damit Ihr eine gute Kondition bekommt. Für das nächste Mal. Das ist dem Herrn wichtig."

Peter verstummte wieder. Er hatte schon zu viel gesagt. Greta gab ihm die leere Tasse wieder.

„Der Herr war es doch, oder?" fragte sie leise.

Peter lief rot an und schüttelte den Kopf. Leise flehte er: „Ich darf nichts sagen, Gebieterin."

Greta hüpfte das Herz innerlich vor Freude. Es war Michael gewesen. Sie war sich nun sicher.

Peters Reaktion hatte ihr alles verraten. Ihr war es nicht sofort bewusst gewesen, aber der Geruch, die Stimme, auch wenn er fast nichts gesagt hatte, die Berührung seiner Hände…alles hatte sie an ihn, ihren Herrn, erinnert.

Die Tür öffnete sich.

Peter eilte vom Bett weg und nahm ebenso wie Greta die Begrüßungsstellung ein.

„Greta, das ist bei mir nicht nötig." sagte der Mann, der nun den Raum betrat.

— * —

Er war nackt bis auf kurze Shorts und trug den Halsring eines Vergnügungssklaven. Braun gebrannt, unbehaart bis auf die Kopfbehaarung, muskulös und wirklich gut aussehend ging er zu ihr.

„Ich bin Sklave der Herrin wie Du Sklavin des Herrn bist. Meine Herrin hat mir befohlen, Dich ein bisschen fit zu machen. Komm mit nach draußen."

Er zwinkerte ihr zu: „Ich bin übrigens Konrad. Aber Peter wird Dir bestimmt schon von mir erzählt haben."

Greta verließ das Bett. Hatte er eben „Herrin" gesagt? War Michael verheiratet? Davon hatte sie bisher nichts gewusst. Zu ihrer eigenen Überraschung wurde sie traurig.

„Hör auf, Greta!" schalt sie sich jedoch im gleichen Moment. „Wie konntest Du auch nur denken, er könnte jemals mehr sein als Dein Herr…"

Sie wandte sich Konrad zu und versuchte, an etwas anderes zu denken.

„Nach draußen? So wie ich bin?" fragte sie ihn etwas beschämt. Nacktsein sollte für eine Sklavin etwas ganz Natürliches sein, aber irgendwie kam sie sich vor Konrad sonderbar vor.

„Ja, wie denn sonst?" entgegnete er irritiert. „Es ist warm genug draußen und soweit mir gesagt wurde, ist Dir keine Kleidung erlaubt. Keine Sorge, wir machen nur leichte Übungen, um den Heilungsprozess Deines Intimschmucks nicht zu beeinträchtigen. Später werden wir das Training steigern."

Er schaute sie kurz an und fragte dann: „Musst Du irgendwelche Dildos oder Stöpsel tragen?"

„Ja." antwortete Greta zögernd. Auch das war ihr nun peinlich. Sie war es nicht gewohnt, mit einer gleichgestellten Person über diese Dinge zu sprechen.

„Anal?" fragte er ganz ruhig und fast unbeteiligt. „Oder auch vaginal?"

„Nur Anal…" flüsterte Greta.

„Das braucht Dir nicht peinlich zu sein, Greta. Ich will es nur wissen, damit ich die Übungen anpassen kann."
Er ging zur Tür.
Greta folgte ihm stumm. Sport hatte sie nie gemocht, Konrad würde sich wundern, wie schlecht sie war.
Er führte sie durch das Haus und dann zu einer Außentür.
Greta zögerte, sie zu durchschreiten.
Sie war, bis auf ihr Sklavenband, nackt. Zudem steckte der Plug in ihr drin.
Leicht warme Luft strich über ihren Körper, als sie hinaustrat. Konrad hatte Recht gehabt, es war warm genug.
Dennoch hatte sie den Wunsch, sich zu verhüllen.
So war sie noch nie draußen gewesen.
Selbst, als sie noch im Garten gearbeitet hatte, hatte sie immerhin ein leichtes Kleid getragen.
Was sollte sie tun, wenn sie jemandem begegneten?
„Kommst Du jetzt bitte, Greta?" störte da Konrad freundlich ihre Gedanken.
Greta gab sich einen Ruck und ging zu ihm.
Ja, es war anders als sonst.
Einerseits fühlte sie sich frei, doch andererseits noch mehr ausgeliefert als jemals zuvor.
Konrad führte sie auf eine große, gepflegte Grasfläche.
Neben der Grasfläche gab es eine Tribüne. Sie war leer.
Greta schaute Konrad fragend an.
„Manchmal schauen Gebieter oder Gebieterinnen zu, ganz selten der Herr oder die Herrin, wenn wir Sport treiben. Oder wenn die Grasfläche anders benutzt wird.
Manchmal muss hier auch eine der Sklaven oder Sklavinnen bestraft werden." erklärte Konrad bereitwillig.
„Aber heute ist niemand da, wie Du siehst. Wir laufen einfach nur ein paar Runden. Du hinter mir her. Wenn

ich zu schnell werde oder Du das Tempo gern steigern möchtest, sag mir Bescheid. Bereit?"

Greta nickte.

Konrad lief los und Greta hinterher. Erstaunlicherweise schaffte sie mehr Runden als sie vorher gedacht hatte.

Obwohl sie bei jedem Schritt den Plug in sich fühlte, der sie daran erinnerte, welche Lust sie noch vor kurzem verspürt hatte.

Was sie wieder erregte und feucht werden ließ.

Es machte aber auch einfach Spaß, hinter Konrad herzulaufen.

Er war ein wirklich schöner Anblick, so vor ihr, ebenfalls laufend. Was ihr nur jetzt auffiel, war das Tattoo, das er auf dem linken Schulterblatt trug Sie hatte zuerst gedacht, es sei einfach ein Muster, aber nun erkannte sie, dass es ein stilisiertes A war.

Es war sehr verschnörkelt und geschwungen und hatte eine satte schwarz-rote Farbe.

Ob es eine Bedeutung hatte?

Dennoch war für Greta sein Anblick eher so, als wenn sie ein schönes Bild betrachtete. Es war schön, aber erregte sie nicht.

Sie war froh darüber. Sonst hätte sie wohl schon wieder nicht gewusst, wohin mit ihrer Lust. Der Analplug machte ihr schon genug Probleme.

Als sie keuchend darum bat, aufhören zu dürfen, hielt er an.

„Das war besser, als ich gedacht hätte, Greta!" sagte er erstaunt. Er atmete im Gegensatz zu ihr ganz normal, für ihn war der Lauf in keiner Weise anstrengend gewesen. „Darauf können wir aufbauen."

„Konrad, darf ich Dich etwas fragen?" nahm Greta ihren ganzen Mut nun zusammen.

Er nickte: „Was willst Du wissen?"

„Was bedeutet das Tattoo auf Deinem Rücken?"

Konrad lächelte versonnen, als er antwortete: „Das ist das Zeichen meiner Herrin. Sie hat mich damit als ihr alleiniges Eigentum gezeichnet. Für immer und ewig. Ich bin ihr Sklave oder ich muss das Anwesen verlassen. Keine andere und kein anderer darf mich berühren, nur sie. Das ist eine hohe Ehre, die nur wenigen gewährt wird, und ich versuche seitdem, ihr gerecht zu werden."

Gretas Stimme zitterte, als sie nun fragte: „Hat der Herr auch Sklavinnen gezeichnet?"

Konrad sah sie an: „Nein. Der Herr hat sich bis heute keine erwählt. Keine war ihm dafür wichtig genug. Vielleicht macht er es auch nie. Es ist nicht unsere Entscheidung, Greta. Wir dürfen lediglich entscheiden, ob wir es auch wollen oder lieber unser altes Leben wieder aufnehmen."

Stumm nickte Greta.

Das alte Leben wieder aufnehmen?

Das Safeword sagen, dass sie beim Eintritt vereinbart hatte?

Nein…nie würde sie das tun.

Aber sie schalt sich innerlich dafür, dass sie nun davon träumte, auf ihrem Rücken ein M zu haben.

Warum sollte das gerade ihr passieren?

— ✳ —

Sie gingen wieder zurück und duschten nacheinander in Gretas Bad.

Greta genoss das warme Wasser, das langsam ihren Körper hinunterlief und sie zart streichelte nach dem schweißtreibenden Laufen. Genüsslich schloss sie die Augen, als sie ihre Haare einschäumte und dabei die Kopfhaut massierte.

Es war ein schönes Gefühl, wieder sauber und frisch zu sein. Bereit für den Herrn, wenn er sie wollte.

Während sie ihre Haare im Schlafzimmer föhnte, duschte Konrad.

Als er fertig war, waren auch ihre Haare trocken.

Kaum war er jedoch wieder im Zimmer, öffnete sich die Tür und eine Frau kam herein.

Sie war vollständig in einen schwarzen, engen Lederoverall gekleidet, trug dazu passende Lackstiefel mit Pfennigabsatz, hatte lange, gewellte, blonde Haare und steuerte direkt und gezielt auf Konrad zu.

Peter und Greta nahmen sofort eine Begrüßungsstellung ein, Konrad dagegen warf sich vor ihre Füße.

„Hallo, Konrad!" sagte sie unverkennbar drohend.

Konrad sagte nichts.

Sie hob ihren linken Stiefel etwas hoch und er robbte sofort darauf zu, bis sein Kopf darunterlag.

Sie setzte den Stiefel darauf ab und fragte ihn: „Was bist Du noch einmal?"

„Ich bin nur Dreck unter Euren Stiefeln, Herrin." flüsterte Konrad, bebend vor Ehrfurcht. „Danke, Herrin, dass Ihr mich mit Eurer Anwesenheit ehrt, obwohl ich diese Ehre nicht verdient habe."

Greta konnte es nicht fassen. Furchtsam blickte sie zu Boden.

Konrad war wie umgewandelt. Von dem sicheren Mann auf gleicher Augenhöhe war nichts mehr übrig. Er kroch vor der Herrin, als sei sie eine strafende Göttin.

Greta bekam Angst. Hoffentlich würde sie nicht die Aufmerksamkeit der Herrin erregen.

Ein kurzer Blick zu Peter hin ließ sie wissen, dass auch er furchtsam zitterte.

„Da hast Du allerdings Recht, Sklave." sagte die Herrin und nahm ihren Stiefel wieder weg. Konrad küsste sanft und vorsichtig die Stiefelspitze.

„Steh auf und zieh Deine Hose aus!" befahl sie nun.

„Ich will sehen, ob Du brav gewesen bist."

Zitternd stand Konrad auf. Er blickte nur zu Boden, seine Augen sahen nicht die Herrin an. Dann legte er vorsichtig die Shorts ab.

Greta hätte fast aufgekeucht, als sie ihn ansah.

An seinen Oberschenkeln waren fest auf beiden Seiten Strafbänder befestigt. Sie sahen aus wie Würgehalsbänder für Hunde, besetzt mit feinen Dornen, und diese schnitten Konrad ins Fleisch.

Er war jetzt vollkommen nackt und stellte sich mit gespreizten Beinen vor der Herrin auf, die Hände auf dem Rücken.

Sie ging einmal um ihn herum und meinte: „Wie ich sehe, bist Du diesmal gehorsam gewesen."

Kurz tippte sie mit einer Reitgerte, die sie in ihrer rechten Hand hielt, auf die Bänder. Konrad zuckte kurz vor Schmerz zusammen. Dafür schlug sie ihm mit der Reitgerte auf die Brust.

Er schluchzte auf und sagte: „Danke, Herrin."

Zu Gretas Entsetzen wandte sich die Herrin nun Greta zu mit der Frage: „Du bist das neue Spielzeug meines Bruders?"

„Ja, Herrin." sagte Greta.

Die Frau war also nur Michaels Schwester. Greta fiel ein Stein vom Herzen.

„Entferne ihm die Bänder, Sklavin!" befahl sie ihr.

Greta sah sie ungläubig an: „Herrin?"

„Du wagst, mir zu widersprechen, Sklavin?"

Zitternd warf sich Greta nieder: „Nein, Herrin. Vergebt mir, Herrin."

Sie kroch zu Konrad hin und kniete sich hinter ihn. Vorsichtig mit zittrigen Händen löste sie den Knoten des rechten Bandes und zog es ab. Dabei gab es ein schmatzendes Geräusch, als die Spitzen aus dem Fleisch traten.

Konrad schluchzte kurz auf. Was ihm nochmals einen Schlag mit der Gerte einbrachte.

Er blutete nun ein wenig, beachtete es aber nicht weiter. Das zweite Band löste Greta genauso. Diesmal biss sich Konrad auf die Lippen, um nicht wieder aufzustöhnen. Greta sah jedoch deutlich, dass ihn die Situation dennoch erregte.

Wenn er sich auch bemühte, nicht zu erregt zu sein.

„Gib Konrad die Bänder." sagte die Herrin nun knapp.

„Ja, Herrin." antwortete Greta leise und hob die blutigen Bänder Konrad entgegen. Der nahm beide in seine Hände, kniete dann vor der Herrin nieder und reichte ihr die Bänder.

„Danke, meine geliebte Herrin, für Eure gnädige Strafe." flüsterte er. „Ich werde nie wieder etwas ohne Eure Erlaubnis tun."

Mit einem leichten Zustimmungsmurmeln nahm sie die Bänder und schnürte sie sich an die Hüfte.

„Das hoffe ich für Dich, Konrad." sagte sie noch.

„Beim nächsten Mal kommst Du sonst an die Peitschenstange. Ich fände es schade, wenn ich Deine schöne Haut ruinieren müsste."

Konrad zuckte zusammen: „Ich werde alles tun, um das zu verhindern, Herrin. Es tut mir unendlich leid, Herrin, was ich getan habe."

Verzeihung heischend lehnte er seinen Kopf an ihren Oberschenkel und blickte sie flehentlich an.

Sie schob ihn fort.

„Lass das, Konrad! Nicht jetzt. Du kommst gleich mit mir mit." sagte sie und schloss an sein Halsband eine feingliedrige Kette.

„Ja, Herrin." erwiderte Konrad demütig und senkte seinen Kopf.

„Greta?" sagte sie nun. „Leg Dich aufs Bett und Beine auseinander."

Zögernd folgte Greta.

Eine Frau, die ihr Befehle gab, machte sie unsicher. Es war…ungewohnt.

Aber, wie Greta merkte, auch erregend. Irgendwie.

Die Herrin grinste: „Sehr schön. Gehorchen kannst Du schon einmal."

Sie ließ Konrads Kette los und zeigte auf Greta: „Bevor wir in meine Gemächer gehen, Konrad, prüf die Geilheit der Sklavin."

Der Lustsklave kroch zu Greta hin und strich mit einem Finger über ihre pralle Vagina. Greta war schon wieder nass.

Nass, weil die Herrin einfach aussah wie eine Domina, sich benahm wie eine Domina und die Ausstrahlung einer Domina hatte. Sie war Herrin durch und durch.

So wie ihr Bruder Herr war.

Ohne seinen Blick zu heben hob Konrad den glitzernden Finger zu der Herrin hoch.

„Oh ja. Sehr nass." Sie lächelte Greta an. „So gefällt das Michael. Kein Wunder, dass Du ihm gefällst. Konrad, Du darfst Deinen Finger ablecken."

„Danke, Herrin." sagte Konrad erfreut wie ein kleines Kind. Es war eine Belohnung für seinen Gehorsam.

Vorsichtig nahm er zuerst den Duft von Gretas Lust wahr. Dann steckte er den Finger in seinen Mund und lutschte ihn genüsslich ab. Sein Schwanz wurde steif.

Das wiederum gefiel der Herrin.

„Jetzt können wir gehen." sagte sie. „Mein kleiner, geiler Sklave. Schön steif bleiben, verstanden?"

Konrad sah sie jetzt das erste Mal richtig an und sein Penis wurde noch härter. Sie war wirklich seine Herrin. Er würde alles tun, um ihr zu gefallen.

Sie verließ Gretas Zimmer und zog Konrad mit sich. Seine Shorts blieben am Boden liegen.

Kaum hatte sie das Zimmer verlassen, hob Peter die kurzen Hosen wortlos auf und legte sie an der Tür zurecht. Er würde sie bei nächster Gelegenheit aus dem Zimmer schaffen.

Greta sah ihn fragend an.

„Gebieterin, das war die Herrin Anna." flüsterte er ehrfurchtsvoll. „Ich werde ihr nie wirklich nah kommen dürfen. Sie ist unerreichbar für mich."

„Konrad ist ihr Lustsklave?" fragte Greta.

„Ja, einer von dreien. Ihr könnt sehr stolz darauf sein, dass er mit Euch Sport treibt. Die Herrin ist sehr besitzergreifend."

Aus Peters Mund klang der letzte Satz wie eine Liebeserklärung.

— ＊ —

Die nächsten Tage verbrachte Greta weitgehend mit Peter.

Konrad tauchte nicht mehr auf, Peter hatte nur am nächsten Tag ein Schreiben bei sich, das Greta befahl, jeden Tag zu einer bestimmten Zeit auf dem Gelände zu laufen, bis sie nicht mehr konnte.

Das tat sie gehorsam…und merkte schon nach einigen Tagen, dass sie länger durchhielt.

Als sie sich sicher war, erzählte sie es Peter, der sie beglückwünschte.

Da trat Roman in ihr Zimmer.

Sofort nahmen beide die Begrüßungsstellung ein.

„Sind Gretas Wunden geheilt, Peter?" fragte er den Sklaven.

„Ja, Gebieter. Es ist alles wunderbar geworden."

Roman nickte. „Sehr schön. Du kannst gehen."

„Ja, Gebieter." Peter verließ den Raum.

Nun wandte sich Roman Greta zu. Was hatte er vor? Kurz tippte er sie mit einer Reitgerte an: „Steh auf und stell Dich breitbeinig hin. Ich will es selbst überprüfen." Stumm gehorchte Greta. Sie war immer noch nackt, denn niemand hatte ihr bisher Kleidung erlaubt.

Die Ringe in ihren Brustwarzen und im Genitalbereich gehörten inzwischen zu ihr. Es tat nicht mehr weh und sie würde sie tatsächlich vermissen, falls sie entfernt würden.

Roman sah sich zuerst genau die Ringe an den Brüsten an. Greta schluckte. Sie merkte, dass sie sein Blick schon wieder erregte. Ihre Warzen wurden steif.

„Schon wieder erregt?" fragte der Sklavenmeister grinsend.

Errötend flüsterte Greta: „Vergebt, Gebieter."

„Erregt ist gut, Greta. Solange Du keinen Orgasmus bekommst." erwiderte Roman drohend.

„Ja, Gebieter."

Er zog jetzt an den Ringen und verdrehte sie. Ihre Warzen reagierten prompt und standen geil und fest ab.

„Schöne Reaktion, Greta." sagte er.

Dann befahl er ihr, sich auf das Bett zu legen.

„Beine auseinander!"

Nun untersuchte er die vaginalen Ringe.

„Du bist schon wieder klatschnass." bemerkte er erfreut, als er ihre funkelnde Lustgrotte ansah. „Ich kann verstehen, dass der Herr Dich erwählt hat."

Greta wurde vor Stolz ganz rot. Durfte sie darüber stolz sein?

Auch hier zog Roman an den Ringen und verdrehte sie.

„Gut, Peter hatte Recht. Es ist alles gut verheilt. Du kannst wieder vor mir die Begrüßungsstellung einnehmen."

Greta gehorchte sofort.

„Die Beine etwas mehr auseinander. Sonst sieht man Deine geile Muschi nicht."

Kaum war alles zur Zufriedenheit des Sklavenmeisters, ging nochmals die Tür auf.

Michael betrat das Zimmer.

Greta lief fast sofort rot an und senkte zitternd ihren Kopf. Ihre Erregung wuchs und die kleine Perle zwischen ihren Schenkeln schwoll an.

„Ist sie bereit?" fragte er Roman.

Seine Stimme! Greta hätte fast vor Glück angefangen, zu weinen.

„Ja, Sir. Ich denke schon." erklärte Roman.

Michael setzte sich auf den Sessel, der in dem Raum nur für ihn da war.

„Komm, Greta."

Vorsichtig kroch Greta demütig zu ihm hin. Sie wollte ihn auf keinen Fall verärgern.

„Der Schmuck steht Dir gut." sagte er mit sanfter Stimme. „Du trägst auch immer noch den Analstöpsel?"

„Ja, Herr. Wie es mir der Gebieter befohlen hat."

„Dreh Dich um und streck mir Deinen Hintern entgegen."

Wie sie das Gespräch erregte! Es war unfassbar!

Er strich ihr über ihre Pobacken und zog den Stöpsel mit einem Ruck. Gab ihn Roman.

„Es ist gut. Sie kann ihn jetzt weglassen."

Dann strich er über ihre klatschnasse Scheide. Und lachte erfreut kurz auf.

„So mag ich es, Greta." flüsterte er ihr zu. „Sehr schön." Dann wandte er sich Roman zu: „Lass uns allein." Wortlos, mit einer kleinen Verbeugung, ging der Sklavenmeister.

Greta war nun mit ihrem Herrn allein. Und schluckte schwer.

Michael stand auf und ging um sie herum. Langsam, genießerisch.

Greta kniete immer noch auf allen Vieren mit gespreizten Beinen und gesenktem Kopf. Sie wagte fast nicht, zu atmen.

Schließlich schien ihr Herr genug gesehen zu haben und setzte sich wieder.

„Steh auf. Langsam." befahl er nun ruhig. „Gesicht zu mir."

Vorsichtig erhob sie sich, unsicher und erregt. Stehend unter seinem Blick fühlte sie sich noch nackter als vorher.

„Tanz für mich, Greta!" sagte er.

Greta zuckte zusammen und sah ihn an: „Was, Herr?"

„Tanz für mich." war die schlichte Antwort.

Sie begann, vor ihrem Herrn zu tanzen. Erst zögernd, gehemmt, denn sie konnte noch nie gut tanzen. Doch dann sah sie in seine Augen, diese dunkle Brunnen voll Leidenschaft und Schmerz und Liebe…und sie vergaß alles um sich herum und tanzte. Nur für ihn, den sie so begehrte.

Bis sie schließlich in Schweiß gebadet vor ihm niedersank.

Daraufhin erhob er sich, stumm, und ging…ohne ein Wort.

Greta sah ihm weinend nach. Was hatte sie verkehrt gemacht? Womit hatte sie ihn verärgert? War sie so schlecht gewesen?

— * —

Bedrückt kniete sie vor dem Spiegel nieder und flüsterte unter Tränen: „Bitte, Herr, Gebieter, was war mein Fehler? Es tut mir leid! Es tut mir so leid, egal, was es war! Bitte vergebt Eurer Sklavin."
Doch niemand reagierte auf ihr Flehen.
Sie wagte nicht, das Zimmer zu verlassen. Das hatte ihr niemand erlaubt.
Peter kam nur einmal hinein und stellte ihr wortlos etwas zum Essen hin. Als sie ihn verzweifelt fragte, ob er wisse, was sie falsch gemacht habe, schüttelte er nur stumm seinen Kopf und sagte kurz: „Ich darf nicht mit Euch sprechen, Gebieterin."
Dann verschwand er wieder.
Greta kniete danach unglücklich vor dem Spiegel nieder und warf sich nieder.
Das Essen rührte sie nicht an.
Sie flüsterte: „Vergebt mir, Herr. Bitte vergebt mir."
Immer wieder flüsterte sie es, immer wieder.
Bis plötzlich Roman ihr Zimmer betrat.
Entschlossen ging er auf sie zu und stellte sich vor sie auf: „Wo bleibt Deine Begrüßung, Sklavin?"
Sofort nahm Greta die gewünschte Stellung ein. Würde sie jetzt bestraft werden?
„Habe ich dem Herrn so missfallen, Gebieter?" schluchzte sie betrübt.
„Nein, hast Du nicht." hörte sie plötzlich.
Michael war wieder da.
Überglücklich fiel sie vor ihm zu Boden und weinte.

Doch Roman schlug sie sofort einmal mit dem Rohrstock.

„Begrüßungsstellung, Sklavin!" herrschte er sie an.

„Niemand hat Dir erlaubt, die Stellung aufzugeben."
Lächelnd trotz des Schmerzes gehorchte Greta sofort.
Roman korrigierte ihre Haltung noch mit einer kurzen
Berührung, dann trat er beiseite.

„Sir? Die Sklavin ist bereit."

„Danke, Roman." sagte Michael und setzte sich, wie
bisher jedes Mal, auf das Sofa. Greta beachtete er nicht
weiter.

Diese war irritiert, wagte aber weder, sich zu rühren,
noch, etwas zu sagen.

„Hast Du es Dir angeschaut?" fragte er Roman.

„Ja, Sir." antwortete dieser und fuhr fort: „Es war sehr
interessant."

Michael nickte.

„Schenkst Du mir bitte einen Drink ein?"

„Sofort, Sir. Wie immer?"

„Ja."

Roman drückte eine Stelle in der Nähe des Spiegels und
eine Wand öffnete sich. Dahinter erschien eine gut aus-
gestattete Bar.

„Darf ich mir auch einen machen, Sir?" fragte Roman.
Michael erlaubte es ihm: „Ja, darfst Du."

Kurz darauf saßen beide zusammen auf dem Sofa, nipp-
ten an ihren Drinks und besprachen Dinge des Hauses
miteinander.

Greta hörte nur halb zu. Immer noch kniete sie in der
Begrüßungsstellung im Hintergrund. Es wurde langwei-
lig und nach einer ganzen Zeit auch unbequem.

Doch noch immer unterhielten sich die beiden Männer
nur über Dinge, die Greta allenfalls halb verstand.

Dann blickte Michael sie plötzlich unerwartet an.

„Komm her und setz Dich neben mich auf den Boden."
Gretas Herz machte einen Sprung. Sie gehorchte sofort.
Doch kaum war sie auf dem Weg zu ihm, sagte er:
„Stopp! Zurück in die Begrüßungsstellung!"
Traurig sank sie wieder zurück in die gewünschte Haltung.
„Was war verkehrt?" fragte er sie.
Überrascht sah sie ihn an.
„Was war falsch?" wiederholte er.
„Vergebt, aber ich weiß es nicht, Herr." flüsterte sie
verwirrt. „Verzeiht Eurer unwissenden Sklavin…"
„Roman?" forderte Michael den Sklavenmeister auf.
Der stand auf und ging auf Greta zu: „Du hast, wenn
Dich Dein Herr aus der Begrüßungsstellung heraus
auffordert, zu ihm zu kommen, zuerst mit einer Hand
vor Dir den Boden mit den Fingerspitzen zu berühren
und diese dann zum Mund zu führen. Küsse die Stelle
der Berührung. Damit zeigst Du, dass Du den Boden
ehrst, von dem aus Dich Dein Herr gerufen hat."
Greta senkte ihren Kopf.
Dann fragte sie leise: „Gebieter, muss ich noch etwas
beachten?"
Roman lächelte: „Ich wusste, dass Du fragst. Nicht jede
macht das. Du wirst perfekt werden, da bin ich mir ganz
sicher."
Greta errötete und wartete.
„Sag es ihr, Roman!" forderte Michael ihn auf.
Er schaute zu und genoss den Anblick der nackten
Frau, die vor seinem Sklavenmeister in der Begrüßungsstellung wartete.
Sie war unsicher, das spürte er ganz genau. Ihre Augen
blickten ängstlich zu Roman, aber ihr Körper wartete
gespannt auf jede Anordnung, die Roman ihr geben
würde. Ihre Vagina glänzte im Licht.

Michael lächelte. Sie war schon wieder erregt. Sehr gut.
Roman hob Gretas Kinn mit seinem Rohrstock leicht
an, damit sie ihn ansehen musste.

Dann sagte er: „Geh zu Deinem Herrn mit gesenktem
Blick, nicht zu schnell und nicht zu langsam, als würdest
Du spazieren gehen. Sprich kein Wort. Wenn er möch-
te, dass Du sprichst, wird er es vorher mitteilen."
Roman verstummte kurz.

„Ich werde versuchen, alles zu befolgen, Gebieter."
flüsterte Greta.

„Das ist noch nicht alles, Sklavin. Wenn Du bei Deinem
Herrn angekommen bist, sinke geschmeidig zu Boden
und berühre den Platz, auf dem er sitzt, mit Deinen
Fingerspitzen. Führe diese ebenfalls zu Deinem Mund
und küsse sie. Denn dieser Platz ist geehrt durch die
Anwesenheit Deines Herrn."

„Ja, das ist er, Gebieter." entgegnete Greta.
Roman nahm nun seinen Rohrstock weg und trat beiseite.

„Jetzt komm richtig zu mir." befahl Michael ihr.
Greta beugte sich nach vorm und berührte mit ihrer
rechten Hand den Boden, dann küsste sie, wie ihr gesagt
wurde, die Fingerspitzen.

Langsam stand sie nun auf und schritt zum Sofa, hoffend, ihre Gangart war genau richtig.

Dann kniete sie vor dem Boden nieder, berührte vorsichtig das Sofa und berührte wieder die Finger mit
ihren Lippen.

Sie sagte nichts.

Michael lächelte sie an: „Das war gut, Greta. Du lernst
schnell und Deine Bewegungen sind geschmeidig, wie
ich es mag."

„Ich danke Euch, Herr." flüsterte Greta. Ihr Herz hüpfte vor Freude. Er hatte sie tatsächlich gelobt.

77

„Roman, gib mir den Stock!" sagte er plötzlich und nahm den Rohrstock entgegen.

— ✳ —

Greta zuckte zusammen. Ihr erster Gedanke war, sie hatte doch beim Tanzen etwas verkehrt gemacht.

Doch er schlug sie nicht, sondern führte die Spitze zärtlich ihren Körper entlang. Ganz zart und sanft, als würde er sie streicheln.

Sie reagierte sofort darauf.

Ihre Brustwarzen wurden hart und steif, die Ringe hoben sich.

„Das ist gut, Greta." murmelte er.

Der Rohrstock fuhr leicht zwischen ihre Beine. Sie zitterte, ängstlich und erregt, aber wagte nicht, etwas zu sagen.

Er streichelte ihre Innenschenkel und fuhr dann mit dem Stock zwischen ihren Schamlippen.

Greta stöhnte jetzt auf. Der Stock glänzte von ihrem Saft.

„Es erregt Dich, nicht?" fragte er leise.

„Ja, Herr." flüsterte Greta. Ihr Körper vibrierte unter seinen Blicken, den Berührungen mit dem Stock.

„Küss mich, geile Sklavin!" forderte er sie auf und legte den Stock beiseite.

Sie beugte sich zu ihm herunter und noch während ihre Lippen die seinen leicht berührte, griff er in ihr volles Haar und zog sie ganz zu sich. Seine Zunge fuhr in ihren Mund, gierig.

Er verstand genau, was eine Frau mochte: Seine Zunge umspielte ihre Lippen, vereinigte sich mit ihrer Zunge, er biss zart in ihre Oberlippe und Greta erzitterte, weil er einfach gut schmeckte und sie wollte. Sie.

So gab sie sich ihm hin, wollte mehr von ihm spüren, endlich, doch da riss er sie plötzlich an den Haaren wieder fort.

„Nicht so eilig, Sklavin." sagte er lächelnd. „Wir werden noch genug Zeit haben. Stell Dich wieder vor mich."

Greta stand unsicher auf.

„Deine Beine...spreiz sie auseinander. Ich will Deine Schamlippen sehen."

Stumm tat Greta, wie ihr Herr ihr befohlen hatte.

„Sehr schön." meinte Michael, leise, genießerisch. Seine Sklavin war ein wirklich herrlicher Anblick! So feucht, so willig, so voller Sehnsucht.

Dann stand er auf und verließ den Raum.

Greta traten Tränen in die Augen.

Warum machte er das immer?

Die Lust pochte unerbittlich in ihr und er ging.

Verzweifelt wandte sie sich Roman zu: „Bitte, Gebieter, sagt mir doch, was ich falsch mache! Womit habe ich den Herrn verärgert?"

„Mit nichts, Sklavin." murmelte Roman trocken. „Hättest Du ihn verärgert, wäre er jetzt nicht gegangen. Mehr brauchst Du nicht zu wissen."

Greta senkte betrübt ihren Kopf: „Ja, Gebieter, ich weiß. Vergebt mir meine Frage. Darf ich mich bewegen?"

Roman nickte.

Er sah, dass Greta immer noch erregt war.

Sehr erregt.

Ihre Wangen glühten fast und ihre Augen glänzten feucht wie ihre Vagina.

Seufzend kniete sie vor Roman nieder: „Ich flehe Euch an, bitte erlaubt mir, zu kommen. Ich halte es nicht mehr aus. Der Herr hat mich fast bis zum Äußersten geführt und dann plötzlich abgebrochen. Bitte, Gebieter!"

Doch Roman sagte unerbittlich: „ Der Herr will das nicht. Und ich werde verhindern, dass es passiert. Du bist zu geil? Dem kann ich abhelfen. Umdrehen! Zeig mir Deinen Arsch."

„Vergebt mir, Gebieter! Bestraft mich nicht! Ich werde wieder herunterkommen. Gebt mir nur etwas Zeit!" bat Greta mit gefalteten Händen.

Roman schaute sie nur stumm an. Das reichte.

Schluchzend gehorchte Greta.

Er hatte ja Recht. So war es kein Zustand.

Kurz darauf sauste der Rohrstock schmerzhaft auf ihre prallen Pobacken nieder.

Greta stöhnte auf.

Doch es war nicht so schmerzhaft, dass die Erregung verging.

Im Gegenteil.

„Selbst das erregt Dich, oder?" warf Roman verärgert ein.

Innerlich jedoch grinste er. Sie war wirklich gut. Schade, dass Michael sie beanspruchte.

Greta wandte sich verzweifelt um und warf sich vor Roman zu Boden. Sie stammelte: „Ich kann nichts dafür, Gebieter. Die Lust ist zu stark."

Dann, ohne dass Greta etwas dagegen tun konnte, kam der Orgasmus und überrollte sie. Hilflos keuchte sie und schloss ihre Augen.

Roman sah wütend auf sie herab und fuhr sie an: „Ärger! Nichts als Ärger."

„Es tut mir leid, Gebieter. Bitte habt Erbarmen! Bitte!" rief Greta verzweifelt.

Doch Roman sah sie zornig an: „Du hattest keine Erlaubnis! Stell Dich vor mich hin."

„Bitte…" flüsterte Greta, während sie gehorchte. Doch ihre Stimme brach, als sie seinen Blick sah.

„Beine auseinander und Deine Hände an die Oberschenkel." befahl er ihr.

Mit gesenktem Blick folgte sie furchtsam. Was hatte er vor?

Er trat hinter sie und band ihr die Augen mit einer Maske zu. Voller Angst schluchzte sie auf.

Dann flüsterte er ihr mit drohendem Unterton zu: „Du bleibst hier so stehen, bis ich Dich erlöse. Hast Du mich verstanden, Sklavin? Antworte!"

„Ja, Gebieter." flüsterte Greta. Es war nun dunkel um sie herum.

Roman verließ den Raum. Das hörte sie an seinen Schritten und daran, dass die Tür ging.

Sie stand jetzt allein, nackt, mit verbundenen Augen in dem Zimmer. Es war totenstill. Nur ein leichtes Sirren von der Beleuchtung war zu hören. Dazu ihr Herzschlag und ihr Atem. Sonst nichts.

— ✳ —

Greta wagte nicht, sich zu rühren. Sie hatte gefehlt. Das war ihre Strafe.

Sie würde sie ertragen. Für Michael. Ihm zeigen, dass sie doch gehorsam war.

Warum ließ sich ihr Körper nicht zügeln? Sie merkte bereits wieder, wie Lust in ihr heraufkroch. Selbst diese Situation erregte sie.

Ob ihr Herr sie gerade so sah? Durch den Spiegel?

Der Gedanke daran ließ sie erschaudern. Sie wurde feucht.

„Denk etwas anders, Greta!" ermahnte sie sich. „Mach nicht denselben Fehler zweimal."

Das half etwas.

Ein leichter Lufthauch strich über die Schamlippen, an denen die Ringe befestigt waren. Es war kühl.

Greta überraschte sich, zu denken, ob ihr Herr oder Roman wohl irgendwann etwas an den Ringen befestigen würde. Was ihre Schamlippen nach unten ziehen würde. Ein steter, sanfter Zug.

Wie es sich dann wohl anfühlte, damit zu gehen? Glöckchen wären toll. Hell klingende Glöckchen, die nur zu seiner Freude erklangen.

Ein Lächeln strich über ihr Gesicht. Ob es ihm genauso gefallen würde wie ihr?

Michael.

Er hatte sie geküsst. Sie gestreichelt.

Greta seufzte auf. Es war so wunderbar gewesen, sie hatte sich geborgen gefühlt, begehrt.

So stand sie da. Still. Lange. Tief in Gedanken versunken.

Bis sie merkte, dass sie dringend auf Toilette musste. Ihre Blase war prall gefüllt. Ja, tat fast schon weh.

Ihre Beine wollten zusammen kommen, um das Bedürfnis zu unterdrücken, das Bedürfnis, die Blase zu entleeren.

Greta keuchte bald vor Anstrengung, es zu lassen.

Sie durfte nicht wieder fehlen.

Roman hatte nichts dazu gesagt, was sie in so einem Fall tun sollte. Ob er es vergessen hatte?

Sie konnte doch nicht ernsthaft hier, einfach so, der Natur ihren Lauf lassen.

Nach kurzem, schmerzlichem Nachdenken kam Greta zu dem Schluss, dass er es absichtlich nicht getan hatte. Auch das war ihre Strafe. Selbst Urinieren sollte sie im Stehen.

Scham durchdrang Greta. So etwas hatte sie noch nie getan.

Aber vielleicht durfte sie nach ihm rufen, ihn fragen? Greta wagte es nicht. Er hatte ihr befohlen, stehen zu bleiben, bis er sie erlösen würde. Er hatte es noch nicht gemacht.

Sie erinnerte sich an Peter, der eine ganze Nacht hatte knien müssen. Ob sie auch so lange stehen musste? Angst kroch in ihr hoch.

Das würde sie niemals schaffen, da war sie sich sicher. Ihre Beine brannten inzwischen vom langen Stehen, ihre Blase hielt es nicht mehr aus.

Was konnte sie nur tun? Was?

Es gab nur eine Möglichkeit.

Warm rann der Urin ihre Beine hinunter.

Greta schluchzte auf vor Scham, bewegte sich aber weiter nicht. Denn wenn auch Tränen über ihre Wangen liefen, ihr Körper empfand endlich Erleichterung.

Hoffentlich war das richtig gewesen, dachte Greta voller Zweifel, während der Urin an den Beinen und zu ihren Füssen trocknete.

Schlimmer noch war, dass ihre Haut nach einigen Minuten anfing, zu kribbeln und zu jucken.

„Ich darf nicht kratzen!" dachte Greta verzweifelt. „Beweg Dich nicht. Du musst durchhalten!"

Sie versuchte, den Raum und ihren Körper in Gedanken zu verlassen. „Weit weg…denk an Michael, Deinen Herrn." Das lenkte sie tatsächlich erneut etwas ab.

Ihre Beine fingen an, von der Anstrengung zu zittern.

Immer noch war Roman nicht da.

Wieviel Zeit war vergangen? Wie lange stand sie schon da? Im Dunkeln? Unbeweglich wie eine Statue? Sie hatte kein Zeitgefühl mehr.

„Bitte, Gebieter, erlöst mich." betete sie stumm, als könne Roman ihre Gedanken hören. „Ich flehe Euch an. Ich habe meine Lektion gelernt. Bitte kommt wieder zurück."

Ihr Kreislauf bereitete ihr Probleme, ihr Körper wollte endlich eine Bewegung, nur eine kleine, winzige.

„Ist es schon Nacht?" fragte Greta sich plötzlich.

Es war immer noch so still in ihrem Zimmer. So still.

Ihre Arme schliefen ihr ein.

Kein gutes Zeichen.

Obwohl die Furcht, dafür später noch länger bestraft zu werden, in ihr emporkroch, machte sie vorsichtig Fäuste mit ihren Händen. Das ließ das Kribbeln wieder verschwinden.

Dann…irgendwann, hatte sie das Gefühl, im Stehen kurz eingeschlafen zu sein. Sie schwankte. Oder meinte sie nur, zu schwanken?

Ihr Körper war eiskalt, erstarrt in jeder Hinsicht.

Konnte sie sich überhaupt noch bewegen?

Sie glaubte, zu Stein geworden zu sein.

Ihre Muskeln waren steif, ließen sich nicht mehr lösen, würden ihr nicht mehr gehorchen.

Bald würde sie wohl einfach umfallen. Ohne Schutz, ohne Gegenwehr.

Sie war weg.

Bestraft für immer.

„Greta!" rief da plötzlich eine Stimme.

Greta reagierte zuerst nicht.

Sie war nur noch eine Statue. Stein.

War sie überhaupt gemeint? Sie musste doch stehen.

Bewegungslos.

Das war ihre Strafe.

„Greta. Hör mir zu! Es ist zu Ende!" sagte die Stimme.

Wessen Stimme?

Lautlos öffnete Greta ihre Lippen, aber kein Laut kam hindurch.

Wie von Ferne sagte jemand: „Peter, trag sie ins Bett." Sie wurde berührt, es tat fast weh, weil sie die Berührung nicht mehr kannte, sie wurde niedergelegt. In ein Bett. Bett?

Aber immer noch hielt sie ihre Hände fest an den Oberschenkeln.

Jemand nahm die Binde ab. Es wurde hell. So hell. Zu hell.

Greta behielt ihre Augen geschlossen.

„Greta? Ich, Roman, Dein Gebieter, sage Dir, Du bist erlöst." sagte die Stimme, Romans Stimme, wie Greta wieder einfiel. „Du darfst Dich wieder bewegen."

„Gebieter?" flüsterte Greta und erschrak über die eigene Stimme, die aus ihrem Mund kam. Sie war heiser. „Darf ich wirklich? Ist meine Strafe zu Ende? Habe ich bestanden?"

„Ja." erwiderte Roman. „Du hast alles gut gemacht." Greta schluchzte auf: „Danke, Gebieter. Ich danke Euch." Mühsam löste sie ihren verkrampften Körper. Es fiel ihr unglaublich schwer nach der langen Zeit. Sorgenvoll blickte Roman auf Greta hinab.

Das hatte er nicht erwartet.

Sie hatte, anders als jede Sklavin, der diese Strafe bisher auferlegt worden war, nicht um Gnade gefleht und gerufen. Nur dagestanden. Durchgehalten.

Hoffentlich war es nicht zu lang gewesen. Er würde es Michael sagen müssen. Es war länger gewesen als er geplant hatte, weil er zwischendurch abgerufen worden war und die Zeit vergessen hatte. Michael würde nicht begeistert sein.

Roman reichte der Sklavin ein Glas Wasser mit einem Strohhalm: „Trink, Greta! Du brauchst das jetzt."

Vorsichtig nahm Greta den Strohhalm in ihren Mund und trank. Zuerst zögernd, doch dann immer gieriger. Sie merkte erst jetzt, wie ausgetrocknet sie war.

Das Wasser tat so gut und löste die letzten Blockaden ihres Körpers. Sie war Roman dankbar für die Flüssigkeit.

Aufatmend reichte sie ihm das Glas wieder und sank ins Kopfkissen.

Roman blickte Greta an.

„Kämpferin!" dachte er voller Respekt. „Du bist eine echte Kämpferin."

Sie hatte sich den Schlaf wirklich verdient.

Doch Greta schlief noch nicht, sondern murmelte leise: „Gebieter, darf ich Euch noch etwas fragen?"

„Frag."

„Hat mein Herr mir den Ungehorsam vergeben?" flüsterte Greta. „Ich möchte ihm keinen Ärger bereiten. Nie. Es tut mir so leid."

Tränen rannen ihre Wangen herunter. Vorsichtig öffnete sie nun ihre Augen, sie hatten sich wieder etwas an das Licht im Raum gewöhnt. Flehend sah sie Roman an.

„Sch…" sagte er nur ebenso leise. „ Es ist alles in Ordnung, Greta. Wenn Du ausgeschlafen hast, wird Peter Dich waschen und für den Herrn bereit machen. Er will Dich dann sehen. Jetzt schlaf endlich, ok?"

Greta griff sich Romans Hand und küsste sie dankbar. Dann schlief sie erschöpft ein.

— ✳ —

„Peter, komm her." befahl Roman kurz darauf, als er sich sicher war, dass Greta nicht geweckt werden konnte.

Der kam und kniete vor Roman nieder.

„Wenn sie aufwacht, machst Du sie für den Herrn sauber, verstanden?" befahl Roman ihm.

„Ja, Gebieter." meinte Peter.

„Mach auch die Lache weg, die Greta während der Strafe auf dem Fußboden hinterlassen hat."

„Ja, Gebieter."

Jetzt grinste Roman plötzlich und meinte: „Du darfst auch gern den Sekt der Sklavin auflecken, wenn Du möchtest."

Peter horchte auf und lächelte unsicher: „Ihr erlaubt es mir?"

„Ja. Dein Schwanz darf darauf auch reagieren. Ausnahmsweise." gestattete Roman ihm.

Glücklich küsste Peter den Boden vor Roman: „Danke, Gebieter!"

Damit ging Roman.

Erregt seufzte Peter und beugte sich zu Gretas Pfütze hinunter.

Zitternd und vorsichtig tippte er mit seinem rechten Zeigefinger hinein. Eine Welle breitete sich zum Rand hin aus.

Der Gebieter hatte es ihm erlaubt. Wenn er es wollte.

Wollte er?

Oh ja!

Das Vergnügen hatte er schon lange nicht mehr gehabt. Roman war heute sehr großzügig.

Mit geschlossenen Augen leckte Peter seinen Zeigefinger ab. Hmmmm….es war einfach nur lecker.

Dann beugte er sich wohlig seufzend herunter und nahm eine Zungenspitze des goldenen Nass.

Es schmeckte so gut und roch so sehr nach ihr.

Prompt reagierte sein Glied und streckte sich. Aber es war ihm ja diesmal erlaubt.

Solange er nicht abspritzte.

Hauptsache, er hatte sich wieder beruhigt, bis Greta wach wurde.

Zufrieden und genüsslich schlürfte und leckte er den Sekt der Gebieterin auf, bis nichts mehr zu sehen war.

Schade, dass es nicht mehr gewesen war.

Sein Penis war jetzt fest und hart. Seine Erregung unübersehbar. Wie gern hätte er Hand an sich gelegt, bis er abspritzte. Aber Roman würde das hart bestrafen. Wirklich hart.

Peter schluckte mühsam und ging ins Bad.

Er musste unbedingt etwas anderes tun. Sich ablenken.

Im Bad holte er einen Lappen und etwas Wasser mit Reinigungsmittel, um den Boden endgültig säubern zu können.

Ein kurzer Blick auf Greta. Sie schlief noch.

Sorgfältig schrubbte er den Fußboden. Überall lag noch ihr Geruch und er hatte Probleme, seine Erregung unter Kontrolle zu bringen.

„Denk daran, was Roman Dir sonst antut." ermahnte sich Peter selbst. „Du bist nur ein Sklave und nichts wert. Beherrsch Dich!"

Doch der Geruch war so stark, wehte auch, als der Boden spiegelblank war, vom Bett zu ihm herüber. Er schaffte es nicht.

ER SCHAFFTE ES EINFACH NICHT.

So lange hatte er keinen Orgasmus haben dürfen. Das war jetzt zu viel.

Sein Sperma spritzte auf den Fußboden.

Es war so befreiend gewesen, aber in Peter tobte das schlechte Gewissen. Immer noch hatte sein Schwanz die Oberhand über ihn.

Ein wenig vor sich hinschluchzend kniete er sofort vor dem Spiegel nieder und flüsterte: „Gebieter! Bitte helft mir. Ich bin schon wieder ungehorsam geworden."

Dann kroch er neben die Tür, den Kopf gesenkt.

Roman kam kurz darauf fast geräuschlos herein und stellte sich vor ihn hin. Verärgert zischte er leise: „Raus mit Dir! Warte vor der Tür."

Peter gehorchte sofort.

Immer noch sehr ruhig und leise folgte Roman und schloss die Tür zu Gretas Zimmer. Greta sollte nicht geweckt werden.

Dann fragte er, während er mit einem Rohrstock gegen seinen Unterschenkel klopfte: „Was ist passiert, Peter?" Der zeigte nur stumm auf sein Glied, an dem noch einige getrocknete Spuren zu sehen waren, und lief rot an.

„Aha." meinte Roman trocken. „Er macht wieder Probleme?"

„Ja, Gebieter." flüsterte Peter. „Bitte bestraft mich."

Ohne Vorwarnung schlug Roman mit dem Rohrstock auf Peters Hoden. Ein Striemen zog sich quer herüber und Peter schrie vor Schmerz auf.

„Dreh Dich jetzt um und zeig mir Deinen Hintern!" befahl Roman ihm barsch.

Mit Tränen in den Augen zeigte Peter ihm das gewünschte Teil. Ängstlich hielt er sich mit einer Hand die nun wunden Eier.

Roman versetzte ihm ein Dutzend weitere, schmerzvolle Schläge auf sein Gesäß.

Ja, das hatte er gebraucht. Seine Pobacken glühten.

„Danke mir!" verlangte Roman nun und reichte ihm seine Hand.

Schluchzend ergriff Peter sie und küsste sie ehrfürchtig.

„Danke, Gebieter." sagte er leise. „Ich danke Euch für Eure Gnade."

„Ich hoffe, es hat etwas genützt." erwiderte Roman mit einem Blick auf Peters Penis.

„Ja, Gebieter." murmelte Peter.

„Stell Dich jetzt wieder hin und nimm Deine Beine auseinander!" befahl Roman und holte einen Strick hervor.

Peter starrte ihn an.

Was wollte Roman jetzt noch tun?

Er begann, zu zittern: „Bitte, Gebieter…nicht."

„Hinstellen und Hände weg von Deinen Eiern!"

„Bitte…" flüsterte Peter ängstlich, während er sich jedoch aufrichtete.

Roman wartete, dann fasste er an Peters Hoden.

Der stöhnte prompt auf.

„Ich werde dafür sorgen, dass Du in nächster Zeit gehorsam bist, Sklave." sagte Roman. „Nimm die Arme hinter den Kopf."

Dann begann Roman, Peters Hoden mit seinem Penis zu verbinden. Er nahm immer mehr Seil, bis alles zu einem einzigen Ball geworden war. Nur ein Loch für Peters Urin ließ Roman offen.

Das Gefühl war unbeschreiblich, ein schweres, warmes Gefühl, als sei ein Fremdkörper an Peters Körper festgemacht und mit seinen Nerven verbunden worden. Dazu war der Ball so gestaltet, dass Peter nur etwas breitbeinig stehen konnte.

„So, fertig. In drei Tagen kannst Du mich bitten, es wieder zu entfernen."

„Drei Tage, Gebieter?" schluchzte Peter auf und fiel auf die Knie. „Das ist…"

Verzweifelt biss er sich auf die Lippen.

„..zu lang?" fragte Roman spöttisch. „Wir werden sehen. Sei froh, dass es nicht der Käfig geworden ist oder ich nicht noch Gewichte befestigt habe."

„Ja, Gebieter." flüsterte Peter.

„Du musst Greta aber noch für den Herrn fertig machen, wenn sie wach wird. Ruf mich dann, wenn sie sauber ist."

Peter senkte zustimmend und resigniert seinen Kopf. Die Fesseln waren jetzt schon äußerst unangenehm. Er würde alles tun, um sie nicht noch länger tragen zu müssen.

Aber dennoch genoss er das Gefühl auch.

„Doch vorher noch etwas, Sklave! Stell Dich mit dem Gesicht zur Wand."

„Gebieter?" flüsterte Peter. Ihm schwante nichts Gutes. Roman zeigte stumm an die Wand.

Als Peter stand, sagte er: „Vergnügungsstellung, Sklave!" Peter stellte sich so hin, dass Roman leichten Zugang zu seinem Po hatte. Das erregte Peter wieder, aber die Bondage wurde dadurch noch unangenehmer.

„Gebieter, habt Erbarmen mit mir." flehte Peter.

„Wenn es Dir zu viel wird, Peter, musst Du nur das eine Wort sagen." murmelte Roman. „Du weißt, welches ich meine. Ich habe Dich nicht geknebelt."

Doch Peter sagte nichts.

Er war in das Anwesen gekommen, weil er seine Grenzen kennenlernen wollte. Er hatte schon immer gewusst, dass er hatte benutzt werden wollen. Immer wieder, egal, ob von Mann oder Frau.

War das hier seine Grenze?

Er hörte jetzt, dass Roman sich die Hose auszog und sich hinter ihn stellte. Dann drang er in Peters Po ein. Peter stöhnte auf.

Nein, das war keine Grenze. Er war selten so voller Lust gewesen.

„Du bist ein kleiner geiler Sklave!" zischte Roman zwischen seinen Zähnen hervor, während er rhythmisch in Peter hineinstieß.

„Die Bondage, Gebieter!" flüsterte der. „Bitte! Seid gnädig mit mir. Oh mein Gott…" Er konnte nicht weitersprechen.

„Ich werde Dich jetzt richtig durchficken, Peter. Freu Dich!" flüsterte Roman und bohrte seinen Schwanz tief in Peters Arschloch.

Peter rannen Tränen hinunter. Es tat weh, aber nicht wegen der Penetration, sondern weil er weder erigieren, noch abspritzen konnte.

Der Gebieter hatte einen großen, harten Schwanz. Roman kannte kein Erbarmen, nahm ihn hart.

Dennoch erregte Peter die Situation.

Ja, es war wirklich keine Grenze. Eher die Erfüllung eines großen Traums.

Endlich spritzte Roman ab und zog seine Rute hinaus.

Peter ging schluchzend zu Boden.

„Leck mir jetzt den Schwanz ab, geiler Hund." sagte Roman zu ihm.

Auf Knien drehte sich Peter um, obwohl ihm sein ganzes Hinterteil brannte wie Feuer, nahm Romans immer noch riesigen Penis in den Mund und säuberte ihn unter Tränen.

Roman spritzte noch einmal ab.

Ohne einen Befehl abzuwarten, schluckte Peter den Samen. Es war so erniedrigend…und gefiel Peter besonders gut.

„Gebieter, ist es so in Ordnung?" flüsterte er, als er fertig war.

„Es war ok. Für einen nichtausgebildeten Sklaven Deiner Stufe war es ok." erklärte Roman und zog sich wieder an.

Jetzt lächelte Peter ihn an: „Gebieter? Darf ich noch etwas sagen?"

Roman nickte.

„Ich danke Euch, Gebieter." flüsterte Peter vorsichtig.

„Ich wünschte, Ihr wärt mein Herr."

Ängstlich duckte Peter sich, in Erwartung eines Schlages.

Aber Roman tat nichts dergleichen, sondern grinste nur. Dann sagte er: „Ich habe es auch genossen, Peter. Jetzt geh."

Wortlos errötete Peter und huschte in Gretas Zimmer.

Greta schlief immer noch, unruhig.

Emsig ging er zunächst ins Bad, versuchte die gebundene Kugel zwischen seinen Beinen zu ignorieren.

Er dekorierte das Bad mit Kerzen und Rosenblätter und ließ Wasser ein. Durch ein ausgeklügeltes Heizsystem würde es die Temperatur halten, bis Greta erwachte.

Rasierer und Schaum stellte er auch bereit.

Dann wartete er neben Greta auf ihr Erwachen.

— * —

Roman war dagegen zu Michael gegangen.

Durch den kleinen Fick mit Peter war er nun entspannter und ruhiger. Egal, was Michael entscheiden würde, er war bereit.

Michael saß in seinem Büro am Schreibtisch, als Roman eintrat.

„Sir?" fragte Roman ihn.

Leicht verärgert blickte Michael auf: „Was willst Du hier? Ich arbeite, wie Du wissen solltest!"

„Vergebt, dass ich Sie bei der Arbeit störe, Sir, aber mir ist ein Missgeschick passiert. Ich dachte, bevor Ihr es anders erfahrt, erzähle ich es Euch lieber selbst." erklärte Roman mit gesenktem Kopf.

„Missgeschick?" meinte Michael und sah ihn jetzt an.

„Ich musste Greta bestrafen, Sir." begann Roman.

Michael sagte dazu nichts.

Dabei hatte Roman erwartet, dass Michael ihn schon während dieses Satzes unterbrechen würde.

Doch wie so oft machte der Herr es ihm nicht einfach, sondern wartete.

Roman räusperte sich und fuhr dann fort: „Ich habe sie versehentlich etwas zu lange stehen lassen, Sir. Die Herrin hatte nach mir gesandt und ich habe nicht mehr auf die Zeit geachtet."

Immer noch sagte Michael nichts, sondern sah Roman nur an. Forschend, wie es Roman vorkam.

„Sir, es tut mir leid. Ihr wisst, dass ich immer zuverlässig arbeite. Greta hat es auch gut überstanden. Ihr ist nichts passiert."

Jetzt rührte Michael sich.

„Wie lange?" fragte er nur.

Romans Antwort kam prompt: „Sechs Stunden, Sir."

Nachdenklich betrachtete Michael einen Stift, der in seiner Hand lag.

„Sie hat es durchgehalten?" war Michaels nächste Frage.

„Ja, Sir. Es war allerdings dann schwierig, die Körperspannung aufzulösen." Roman hatte nicht vor, etwas zu beschönigen. Das war mit ein Grund, warum er diese hohe Position im Anwesen innehatte.

Jetzt ließ Michael den Stift seufzend fallen, stand auf und kam auf Roman zu: „Nun gut. Was passiert ist, ist passiert. Wir können es nicht mehr ändern. Ich rechne Dir aber an, dass Du es mir gleich gesagt hast. Zu Deinem Glück ist die Sklavin so zäh und hat nicht das Safeword gesagt. Sonst wäre ich richtig wütend gewesen. Wie Du weißt, habe ich noch viel mit ihr vor. Was erwartest Du als Strafe?"

Statt einer Antwort kniete Roman nieder und reichte Michael eine Peitsche.

„Wieviele?"

„Ich halte fünf Schläge für angemessen, Sir."

Michael nickte. Er war einverstanden.

„Stell Dich an die Wand, Roman." sagte Michael, während er die Peitsche in seiner Hand ausbalancierte. Er mochte den Geruch des Leders, den sie verströmte und das Gefühl des Ledergriffs in seiner Hand.

Ja, Roman brauchte ab und zu einige Schläge. Michael wusste, dass Roman sie genoss, auch wenn er schreien sollte.

„Glaube aber nicht, ich werde mich zurückhalten, Roman." dachte Michael. „Mit Greta habe ich erst angefangen und sie war bereits so wunderbar devot, willig und geil. Sie darf auf keinen Fall durch zu harte Strafen verschreckt werden."

Roman zog sein Hemd aus und nahm die von Michael gewünschte Position ein: An der Wand, die Arme empor und den Körper abstützend.

„Zähl mit!" befahl Michael Roman.

Dann traf Roman der erste Schlag.

Er stöhnte auf. Genau das hatte er verdient für seine Nachlässigkeit. Es würde ihm nicht noch einmal passieren.

Sagte dann aber laut: „Eins!"

Kurz darauf kam der zweite Schlag. Wieder stöhnte er auf. Michael wusste exakt, welche Stellen er treffen musste, um ihm Schmerzen zu bereiten.

„Zwei!"

Der dritte ließ seine Haut etwas aufplatzen.

Michael war wütend, Roman hatte es gewusst. Denn er beherrschte die Peitsche zu präzise, um unabsichtlich die Haut aufplatzen zu lassen.

„Drei!"

Es folgte der nächste Schlag, ein brennendes, schneidendes Gefühl auf der Haut. Diesmal schrie Roman kurz.

„Vier!"

Als er auch den fünften gezählt hatte, war Roman froh, dass Michael die Bestrafung so akzeptiert und nicht mehr gefordert hatte. Blut rann ihm nun den Rücken herunter.

Nicht viel, aber es reichte, um Roman daran zu erinnern, dass auch er nur unter Michael stand.

Er drehte sich um und kniete wieder vor Michael nieder: „Ich danke Euch, Sir."

Der rollte gerade ruhig die Peitsche zusammen und reichte sie dann Roman: „Keine übertriebenen Strafen mehr bei Greta, verstanden?"

„Ja, Sir."

„Die Peitsche muss noch sauber gemacht werden. Mach es selbst." befahl er Roman. „Du kannst gehen."

Roman stand wieder auf und nahm die Peitsche und sein Hemd. Die Striemen taten weh, aber das würde wieder vergehen.

Auch die Wunde würde verheilen.

Nur bei einem weiteren Fehler würde er wohl härter bestraft werden. Michael begehrte Greta. Mehr als die Sklavinnen vor ihr. Das war Roman jetzt klar.

Peter dagegen wartete immer noch darauf, dass Greta die Augen öffnete.

„Peter?" fragte sie leise, als sie wach wurde.

„Gebieterin, seid Ihr wach?"

Sie nickte.

„Ich habe Euer Bad bereits vorbereitet."

„Danke." sagte sie und glitt aus dem Bett. Da fiel ihr Blick auf das Knäuel zwischen Peters Beinen.

„Was ist das?" fragte sie.

„Gebieterin, kümmert Euch nicht darum. Gebieter Roman hat mich mit einer Strafe geehrt, die ich verdient habe." antwortete Peter.

Greta entging jedoch nicht das zarte Glühen seiner Wangen und seine glänzenden Augen.

So verlor sie kein weiteres Wort darüber, auch nicht, als sie die Striemen auf Peters Backen sah. Sie folgte ihm ins Bad und glitt in das warme Wasser.

Er wusch sie sanft ab und entfernte danach vorsichtig alle Haare von ihren Intimbereichen, Achseln und Beinen. Ihre Kopfbehaarung reinigte er gründlich mit Shampoo und Kurpackung und föhnte es trocken, bis es sich seidig anfühlte.

Danach hüllte er sie in ein weiches, riesiges Handtuch und führte sie wieder hinaus.

„Setzt Euch bitte, Gebieterin." meinte er ruhig. „Ich werde jetzt Gebieter Roman holen."

Greta nickte.

Als Peter fort war, legte sie das Handtuch beiseite und nahm die Begrüßungsstellung ein.

So wartete sie, bis Roman eintrat.

Er betrachtete sie zufrieden: „Gut. Dann können wir jetzt weitermachen. Peter?"

Der Sklave erschien mit einem Tablett, auf dem einige Dinge lagen. Scheinbar hatte er hinter der Tür gewartet. Vor Roman kniete er nieder und hielt ihm das Tablett hin.

„Steh auf, Greta." sagte der.

Zögernd gehorchte sie. Was kam jetzt?

Roman reichte ihr eine Korsage aus schwarzem Leder mit einem angedeuteten Minirock daran.

„Anziehen." meinte er mit einem leichten Grinsen.

Stumm kam Greta seinem Befehl nach.

Zuerst dachte sie, das Kleidungsstück könnte ihr nie und nimmer passen, es sah so klein aus, aber es war wie für sie gemacht.

Das Leder schmiegte sich fest an ihre noch etwas feuchte Haut.

Für die Brüste waren in der Korsage zwei Löcher, die etwas zu klein waren. Greta musste ihre Brüste durchziehen, so dass sie schließlich prall herausragten. Gretas Nippel wurden steif, als sie auf sie heruntersah.

Unten war die Korsage ebenfalls offen und der Rock bedeckte kaum ihre Scham.

„Na? Wieder feucht?" fragte Roman lächelnd.

Greta errötete. War das so deutlich?

„Jetzt nimm Deine Beine auseinander, damit ich an Deine Ringe komme."

Greta kam dem Befehl sofort nach, auch wenn das ihre Lust wieder steigerte.

Er holte vom Tablett zwei kleine, goldene Glöckchen an kurzen Ketten und befestigte sie an den Ringen.

Greta errötete. Hatte er doch ihre Gedanken gelesen?

Die Schamlippen wurden nun tatsächlich etwas nach unten gezogen, nicht viel, dazu waren die Glöckchen zu leicht, und bei jedem Schritt würden sie klingeln.

„Mach Deinen Mund auf." befahl Roman.

In den Mund schob er einen festen Knebel, an dem rechts und links eine Stange herausragte. Der Knebel wurde von ihm an Gretas Hinterkopf festgemacht. Jetzt ragten die Stangen aus den Seiten des Mundes heraus.

An den Enden der Stangen befestigte er Ketten, die er an den Ringen befestigte, die an Gretas Brüste hingen. Wenn Greta ihren Kopf gerade hielt, wurden die Knospen davon nach oben gezogen.

„Sehr schön." murmelte Roman und reichte Greta ein paar High Heels in schwarzem Lack. Stumm, wie sie nun war, zog sie sie an.

Zum Schluss legte er ihr ein schwarzes Halsband aus Leder mit Leine um.

Sanft strich seine Hand über ihr Haar.

„Jetzt siehst Du aus, wie Dein Herr es wünscht." sagte er zu Greta und grinste. „Lass Deine Hände weg von Dir."

Greta nickte hilflos, da sie nicht mehr richtig sprechen konnte. Dabei wurden ihre Knospen hochgezogen.

Sie hatte nicht mehr dran gedacht, dass sie mit dem Knebel verbunden waren.

Solange sie diesen Knebel trug, musste sie vorsichtiger sein. Sonst würde sie einen Orgasmus nicht verhindern können.

„Peter, Du kannst jetzt gehen." befahl Roman dem Sklaven.

Wortlos verschwand dieser.

Nun sah sich Roman Greta sorgfältiger an.

Die Glöckchen an ihren Schamlippen ragten gerade so unter dem Röckchen hervor. Ein herrlicher Anblick.

Ja, so war es gut.

Er nahm die Leine und zog sie hinter sich her.

Bei jedem Schritt klimperte sie sanft vor sich hin. Roman grinste. Sie war bestimmt schon längst klitschnass. Michael würde begeistert sein.

Schließlich kamen sie in das große Esszimmer, das Greta früher so oft sauber gemacht hatte.

Diesmal war es jedoch voller Menschen. Die meisten saßen am Tisch, auf dem ein üppiges Festmahl angeboten wurde.

Einige Sklavinnen und Sklaven bedienten die Gäste.

Sie trugen nur ein Halsband, waren ansonsten jedoch ohne jeglichen Schmuck bis auf einen Keuschheitsgürtel und einen Knebel, den jeder zusätzlich trug.

Sie wurden von den Gästen nicht beachtet, da sie lediglich zum Auftragen der Speisen zuständig waren.

Greta sah am Tisch die Herrin Anna sitzen. Neben ihr kniete Konrad und himmelte sie an.

Sie beugte sich gerade zu ihm hinunter.

Als Greta genauer hinsah, bemerkte sie, dass Anna zwischen ihren Lippen eine Weintraube hielt, die sie nun mit etwas Speichel in Konrads Mund fallen ließ.

Während er die Traube vorsichtig kaute, strich sie ihm fast beiläufig über seine Haare.

Sie sprach dabei schon wieder mit ihrer Tischnachbarin, die Greta bisher nicht kannte.

Konrad nahm behutsam Annas Hand und küsste sie ehrfurchtsvoll, bevor er regungslos in kniender Position wieder wartete, ob sie ihn brauchte.

Wo war Michael?

Greta durchfuhr ein Schauer. Sie konnte es nicht erwarten, ihm zu Diensten zu sein.

Roman zog sie hinter sich her und sie folgte mit geröteten Wangen.

Die High Heels ließen sie vorsichtig gehen und aufrecht mit nicht zu sehr gespreizten Beinen. Ihre Waden und die Pomuskeln spannten sich dabei an, ließen ihr Gesäß rund und prall unter dem Röckchen hervorlugen. Die Glöckchen rieben bei jedem Schritt aneinander. Die Bewegung reizte ihre Schamlippen und ließen ihren Kitzler nicht zur Ruhe kommen.

„Klingeling" machten die Glöckchen. Nicht besonders laut, aber Greta konnte es genau hören.

Lust überkam sie. Sie hatte es schon vorher gewusst.

Glöckchen waren eine erregende Sache. Zu erregend?

Unruhig versuchte Greta, sich auf die Begegnung mit
Michael zu konzentrieren.

Aber blickten nicht alle sie gerade an?

So, wie sie jetzt aussah?

Vorsichtig schaute sie sich um.

Manche taten es, lächelten, wandten sich dann aber
wieder dem Essen zu oder ihren persönlichen Begleitern
zu.

Ob dem Herrn ihr Anblick auch gefallen würde?

Sie hoffte es so.

— * —

Überrascht merkte sie plötzlich, dass sie am Knebel
kaute. Er war aus hartem Gummi und es beruhigte sie,
ihn mit den Zähnen anzuknabbern. Ihr Speichelfluss
wurde davon angeregt.

„Jetzt bin ich nicht nur unten klatschnass, sondern auch
noch oben." dachte sie kurz, bevor sie fast bei dem
Versuch husten musste, den Speichel herunterzuschlu-
cken.

Roman bemerkte es und flüsterte ihr zu: „Lass es ruhig
laufen. Dann hätte der Herr einen Grund, Dich zu bestrafen."

Meinte Roman das ernst? Greta schluckte jetzt erst
Recht den Speichel herunter. Aber ertappte sich dabei,
sich vorzustellen, wie es wohl war, vor dem Herrn nicht
mehr schlucken zu können.

Wie es wäre, wenn der Speichel sich schließlich seinen
Weg bahnen würde, so wie ihre Lust sich den Weg
durch ihre Schamlippen bahnte.

Fast stöhnte sie von dem Bild auf, so erregte es sie.

Ohne sich dagegen wehren zu können, überlegte sie, wie
Michael sie dann wohl bestrafen würde. Würde er sie

wirklich strafen? Oder nur sanft den Speichel mit einem Tuch von ihrem Gesicht entfernen.

Vielleicht beides?

Ihre kleine Lustknospe pochte. Sie begehrte ihn so stark, sehnte sich so nach seiner Führung.

Doch sie musste sich einfach beherrschen. Ihre Lust bändigen, solange er es nicht erlaubte, zu kommen.

„Reiß Dich zusammen." ermahnte sie sich.

Viel nützte es nicht.

Roman ging mit ihr zum Ende des Tisches.

Dort saß ihr Herr.

Wunderschön, ganz in dunklem Anthrazit gekleidet, Macht und Dominanz ausströmend mit jeder Pore seines Körpers.

Greta hielt fast die Luft an, während sie weiter verzweifelt versuchte, ihren Speichel zu schlucken.

Er war ihr Herr und interessierte sich für sie. Sie konnte es immer noch nicht fassen.

Roman sprach Michael an: „Sir, sie ist da, wie Ihr es wünschtet."

„Danke, Roman." sagte Michael nur.

Greta bekam ein flaues Gefühl im Magen. Er sah so gut aus, wie er dort saß. Hoffentlich konnte sie es ihm recht machen. Nichts wünschte sie sich mehr.

„Knie Dich neben dem Herrn hin. Normal, keine Begrüßungsstellung." flüsterte Roman Greta zu.

Sie sank nieder und senkte ihren Kopf.

Wieder klingelten die Glöckchen.

Ohne weitere Worte ging Roman. Seine Arbeit war getan.

Voller Furcht bekam Greta schwitzige Finger. Was würde jetzt passieren?

Michael nahm die Leine, die an ihrem Halsband befestigt war.

„Entschuldige, Vincent." sagte er zu seinem Tischnachbarn, mit dem er vor Gretas Erscheinen angeregt gesprochen hatte. „Sie ist neu und muss noch ausgebildet werden."

Vincent, ein großer, blonder Mann, grinste sie neugierig und begutachtend an. Er war ganz in schwarz gekleidet: Eine enge Lederhose und ein weites Hemd, das Greta an Ritterfilme erinnerte.

Greta mochte seinen Blick nicht. Irgendetwas daran machte ihr Angst. Er war eindeutig ein Herr wie Michael, aber ihm fehlte die Liebe im Blick.

„Steh auf, Greta." sagte Michael zu ihr, bevor sie Vincent näher anschauen konnte.

Gehorsam stand sie auf und senkte den Blick.

Er musterte sie kurz.

Lust überkam sie wieder. Dieser Blick von ihm, sie hatte das Gefühl, genau verfolgen zu können, wo er hinschaute, sie langsam abtastete, ohne sie zu berühren.

Schamhaft wurde ihr bewusst, wie nass sie schon wieder oder besser, immer noch, war. So nass, dass sie sich wunderte, dass die Glöckchen noch zu hören waren.

Ob er das auch bemerkt hatte?

Doch er sagte nur: „Ok. Sehr schön, Greta. Du kannst Dich wieder hinknien."

Demütig sank sie zu seinen Füßen nieder.

„Jetzt blick mich an!" meinte er lächelnd.

„Oh nein!" dachte sie ängstlich, gehorchte aber.

Prompt wurden die Knospen hochgezogen. Gretas Körper durchzog ein wohliger Schauer.

Er wusste genau, was ihre Lustgrotte anschwellen ließ. Wie gern sie ihn jetzt geküsst hätte…

„Nun, Vincent?" fragte Michael seinen Sitznachbarn.

„Was sagst Du?"

Der grinste immer noch: „Nun ja, Michael, Du weißt ja, was ich mag. Sie kann sich immer noch zu sehr bewegen. Ist aber ein ganz hübscher Anblick. Überlässt Du sie mir irgendwann mal? Ich könnte sie Dir richtig abrichten."

Leicht lachend schüttelte Michael den Kopf: „Nein, danke, Vincent. Wir haben da zu verschiedene Vorstellungen."

Greta lief es heiß und kalt den Rücken herunter. Vincent hatte das Wort Abrichten in einem eiskalten, beiläufigen Ton gesagt, der ihr noch weniger gefiel als sein Grinsen vorher.

Schulterzuckend erwiderte Vincent: „Wie Du möchtest, Michael."

Er wandte sich wieder dem Mahl zu, schaute jedoch über den Tellerrand lüstern Greta an.

„Irgendwann, Sklavin!" schien er damit zu sagen. „Irgendwann gehörst Du mir!"

Michael sah es zwar, ignorierte es jedoch. Er wandte sich wieder Greta zu: „Gieß mir Wasser ein."

Greta stand vorsichtig auf und nahm die Karaffe, die neben Michaels Glas stand. Damit füllte sie sein Glas, bevor sie erneut auf die Knie fiel.

Er beachtete sie nicht weiter für den Rest des Abends. Nur ab und zu sollte sie ihm Wasser einschenken. Sonst kniete sie und bemühte sich, nicht zu sabbern.

— * —

Sie waren gerade beim Dessert angelangt, als plötzlich ein Mann durch die Tür kam, hinter sich eine Frau zerrend.

Sie wimmerte, wohl auch, weil er sie an den Haaren zog.

Gnadenlos schleifte er sie vorwärts, bis er vor Vincent stand. Dort drückte er sie zu Boden.

Schluchzend blieb sie dort liegen.

„Sir?" sprach er Vincent an. „Sie ist ungehorsam. Wieder einmal."

„Entschuldige, Michael." sagte Vincent langsam und mit nur mühsam unterdrücktem Zorn in der Stimme. „Diese Sklavin bereitet mir nur Probleme. Von Anfang an."

„Was ist passiert, Fritz?" fragte er seinen Aufseher.

„Sie will sich nicht die Haare rasieren lassen, Sir." war Fritz Antwort.

Vincent wandte sich der Sklavin, die immer noch schluchzend vor ihm auf dem Boden lag, zu, zerrte sie an den Haaren hoch und schlug ihr mehrfach ins Gesicht, so dass ihre Lippe aufplatzte: „Du verdammte Sklavensau! Verficktes, unnützes Luder! Das gehört zu Deiner Erziehung, verstanden!? Damit wir Dir Dein Zeichen auf die Kopfhaut tätowieren können."

„Bitte nicht bei mir am Tisch, Vincent!" fuhr ihn da Michael an. „Das kannst Du bei Dir zelebrieren, aber bei mir zügelst Du Dich bitte."

Vincent schaute Michael spöttisch an: „Weichling. Das warst Du schon immer. Sie will das, glaub mir."

Er schaute auf seine Sklavin herunter und zischte sie an: „Ich habe doch Recht, oder?"

Sie schaute ihn nur mit großen, ängstlichen Augen an. „Sag es!"

„Ich will das, Herr." flüsterte sie leise und weinte.

Er schlug sie noch einmal.

Wimmernd stürzte sie zu Boden.

„Peitsche, Fritz!" befahl Vincent seinem Aufseher barsch.

Kaum hatte er die kurze Peitsche in der Hand, schlug er seine Sklavin damit: „Lauter, Bitch!"

Greta sah, dass die Haut der Sklavin aufplatzte.

Schluchzend erhob sich die Frau wieder und kniete vor Vincent zitternd nieder. Dann sagte sie laut, fast trotzig: „Ich will das, Herr."

Vincent lächelte und setzte sich wieder ruhig hin. Die Peitsche ließ er fallen.

Zu Michael sagte er: „Da hast Du es."

Michael sah ihn nur an. Ihm gefiel diese Ader Vincents nicht, aber es musste ihm auch nicht gefallen.

Solange es seinen Frauen gefiel.

Vincent lächelte immer noch, als er seinem Aufseher nun befahl: „20 Tage in der Box. Ich will sie betteln hören, Fritz."

Die Sklavin keuchte entsetzt auf und flehte: „Bitte, Herr, habt Erbarmen! Ich halte keine 20 Tage aus, das ist zuviel. Gnade, Herr!"

Vincent wandte sich ihr langsam wieder zu: „Doch. Wirst Du. Ich dulde keinen Ungehorsam, 202! Du weißt das!"

202? Hatte Greta das richtig gehört? Nummerierte Vincent seine Sklaven? Und was war die Box, vor der sie so eine große Angst hatte?

Greta war froh, unbeachtet neben Michael zu knien. Am liebsten wäre sie jetzt fort gewesen.

Die Angst der Sklavin war echt, da war sie sich ganz sicher. Keine Lust war darin zu spüren. Keine Erregung.

Vincent wollte Fritz mit ihr wieder fortschicken, aber Michael hinderte ihn daran: „Nicht, Vincent!"

Er hielt ihn fest am Arm.

„Wage es ja nicht!" presste Vincent zwischen den Lippen hervor, während er auf Michaels Hand blickte: „Lass mich sofort los!"

Michael schüttelte seinen Kopf: „Du bist hier in meinem Haus. Als mein Gast. Ich habe ein Recht darauf, mich einzumischen."

Zuerst wollte Vincent wütend aufbegehren, dann lehnte er sich jedoch ruhig zurück und meinte nur: „Bitte. Nur zu!"

Michael ließ ihn los.

Er fragte die Sklavin: „Willst Du die Strafe wirklich auf Dich nehmen? Für Deinen Herrn? Nicht das Safeword benutzen?"

Gretas Herz klopfte.

Er hatte es genau wie sie gespürt. Da war kein Einvernehmen, kein Vergnügen bei Vincents Sklavin. Nur pure Angst und Verzweiflung.

202 sah ängstlich Vincent an.

Der nickte großzügig: „Antworte ihm. Vielleicht kapiert er es dann!"

Erst jetzt sagte 202 zu Michael: „Für mich gibt es kein Safeword, Herr."

Michael sah sie entgeistert an.

„Erklär es ihm, 202." forderte Vincent seine Sklavin lächelnd auf.

„Ich habe mich komplett meinem Herrn verschrieben. Egal, was er mit mir tun will, ich habe ihm die Erlaubnis vorher schriftlich gegeben. Ich erwarte keinen Respekt, nur Verachtung und Strafe."

Michael schüttelte den Kopf: „Das meinst Du nicht wirklich, 202. Soll ich Dich retten? Ich mache es und schütze Dich vor Vincent."

„Hey!" schrie da Vincent auf. „Das geht zu weit, Michael."

„Du…bist…sofort…still!" herrschte ihn Michael böse an.

Vincent stand jetzt wütend auf: „Das war es. Endgültig. Ich habe mich wirklich bemüht, mit Dir auszukommen, Michael."

Er drehte sich um und rief noch Anna zu: „Du hast es gesehen. Ich habe es versucht. Er hat mich noch nie akzeptiert. Idiot!"

Anna sagte dazu nichts. Schaute die beiden Männer nur schulterzuckend an.

Dann ging Vincent.

202 sah Michael traurig an und sagte: „Danke, Herr, für Euer großzügiges Angebot, aber ich kann nicht. Ich gehöre ihm."

Gehetzt blickte sie Vincent hinterher. Dann zu Fritz empor.

„Ja, allerdings." meinte der. Er verbeugte sich vor Michael und Anna: „Sir? Madame?"

Dann schnappte er die Hand von 202 und ging Vincent hinterher.

Michael setzte sich wieder, missmutig und murmelte: „Ich habe es auch versucht. Oft genug."

Dann zwang er sich aber zu einem Lächeln und meinte zu seinen Gästen: „Wie Sie sehen, hat mein Bruder es vorgezogen, unsere nette Runde zu verlassen. Stören Sie sich bitte nicht daran und genießen Sie den Rest des Abends. Ich werde es auf jeden Fall tun."

Greta zuckte zusammen.

Vincent war Michael und Annas Bruder?

— ✳ —

Obwohl sich Michael und Anna bemühten, kam für den Rest des Abends keine richtige Stimmung mehr auf.

Nach und nach verließen die Gäste das Zimmer, gingen nach Hause, und irgendwann war Michael mit Greta allein.

Sie kniete immer noch neben seinem Stuhl, den Knebel im Mund, die Ketten an der Stange verbunden mit den Ringen an ihren Brustwarzen, die Glöckchen an den Schamlippen.

Er saß nur da und starrte ins Leere, das Wasserglas in seinen Händen.

„Ich habe es versucht." flüsterte er fast tonlos.

Ohne weitere Worte stellte er plötzlich das Glas hin, stand auf und ging aus dem Zimmer. Er machte noch das Licht aus, bevor er ging.

Greta kniete nun im Dunkel. Allein.

Was jetzt?

Unsicher blickte Greta zur Tür, jedenfalls dorthin, wo sie diese vermutete. Wirklich sehen konnte sie nichts. Sollte sie hier bleiben? Er hatte nichts gesagt.

Aber sie konnte doch nicht einfach aufstehen und in ihr Zimmer gehen. Oder?

„Greta?" hörte sie da eine Stimme.

Die Tür öffnete sich wieder.

Er stand dort. Seine Silhouette war deutlich im Gegenlicht zu sehen.

„Komm!" sagte er. Einfach so.

Erleichtert stand Greta auf. Er hatte sie doch nicht vergessen.

Mit gesenktem Kopf folgte sie ihm, diesmal in sein Schlafzimmer.

Gretas Herz klopfte.

Keine Menschenseele war sonst auf den Fluren, es war fast beunruhigend still, nur ihre Glöckchen klingelten leise.

Gretas Füße taten weh von den High Heels, aber sie
biss auf den Knebel und versuchte, den Schmerz zu
ignorieren.

Wie auch die Müdigkeit, die ihren Körper langsam
überwältigte, in jede Pore kroch. Wie spät war es wohl?
Zum ersten Mal fiel ihr auf, dass es in dem Anwesen
keine Uhren gab. Was alles noch stiller machte.

Im Schlafzimmer zeigte er auf eine Stelle vor seinem
Bett. Wortlos.

Greta kniete dort nieder, hoffend, dass er das gemeint
hatte.

Er nickte nur und strich über ihre Haare. Zärtlich, langsam.

Ja, sie war wirklich gut.

Greta jedoch hätte schluchzen können vor Glück, so
sehr berührte sie diese Geste.

Ohne Rücksicht auf die mit dem Knebel verbundenen
Knospen blickte sie ihn an.

Er lächelte: „Steh auf und zieh mich aus, Greta!"

Erstaunt stand sie auf.

Meinte er das wirklich?

Er schien ihre Gedanken mitbekommen zu haben und
hielt ihr einen Ärmel hin.

Mit zitternden Fingern öffnete sie den Ärmelknopf,
kurz danach den anderen.

Dann, nach einer zwinkernden Aufforderung durch ihn,
als sie zögerte, knöpfte sie sein Hemd auf. Ihre Hände
fuhren in die Schultern des Hemdes und schoben es
ihm zärtlich vom Körper.

Zuletzt zog sie es sanft aus der Hose.

Sie musste schlucken, als sie ihn so sah. Das erste Mal
stand er ihr mit nacktem Oberkörper entgegen, und sie
konnte ihn ansehen.

Er war einfach perfekt.

Doch viel Zeit zum Anschauen hatte sie nicht. Denn in ihren Händen hielt sie nun das Hemd. Wohin damit?

„Leg es vor die Tür." meinte er ruhig. „Eine der Putzsklaven wird es in der Nacht abholen."

Mit eiligen Schritten…klingelingeling…ging Greta zur Tür, öffnete sie und hielt das Hemd ganz kurz noch an ihr Gesicht, bevor sie es hinlegte.

Es roch intensiv nach ihm. So intensiv. Am liebsten hätte sie es nicht mehr aus den Händen gegeben.

Doch er wartete auf sie neben dem Bett.

So legte sie es fast bedauernd auf den Boden und schritt zurück zu ihm.

„Knie nieder, Greta." flüsterte er.

Sie gehorchte sofort.

Wieder strich er über ihr Haar, bis er zu dem Riemen kam, der den Knebel hielt.

Er löste ihn.

Nahm den Knebel aus ihrem Mund, entfernte die Ketten von ihren Ringen.

„Kannst Du Deinen Mund schließen?" fragte er sie liebevoll.

Greta versuchte es vorsichtig.

„Ja, Herr." flüsterte sie.

Es fiel ihr schwer, aber es ging. Welch ungewohntes Gefühl, Zahn auf Zahn, Lippe auf Lippe wieder zu fühlen.

Er legte den Knebel auf ein nahes Tischchen und sagte: „Jetzt zieh mir die Hose aus, Greta."

Sie hob ihre Hände, aber er drückte diese sanft beiseite.

„Mit Deinem Mund." forderte er.

Ohne groß Nachzudenken beugte sie sich ihm zu.

Zuerst der Gürtel.

Es war nicht einfach, die Schnalle mit Zunge und Zähnen zu öffnen. Immer wieder rutschte Greta ab, fuhr die

Zunge der Schnalle wieder zurück in das Gürtelloch, in dem sie steckte.

Schließlich sank Greta weinend zusammen: „Herr, vergebt meine Unzulänglichkeit. Ich schaffe es nicht."

Sie verachtete sich so sehr. Warum bekam sie das nicht hin? So schwer konnte das doch nicht sein, oder?

„Doch." erwiderte er da freundlich und gelassen. „Du schaffst es. Es ist eine reine Übungssache, Greta. Heute helfe ich ein wenig, ok?"

Tränenüberströmt blickte sie zu ihm auf. Warum war er nur so? So großmütig?

Mit einem schnellen Griff löste er die Zunge der Schnalle.

„Jetzt probiere es noch einmal, Greta!" forderte er sie auf.

Mit immer noch nassen Augen…warum war bei ihr immer alles so nass…versuchte sie es ein zweites Mal.

So war es tatsächlich einfacher und bald konnte sie die Schnalle in den Mund nehmen und den Gürtel aus der Hose ziehen.

Er nahm ihn ihr ab.

„Siehst Du?" sagte er zufrieden. „Ich wusste, Du kannst es. Aber ich musste Dir helfen, Greta. Dafür bekommst Du jetzt eine Strafe. Sie wird nicht besonders hart sein, keine Angst. Dreh Dich um! Ich will Deinen Po sehen!"

— ✳ —

Sie drehte sich ihm wie gewünscht zu.

Michael war erfreut über den Anblick, denn unter den Pobacken sah man ihre nasse Spalte, an der immer noch die Glöckchen hingen.

So nass…sie war wieder so nass.

Er zog seinen Gürtel viermal über ihren Hintern, dass breite, leichte Striemen zu sehen waren.

Greta stöhnte auf.

Es tat weh, brannte leicht, aber sie war erregter als vorher.

Warum nahm er sie nicht einfach, sondern quälte sie so mit ihrer Lust?

„Jetzt den Rest." befahl er und ließ den Gürtel fallen.

Sie wandte sich seiner Hose zu.

Der Knopf war schnell geöffnet. Es war kein Problem. Als habe sie das schon immer so gemacht.

Dann nahm sie den Schieber des Reißverschlusses fest zwischen ihre Zähne und zog ihn langsam hinunter.

Sie schmeckte das Metall zwischen ihren Zähnen und fühlte, dass sich seine Hose ausbeulte.

Sie machte es also richtig. Es gefiel ihm auch.

Ohne weiter darüber nachzudenken, wollte sie ihm die Hose nun wie das Hemd herunterziehen, aber er stoppte sie.

„Ts Ts, Greta!" ermahnte er sie. „Keine Hände mehr!"

„Verzeiht, Herr." flüsterte sie beschämt. „Es tut mir leid, ich weiß auch nicht, warum ich das getan habe."

„Sonst müsste ich Deine Hände auf den Rücken binden. Das willst Du doch nicht, oder?" fragte er sie lächelnd und doch drohend.

Stumm schüttelte Greta den Kopf.

„Gut. Dann mach weiter."

Sie ballte ihre Hände zu Fäusten, um zu verhindern, dass sie noch einmal unbewusst ihre Hände gebrauchte.

Dann nahm sie den Bund seiner Hose zwischen die Zähne und zog sie nach unten.

Sie kam aber nur bis zu einer bestimmten Stelle, dann musste sie die gegenüberliegende Seite nehmen und sie ebenfalls herunterziehen.

Die Wärme seines Körpers umhüllte sie dabei wie eine weiche Wolke und sein Duft wurde übermächtig.

Ihre Vulva schwoll weiter an und pochte.

Wie gern hätte sie ihn jetzt angefasst! So gern.

Aber er hatte es verboten.

Er hob kurz einen Fuß, damit die Hose ganz heruntergleiten konnte. Dann den anderen.

„Jetzt nimm die Hose mit Deinem Mund und bring sie nach draußen zum Hemd." sagte er lächelnd zu ihr.

„Auf allen vieren."

Greta erschauerte. Ihre Knospen standen steif, als sie seine Hose in ihren Mund nahm und damit zur Tür wie ein Hund ging.

Entzückt betrachtete Michael dabei ihren nackten Arsch, der sich im Halbdunkel der warmen Nachttischlampe verführerisch bewegte.

Die Glöckchen glitzerten von ihrem Schleim, doch gaben immer noch helle Töne von sich. Sie war Wachs in seinen Händen. Wie er es mochte.

Schnell legte sie die Hose zum Hemd und kam zurück.

Er zog sich währenddessen ruhig die Socken selbst aus und legte sie zu dem Knebel. Jetzt hatte er nur noch seine engen Boxershorts an. In ihnen war sein Schwanz nun allzu deutlich zu sehen.

Greta wünschte sich nichts mehr, als ihn endlich in sich zu spüren, tief und ausfüllend.

Wieder überlief sie ein Schauer der Lust, ohne sich befriedigen zu können.

Kriechend kam sie auch wieder zurück zu ihm. Er hatte ihr noch nicht erlaubt, sich aufzurichten.

Sie blickte zu ihm hoch, fragend.

„Ja." sagte er lächelnd. „Jetzt die Shorts. Aber bitte vorsichtig, Greta. Ich mag nicht geziept werden."

„Ich werde mich bemühen, Herr." erwiderte Greta demütig und fuhr mit ihrer Zunge zunächst ganz sanft unter das Bund der Shorts, um es dann mit den Zähnen zu packen.

Dabei schmeckte sie kurz den Schweiß auf seinem Körper.

Ablecken…wie gern hätte sie ihn jetzt richtig abgeleckt, das Salz von seiner Haut schmecken. Mehr…mehr…ihn dann leicht beißen…und…

Er stöhnte plötzlich auf und Greta wurde aus ihren Gedanken gerissen.

Sie fühlte, dass sein Schwanz noch härter und größer wurde. Was bei ihr wiederum zu noch mehr Nässe in ihrer Lustgrotte führte. Wie lange würde sie das noch durchhalten?

Am liebsten wäre sie über ihn hergefallen… aber sie durfte ihre Stellung nicht vergessen.

Er bestimmte, was sie tat. Er war ihr Herr.

Mit geröteten Wangen zog sie ihm die Shorts aus.

Sein Penis stand groß und steif ab.

Greta konnte nicht fassen, dass dieser Schwanz bereits in ihr gewesen war. Kein Wunder, dass er sie so befriedigt hatte und seine Stöße so stark zu spüren gewesen waren.

„Denk an etwas anderes…an etwas anderes!" dachte Greta verzweifelt, konnte sich von dem Anblick aber nur schwer losreißen.

Ihr Körper bestand nur noch aus Lust. Purer Lust auf ihn und seinen wunderbaren Körper.

Auch die Unterhose brachte sie auf seinen Befehl hin auf allen vieren zu den anderen Sachen nach draußen.

Als sie wiederkam, nahm er nahm seine Socken in die Hand.

„Stell Dich vor mich hin, mit dem Gesicht zur Tür!"
forderte er jetzt.

— * —

Greta hatte gedacht… und gehofft… er würde sie jetzt
endlich, endlich nehmen.
Aber er ließ sich, wie immer, Zeit. Zeit, in der ihre Lust
überwältigend wurde. Fast war sie soweit, ihn anzubet-
teln, sie mit seinem Schwanz zu verwöhnen, egal wie.
Doch er lächelte sie nur an, während sie aufstand und
sich umdrehte.
Mit schnellen und geübten Griffen führte er ihre Arme
auf den Rücken und band ihre Hände mit seinen Socken
zusammen.
Dann drehte er sie zu sich und drückte sie auf die Knie.
„Mach deinen Mund auf, meine obergeile Sklavin!"
flüsterte er.
Ihr Mund öffnete sich, weit.
Er führte zunächst einige Finger hinein, tastete ihren
Mund ab und steckte dann seinen Schwanz zwischen
ihre Lippen.
Greta hatte das Gefühl, in ihrem Körper würde etwas
explodieren. Ungekannte Gefühle durchfluteten sie,
während er ihre Haare griff und seinen Schwanz in ihren Rachen stieß.
Sie fühlte sich so benutzt und erniedrigt, doch es erregte
sie über alle Maßen. Ihr Kitzler klopfte immer stärker,
machte sie wahnsinnig, während er sie weiter nahm.
Ihre Spucke vermischte sich mit seinen Lusttropfen,
salzigen kleinen Spuren seiner Erregung.
Beglückt schluckte sie alles herunter, konnte einfach
nicht genug bekommen, auch wenn sie zwischendurch

kaum Luft bekam, weil sein dicker Schwanz alles blockierte.

Doch ließ er nicht zu, dass es zu lange dauerte. Er zog ihn immer rechtzeitig wieder so weit heraus, dass sie kurz zu Atem kommen konnte.

„Das gefällt Dir, oder?" fragte er zwischendurch Greta, die nur hilflos zu ihm hochblicken konnte, denn sie konnte weder etwas sagen noch ihre Hände gebrauchen. Dafür sah er aber die Tropfen, die sie vor Lust verlor. Die unter ihrer Vagina auf den Boden gefallen waren, ohne dass Greta dies bemerkt hätte.

Sie brauchte nicht auf seine Frage zu antworten, er wusste es auch so.

Ja, es gefiel ihr, ihn mit ihrem Mund zu befriedigen.

So stieß er weiter in sie hinein, bis sie nicht mehr in der Lage war, genug zu schlucken.

Spucke lief jetzt ihren Hals hinunter.

Doch Greta merkte davon nichts, zu sehr war sie darauf konzentriert, nicht zu kommen.

Sie durfte es nicht tun. Nicht schon wieder! Nicht noch einmal.

Aber ihre Lust war wieder übermächtig, ihre Schamlippen prall und fest, jeder Stoß von ihm brachte die Glöckchen zum Schwingen, ließ ein Klingeln ertönen.

Dann, als sie dachte, er würde sich endlich in ihr ergießen, zog er seinen Schwanz ganz heraus.

„Nein, nicht so, Greta." sagte er grinsend.

Warum wusste er immer, was sie dachte?

Greta schluchzte auf.

„Herr?" weinte sie. „Warum nicht?"

Fast sofort biss sie sich auf die Zunge.

Wieso hatte sie das gefragt? Sie war seine Sklavin und hatte seine Handlungen nicht in Frage zu stellen. Ihre Worte waren vermessen.

Würde er sie jetzt schlagen?

Doch Michael antwortete nicht, sondern zog sie hoch. Grinsend, denn sie sah so devot und geil aus, so hatte er es noch nie vorher erlebt.

Er mochte ihre ängstliche Unsicherheit, ihre Angst, wenn er einmal wieder etwas tat, was sie nicht erwartet hatte. Das steigerte seine Erregung.

Sie würde ihm wirklich noch viel Freude bereiten, da war er sich sicher. Denn bis jetzt war er noch gnädig gewesen, hatte sie nicht richtig geschlagen und gefesselt. Er war sich jedoch sicher: Auch das würde sie genießen. Sie zeigte schon jetzt gute Ansätze.

„Aufs Bett, Greta. Hintern hoch!" verlangte er nun.

Greta gehorchte.

Da sie sich nicht mit den Händen abstützen konnte, diese waren immer noch auf ihrem Rücken gefesselt, lag sie mit dem Kopf direkt auf seinem Kissen.

Dadurch reckten sich ihre Pobacken noch stärker nach oben.

„Nimm mich! Bitte nimm mich!" dachte Greta verzweifelt.

Michael kniete sich jedoch nur hinter ihr auf das Bett und strich über die Backen.

Greta stöhnte auf. Unerträgliche Lust.

„Ertrage es, Greta. Für mich." flüsterte er. „Ich verbiete Dir ausdrücklich, zu kommen."

Verzweifelt biss Greta in das Kissen. Er verlangte fast Unmögliches von ihr. Wie sollte sie das schaffen?

Er streichelte ihren Rücken, die Seiten ihres Körpers, sanft, zart, steigerte ihre Empfindsamkeit so stark, dass es fast weh tat.

Dann fuhr er mit den Händen an ihre Brüste, massierte diese kurz und kniff ihre Knospen, die bereits von der

118

Erregung an sich, ohne seine zusätzliche Stimulation, weh getan hatten.

Greta wimmerte. Es schmerzte...und dennoch fuhr die Lust durch sie hindurch wie ein schneidendes Schwert.

Zur gleichen Zeit spürte sie seinen harten Penis an ihrer Pospalte und seine Hoden an ihren Schamlippen.

Er quälte sie.

Wusste genau, was er tat.

Und sie?

Wollte mehr!

Einfach mehr!

„Gnade, Herr!" presste sie schließlich keuchend heraus. „Bitte habt doch mit Eurer Sklavin Erbarmen."

— * —

„Noch nicht, Greta." sagte er nur, während er wieder etwas von ihr wegrückte.

Aber nur, um seine Finger kurz in ihre klitschnasse Muschi zu schieben.

Greta schrie fast auf, konnte sich nur noch knapp beherrschen.

Wenn sie nur geahnt hätte, was er weiter vorhatte...

Denn nun versenkte er die von ihrer Lust verschleimten Finger tief in ihr Arschloch.

Bevor er seinen Schwanz endlich in ihre Fotze stieß.

Gretas Körper vibrierte.

Sie hatte das Gefühl, als würde sie entschweben, weit fort ins reine Glück.

„Nein..." dachte sie gleichzeitig. „ Noch nicht. Er hat es nicht erlaubt."

„Gefällt...Dir...das...Greta?" fragte er zwischen seinen harten, festen Stößen. „Du...wirst...nicht...kommen!"

Er wollte nicht wirklich eine Antwort von ihr.

119

Ihr Körper diente einzig seiner Befriedigung. Allein dazu, dass er abspritzen konnte. Das war ihre Bestimmung. Und sie fühlte sich gut dabei.

Nur ihr Körper dachte anders. Seine Finger stießen im Rhythmus seines Schwanzes in ihr Arschloch und stimulierten sie zusätzlich.

Wie sollte sie das nur weiter ertragen?

Sie wollte nicht kommen.

Wollte nicht…

Dann, als sie glaubte, sich nicht mehr wehren zu können, zog er plötzlich alles aus ihr raus und drehte sie mit einem schnellen Griff an ihren Arme um.

„Mund auf, Sklavin!" befahl er ihr.

Dann spritzte er ab, so dass das meiste in ihrem Mund landete und sagte: „Schluck es, meine geile Greta!"

Und sie, die früher nur mit Schütteln daran hatte denken können, Sperma in ihrem Mund zu haben, von Schlucken ganz zu schweigen, gehorchte ohne Zögern.

Von ihm war es wie ein Geschenk für sie, ein wunderbares Zeichen, dass sie ihm gehörte und er sie wollte.

Fast zärtlich fuhr er danach über ihr Gesicht und schob ihr den Rest seines Spermas in den Mund.

Dabei flüsterte er: „Alles, Greta. Ich möchte, dass Du mich richtig schmeckst."

Gehorsam leckte sie ihm die Finger ab, süchtig nach ihm und seinem Samen. Nie hätte sie gedacht, dass ein Mann so gut schmecken konnte.

Er grinste sie an.

Sollte er ihr erlauben, zu kommen? Sie war immer noch verflixt geil.

Wie sie dort lag, weich und willig, nur zu bereit, ihm alles zu geben. Alles.

Aber er entschied sich schließlich dagegen.

Er war ihr Herr und sie musste lernen, dass ihre Bedürfnisse zweitrangig waren. Ein Orgasmus war eine Belohnung, nichts, auf das sie Anspruch hatte.

Auch dabei sollte sie ihre Abhängigkeit spüren.

Stumm zeigte er ihr, dass sie sich drehen sollte.

Sie schluckte und sah ihn traurig an, drehte sich aber gehorsam.

Er löste ihre Fessel.

„Zieh Dich aus. Du schläfst diese Nacht hier."

„Das war alles? Ich darf nicht?" dachte Greta fast hysterisch. Ihr Körper glühte und er löschte das Feuer in ihr nicht.

Zitternd stieg sie aus dem Bett und zog sich aus. Immer noch klingelten die Glöckchen. Immer noch wollte sie ihn. So stark, dass es fast schmerzte.

Vorsichtig entwich ein leises „Bitte, Herr…" ihrem Mund.

„Bitte was?" fragte er, scheinbar unwissend, während er auf dem Bett sitzend darauf wartete, dass sie fertig war.

Sie fiel vor dem Bett auf die Knie und schaute zu ihm hoch: „Eure Sklavin fleht Euch an, ihr einen Orgasmus zu gestatten, Herr!"

„Heute nicht, Greta." erwiderte er.

Greta blieb fast das Herz stehen. Er meinte es ernst. Das hörte sie.

Resigniert und demütig senkte sie ihren Kopf und flüsterte betrübt: „Wie Ihr wünscht, Herr. Vergebt mir meine Frage."

„Nein, Greta, es ist in Ordnung, wenn Du fragst. Aber Du darfst nicht erwarten, dass ich Deiner Bitte nachkomme." meinte er ruhig. „Bleib jetzt so knien, wie Du bist."

Er stand auf und ging in ein angrenzendes Zimmer.

Zurück kam er mit einer langen, silbrig glänzenden Kette, an deren Ende Handschellen angebracht waren.

„Deine Hände."

Wortlos, mit Tränen in den Augen, reichte sie ihm diese.

Warum bestrafte er sie so?

Das war für sie schlimmer als alle Schläge, die sie bisher ausgehalten hatte.

Aber war es nicht wichtiger, dass er zufrieden war?

Die Handschellen klickten um ihre Handgelenke, dann band er das andere Ende der Kette an seinem Bett fest.

„Herr?" fragte sie vorsichtig. „Darf ich Euch noch etwas fragen?"

Er nickte.

„Habe ich Euch wenigstens zufrieden gestellt?"

Sie hielt den Atem an. Was würde er antworten?

„Ja, Greta, hast Du."

Dann drückte er sie auf das Fell, das vor seinem Bett lag und reichte ihr eine Decke.

„Schlaf."

Er machte das Licht aus. Kurz danach war Michael eingeschlafen.

— * —

Greta lag dagegen noch lange wach. Es war schwierig, mit den gefesselten Händen sich selbst so hinzulegen, dass sie schlafen konnte, und die Decke richtig über sich zu legen.

Zudem hatte sie Angst, Michael zu wecken.

Denn wenn sie sich bewegte, klirrte sofort die Kette.

Er würde sie bestimmt bestrafen, wenn er durch ihre Unachtsamkeit aufwachte.

Wer wusste schon, welche Strafe er dann für sie vorsah?

Aber das Furchtbarste für Greta war ihr immer noch nach Erlösung gieriger Körper. Jede Bewegung löste Wellen von Lust aus. Dazu seine Atemgeräusche, sein Duft in der Luft…wie sollte sie so jemals einschlafen können?

Jemals…einschlafen…

Kurze Zeit später war sie es doch.

Eingeschlafen auf dem Boden, nackt und gefesselt, nur notdürftig mit der Decke bedeckt, immer noch mit den Glöckchen an den Ringen ihrer Scham.

Ihr Schlaf war unruhig und voller ängstlicher Träume, in denen er sie des Anwesens verwies. Sie fortschickte in das Leben, das sie nie wieder leben wollte.

Weil sie nicht genügt hatte. Zu armselig war, um seine Sklavin zu sein.

Umso froher war sie, als sie merkte, dass sie immer noch angekettet neben seinem Bett lag, als sie wach wurde.

Er dagegen war fort.

„Hallo, Greta." sagte leise auf der anderen Seite eine Stimme.

Konrad kniete neben ihr am Boden und schaute sie an. Er war diesmal ebenfalls nackt…wenn man von seinem Sklavenband absah.

„Konrad?" fragte Greta überrascht. „Was machst Du hier?"

„Meine Herrin spricht gerade mit Deinem Herrn." erklärte Konrad ihr. „Wegen gestern Abend."

Jetzt hörte Greta auch ihre Stimmen, aus dem Nebenzimmer.

„Pssst." meinte Konrad noch. „Sie wollen nicht gestört werden."

Stumm nickte Greta, wusste jedoch nicht, was sie nun machen sollte.

Fragend sah sie Konrad an.

„Du hast noch nie im Zimmer Deines Herrn geschlafen?" fragte der sie lächelnd. „Das erste Mal?"

Sie schüttelte den Kopf: „Nein, er hat mir einmal erlaubt, mich in seinem Bett zu erholen."

Konrad zog seine Augenbrauen hoch: „Wirklich? Da war er sehr großzügig. Ich habe noch nie die ganze Nacht im Bett meiner Herrin verbracht."

„Oh, ich auch nicht, Konrad." berichtigte Greta ihn.

„Es war eher abends und er lag nicht mit mir darin."

„Nein, Anna!" war plötzlich deutlich Michaels verärgerte Stimme zu hören. „Er ist für mich gestorben. Endgültig! Nicht einmal in meinem Haus konnte er sich zurücknehmen!"

Anna schien darauf etwas zu erwidern.

Dann rief Michael: „Keine Chance! Er provoziert mich jedes verdammte Mal, wenn wir zusammentreffen. Schluss, Anna!"

Er ging und kam ins Schlafzimmer.

Beide Sklaven nahmen sofort ihre Begrüßungsstellung ein, Greta, soweit es mit den Handschellen ging.

Anna kam ihm hinterher und hielt ihn am Arm fest: „Er ist unser Bruder, Michael!"

Wütend riss Michael sich los.

„Halt mich ja nicht noch einmal fest!" sagte er drohend zu ihr.

Sie senkte ein wenig ihren Kopf und entfernte sofort ihre Hand.

Greta bemerkte es und ihr Herz klopfte. Selbst Anna wollte Michael nicht zu sehr verärgern.

Dann sagte sie aber: „Ich weiß überhaupt nicht, was Du hast. Er steht halt auf etwas risikoreichere Sachen als wir."

124

Michael drehte sich zu ihr um, kopfschüttelnd: „Hast Du eigentlich gestern irgendetwas mitbekommen? Hast Du die Stimmung seiner Sklavin bemerkt? Und seine Kälte? Oder warst Du wieder zu sehr mit Konrad beschäftigt? Ich glaube nicht, dass sie freiwillig bei ihm ist."

Anna zuckte zusammen und sah Michael ungläubig an: „Du glaubst wirklich…?"

„Ja." sagte Michael nur. „Genau das glaube ich. Sie haben kein Safeword ausgemacht, Anna! Sie hat sich ihm komplett ausgeliefert. Mit komplett meine ich komplett! Nicht nur einfach 24/7. Du weißt, dass das zu weit geht. Zumal bei den Fantasien, die unser Bruder hat. Du weißt, was seine Box ist. Sieh endlich der Wahrheit ins Auge: Vincent ist gefährlich. Irgendwann wird er jemanden zu Tode foltern. Ich möchte nicht erst reagieren, wenn es zu spät ist."

„Das verstehe ich ja, Michael." erwiderte Anna. „Aber Du kannst doch nichts machen. Nur mit ihm reden!"

Michael lachte kurz auf: „Ach Anna, das habe ich oft genug versucht. Ich weiß inzwischen auch, dass er in kriminelle Geschäfte verwickelt ist. Das Geld unserer Familie reicht ihm offenbar einfach nicht. Ich wollte mit ihm gestern auch darüber sprechen. Ihn dazu bringen, aufzuhören. Mit beidem. Aber er hört mir einfach nicht zu. Rastet sofort aus. Ich komme nicht an ihn ran. Es würde mich nicht wundern, wenn er heimlich schon Leichen im Keller vergraben hat."

„Leichen?" hauchte Anna und wurde blass. „Das meinst Du nicht wirklich!"

Er sah sie nur an, wissend, überlegen.

Dann sagte er, leicht beschwichtigend: „Nun gut, noch hat er meines Wissens nach keine. Oder woanders. Aber es wird nicht mehr lange dauern, befürchte ich. Er findet kein Ende. Er will alles, in jeder dunklen Hinsicht."

„Woher weißt Du das?"

„Ich habe meine Quellen, Anna. Besser, Du weißt darüber nichts Näheres." seufzte Michael. „Zuverlässige Quellen. Wir müssen ihn stoppen. Es geht nicht anders. Familie hin oder her."

„Aber wie willst Du das bitte machen?" fragte Anna spöttisch. „Vincent konnte bis heute noch von niemandem gestoppt werden."

„Dann werde ich der erste sein." erwiderte Michael. „Ich werde ihn zwingen, sich mir zu unterwerfen. Dann darf er sich selbst stellen und dafür in der Familie bleiben."

„Und wenn er das nicht tut?" fragte Anna ihn skeptisch.

„Dann werde ich ihn der Polizei übergeben und aus der Familie verbannen. Er wird dann sehen, wie es ist, kein Geld und keine Macht in unseren Kreisen mehr zu haben."

„Er wird sich etwas anders aufbauen, Michael." warf Anna ein. „Du kennst ihn doch! Das würde er Dir außerdem nie verzeihen."

„Solange er dann nie mehr meine Wege kreuzt, ist es mir egal." sagte er, nun wieder überraschend ruhig. „Du kannst jetzt gehen, Anna. Ich werde nichts weiter dazu sagen."

Leicht öffnete Anna ihren Mund, als wollte sie noch etwas sagen. Schloss ihn dann aber wieder.

„Konrad?" befahl sie dafür ihrem Sklaven. „Komm!"

Mit gesenktem Kopf stand Konrad auf und kniete vor ihr nieder. Sie befestigte eine goldene Leine an seinem Halsband und zog ihn hinter sich her.

Kurz vor der Tür blieb sie aber stehen, drehte sich um und lächelte Michael an: „Ich wusste, Du entscheidest Dich genau so. Aber ich musste mich einfach noch einmal für Vincent einsetzen."

Er lächelte sie auch an: „Ja, Anna, ich weiß. Du hast eben ein großes Herz. Verschwende es nicht an unseren Bruder."

Sie nickte.

Dann verließ sie Michael, Konrad hinter sich herziehend.

Greta kniete immer noch in Begrüßungsstellung neben dem Bett, die Hände gefesselt. Es erschreckte sie, was die Geschwister über ihren Bruder erzählt hatten. Hoffentlich war Michael nicht in Gefahr…

Ihr Herz zog sich zusammen. Gern hätte sie jetzt mit ihrem Herrn darüber gesprochen. Ob er es erlaubte, wenn er sie nun losmachte?

Michael nahm aber nur sein Jackett vom Stuhl, beachtete sie nicht einmal mit einem Blick, als sei sie gar nicht da und ging.

Sie war allein.

Ihren Gedanken überlassen.

Ihrem Hunger, ihrem Durst.

Greta merkte plötzlich, dass ihr Mund total trocken war, ihr Magen nach etwas zum Verdauen verlangte.

Sie schaute sich im Zimmer um.

Es war weder etwas Essbares noch eine trinkbare Flüssigkeit zu sehen.

Das Bad mit den Wasserhähnen?

Entsetzt merkte Greta jedoch, dass es zu weit weg war für sie, die Kette zu kurz.

Das konnte sie, ohne es ausprobieren zu müssen, einschätzen.

Was, wenn Michael jetzt erst am Abend wiederkam…oder noch später?

„Er wird Dich schon nicht verdursten lassen, Greta!"
schüttelte sie verärgert über sich selbst den Kopf.

Doch der Gedanke hatte sich bereits in ihrem Kopf
festgesetzt und schon fühlte sich ihr Mund noch tro-
ckener als vorher an.

Außerdem musste sie ganz dringend zur Toilette.

Sie konnte sich doch unmöglich direkt neben seinem
Bett erleichtern.

Nicht in seinem Schlafzimmer…

Natürlich meldete sich prompt ihre Blase stärker als
vorher.

„Na toll." dachte Greta verzweifelt.

In dem Moment ging die Tür wieder auf und Roman
erschien.

Erleichtert nahm Greta wieder die Begrüßungsstellung
ein. Michael hatte sie doch nicht vergessen.

„Ich soll Dich abholen." sagte Roman nur kurz, schloss
die Kette vom Bett und brachte Greta wieder in ihr
Zimmer.

„Begrüßung!" befahl er dort.

Sofort sank Greta in die gewünschte Stellung.

Leider knurrte ihr Magen genau in dem Moment.
Unüberhörbar.

Schamesröte überzog Gretas Gesicht.

Roman grinste: „Scheint, als hättest Du Hunger. Wann
hast Du das letzte Mal etwas gegessen?"

„Gestern Mittag, Gebieter. Vergebt mir."

„Ich werde Dir gleich etwas bringen lassen. Warte hier."
Er wandte sich der Tür zu.

Greta hielt ihn jedoch auf: „Bitte, Gebieter?"

„Du hast eine Frage?"

Greta nickte beschämt.

„Frag."

„Gebieter, ich müsste dringend auf Toilette. Darf ich gehen, bis Ihr wiederkommt?" flüsterte Greta.

Er nickte gnädig und ging fort.

Greta beeilte sich, ins Bad zu kommen.

Es war eine solche Erleichterung, die Blase leeren zu können, dass Greta fast seufzte.

Aber mit den Handschellen war es gar nicht einfach, sich danach die Vagina mit den Ringen und den Glöckchen zu säubern.

Greta war noch nie so froh darüber gewesen, dass das Bad ein Bidet hatte. Damit ging es dann doch besser als gedacht. Auch wenn der Strahl des Bidets wieder Lust in ihr wachmachte. Warum hatte Michael ihr gestern nicht erlaubt, zu kommen?

Sie war immer noch wuschig und durfte nicht einmal masturbieren.

Warum war sie so?

Seit sie in seinem Anwesen war, konnte sie an nichts anderes mehr denken.

„Greta! Beherrsch Dich!" ranzte sie sich selbst an.

Schnell ging sie wieder auf ihren Platz und nahm die Begrüßungsstellung ein.

Keine Sekunde zu spät.

— * —

Kurz danach kam Roman wieder und hatte Peter bei sich.

Der trug ein Tablett mit einem leichten Frühstück bei sich: Geschnittenes, mundfertiges Obst, etwas Rührei, ein Glas mit Orangensaft und eines mit Wasser.

Peter stellte es vor Greta auf den Boden, ohne sie anzublicken, und ging wortlos wieder.

„Iss!" forderte Roman sie auf. „Aber die Stellung dabei nicht aufgeben!"

Er setzte sich ihr gegenüber auf das Sofa.

Wollte er sie beim Essen beobachten?

Mit einem unsicheren Blick auf den Gebieter nahm sich Greta zuerst das Glas mit dem Saft. Es war merkwürdig, dabei die andere Hand mitnehmen zu müssen, da sie durch die Fesseln verbunden waren. Ungewohnt.

Aber sie war froh, als sie das Glas an ihre Lippen setzen konnte.

Sie hatte wirklich Durst und Hunger.

Der Saft war köstlich. Frisch gepresst und süß.

Aber Greta konnte ihn nicht richtig genießen.

Es war sonderbar und irritierend, dabei Romans Blick aushalten zu müssen, dieser Blick, der jede Geste, jede Bewegung von ihr musterte.

Es war, als würde er ihr Innerstes nach außen kehren.

Ob Michael auch zuschaute?

Der kleine Knopf in ihrer Scheide fing sofort wieder an, zu pochen. Wie sie sich nach ihrem Herrn sehnte...

Sie setzte das Glas ab, nahm nun etwas Obst, eine Traube, und steckte es sich in den Mund.

Herrlich, wieder etwas im Mund zu haben!

Im Mund?

Ein kleiner Schauer durchlief Greta, denn sie dachte an gestern Nacht, als sie Michaels Schwanz im Mund gehabt hatte.

Ob er das mit ihr wiederholen würde? Irgendwann?

„Langsamer, Sklavin!" unterbrach da Roman ihre Gedanken.

„Gebieter?" fragte Greta irritiert. Sie war sich keiner Schuld bewusst.

Roman zeigte auf das Essen: „Dein Herr mag es, wenn seine Sklavinnen sich des Essens, das sie erhalten, bewusst sind. Nimm es dankbar auf, führe es nicht nebenbei in Deinen Mund, kaue gründlich, damit Du den Geschmack wirklich erfasst. Erst dann schlucke es herunter! Lass Dir Zeit für jeden Bissen!"

Beschämt nickte Greta.

Nicht einmal essen konnte sie so, wie Michael es mochte.

Aber sie würde sich bemühen, es ab heute richtig zu machen. Nur für ihn. Damit er sie nicht fortschickte. Sie wollte ihn mit jeder Faser ihres Körpers.

„Gebieter?" sprach sie Roman vorsichtig an.

Der sah sie fragend an: „Was ist, Greta?"

„Es tut mir leid, dass ich so unzulänglich bin."

„Das bist Du nicht." erklärte Roman. „Jetzt iss weiter. Wie ich es Dir gesagt habe."

„Ja, Gebieter." erwiderte Greta. „Ich danke Euch."

Sie nahm nun vorsichtig ein anderes Stück Obst in ihre Hand, ein Stück Honigmelone.

Versuchte, bewusst zu sein.

Ihr war es, als sähe sie das erste Mal, wie ein Melonenstück aussah, es sich anfühlte.

Es war orangefarben, fleischig, leicht glitschig vom Fruchtsaft. Je näher sie es an ihren Mund führte, desto mehr roch sie den typischen Geruch. Etwas süß, zart alkoholisch.

Roman beobachtete sie weiter.

Machte sie es jetzt richtig?

Er sagte nichts.

Leicht ängstlich, denn sie befürchtete, zu schnell…oder zu langsam…zu essen, öffnete sie ihre Lippen und schob die Melone hinein, begann zu kauen.

Langsam, soweit es ging.

Doch bei der Melone gab es nicht so viel zu kauen.

Es war schwierig, sie lange im Mund zu behalten.

Vielleicht sollte sie Melone beim nächsten Mal nur mit der Zunge zerdrücken?

Oder Bearbeiten?

„Oh Gott!" dachte Greta im gleichen Moment entsetzt, denn ihre Gedanken gingen aufgrund des Wortes in eine andere Richtung.

Jetzt dachte sie doch tatsächlich schon wieder an gestern Nacht, als Michael sie bearbeitet hatte.

Ihr Kitzler regte sich leicht, zuckte.

„Melone, Greta! Du isst nur Melone!" ermahnte Greta sich und schluckte das Obst hinunter.

Als Roman das bemerkte, forderte er sie mit einer stummen Geste auf, sich noch ein Stück zu nehmen.

Auch dieses aß sie sehr langsam, konzentrierte sich aber auf das Essen.

Es war ein völlig neues Erlebnis für sie. Sie bemerkte Geschmacksnuancen, die sie nie vorher bemerkt hatte. Alles schmeckte intensiver und anders.

Doch als sie dieses Stück hinuntergeschluckt hatte, stoppte Roman sie.

Sie hatte doch etwas verkehrt gemacht. Sie hatte es gewusst.

„Nimm das Tablett und komm zu mir." wies er sie jedoch nur an.

Stumm gehorchte sie ihm.

Als sie bei ihm war, drückte er sie mit einer Hand auf ihrer Schulter in die Knie.

Er nahm etwas Rührei in drei Finger einer Hand und hielt es ihr hin.

„Iss!"

Greta musste sich dafür zu den Fingern hinunterbeugen. Sie fraß ihm aus der Hand, wortwörtlich. Wie ein Hund seinem Herrn.

Das Rührei war perfekt, aber Greta merkte, dass sie durch die Art der Essensgabe schon wieder nass wurde.

Sie wurde gefüttert wie ein Tier.

„Leck mir noch die Finger ab." meinte er dann auch noch. „Jeden einzeln."

Ablecken?

Lust stieg weiter in Greta hoch. Lust, die sich steigerte, als sie begann, die Finger abzulecken.

Wenn es nur Michael wäre, Michael, ihr Herr.

Immer noch konnte sie die letzte Nacht nicht vergessen. Die Finger in ihrem Mund erinnerten sie an den Penis ihres Herrn. Es war so geil gewesen, so unfassbar geil, ihn in sich zu spüren!

Ohne es zu merken, begann Greta, an den Fingern zu saugen.

Roman entzog ihr sofort die Finger und hob ihren Kopf am Kinn hoch: „Das war Dir nicht erlaubt, Greta! Du bist schon wieder heiß, oder?"

Sie sah ihn flehend an.

Er grinste: „Nun gut, dann willst Du wohl nichts mehr essen."

„Doch, Gebieter." entfuhr es Greta. „Bitte lasst mich weiter essen."

Er fasste ihr zwischen die Beine.

Greta wollte im ersten Impuls ihre Beine schließen, aber er versetzte ihr gegen die Oberschenkelinnenseite einen schmerzhaften Klaps.

Dann fuhr er über ihre Vagina.

Grinste.

„Nein." sagte er. „Du brauchst etwas ganz anderes als Essen. Reich mir Deine Hände!"

„Bitte, nicht, Gebieter…" flüsterte Greta leise. Sie hatte Angst, auch er würde sie an ihre Grenze führen und nicht hinübergehen lassen. Oder sie für ihre Lust anders bestrafen.

„Deine Hände, Greta!" meinte er darauf noch einmal. Ernster, fester.

Greta senkte ihren Kopf und gehorchte. Ihr Herz pochte.

Roman schloss eine Seite der Handschellen auf.

„Hände auf den Rücken und dreh Dich zu mir."

Angst, was er vorhaben könne, fuhr in Greta.

Aber sie wagte nicht, ihn noch einmal um etwas zu bitten.

So folgte sie nur stumm seinen Wünschen.

Er schloss die Handschellen wieder.

Dann stand er auf und zog Greta hoch.

Noch einmal ein prüfender Griff in ihren Schritt.

„Du läufst wieder aus, Sklavin." sagte er lächelnd.

Ja, das tat sie tatsächlich.

Ihr Körper schien nur noch nach Befriedigung und Lust zu verlangen. Nach ihrem Herrn.

Roman zog sie an die Wand, die gegenüber dem Spiegel lag.

„Stell Dich mit gespreizten Beinen hin, Greta."

Sie tat, was er verlangte.

Warum geilte sie diese Stellung nur so an?

Er korrigierte ihre Stellung noch etwas, bis sie breitbeinig genug stand.

Es war ziemlich breit.

Lange, das war Greta klar, würde sie das nicht aushalten.

Stumm trat er nun hinter sie und griff nach den Handschellen.

Sie hörte plötzlich ein surrendes Geräusch, als würde etwas hinuntergelassen werden.

„Nicht umdrehen, Greta!" warnte Roman sie.

Ihre Wangen glühten. Was hatte er vor?

Ein Klicken.

Roman hatte etwas an den Handschellen befestigt.

Das war jetzt deutlich zu fühlen.

Eine Art…Haken?

Roman trat wieder vor sie und hatte jetzt eine Fernbedienung in der Hand.

Grinsend drückte er sie…und Greta merkte, dass ihre Hände nach oben gezogen wurden.

Automatisch beugte sie dabei ihren Oberkörper nach vorn, um dem Druck standhalten zu können.

Der Zug war stetig, aber unbarmherzig.

Bis Greta ihren Oberkörper im rechten Winkel zu der Hüfte gebeugt hatte.

„So ist es optimal." sagte Roman. „Ich will noch kein Wort von Dir hören, Greta!"

Greta konnte jedoch nicht verhindern, leicht zu stöhnen, denn ihre Arme wurden stark nach oben gedehnt.

Es war ein ziehender Schmerz, unangenehm, aber zum Glück noch auszuhalten.

In der Kombination mit dem breitbeinigen Stehen war es eine sehr schwer zu haltende Stellung, aber dennoch war Greta von ihr erregt. Sie merkte, dass ihre Brustknospen auch wieder hart waren.

Roman umging sie noch einmal, beobachtete ihre Reaktion und ihre Haltung.

Dann zog er einen Stuhl vom Esstisch in ihre Nähe und befahl: „Erzähl, was gestern zwischen Dir und Deinem Herrn im Schlafzimmer passierte. Jede Einzelheit.

Nichts auslassen und deutlich beschreiben, was Du empfunden hast."

„Was?" entfuhr es Greta laut. Dabei zuckte sie zusammen, was einen Schmerz in ihren Armen erzeugte.

„Ah!" rief sie leise aus.

Roman grinste: „Beweg Dich lieber nicht. Sondern erzähl!"

„Bitte, Gebieter! Das könnt Ihr nicht von mir verlangen!" keuchte Greta. „Das kann der Herr unmöglich erlaubt haben."

„Sonst würde ich es kaum verlangen, Greta." schmunzelte Roman.

„Oh, nein…." dachte Greta entsetzt. Das konnte Michael doch nicht ernsthaft wollen?

Hörte er etwa sogar zu?

„Fängst Du jetzt an oder muss ich dem Nachdruck verleihen?" fragte Roman drohend.

„Ich…ich…kann das nicht, Gebieter." stotterte Greta.

Roman schüttelte verärgert seinen Kopf: „Doch, Greta, Du kannst es. Du willst es nur nicht."

Er kam auf sie zu und holte etwas aus seiner Hosentasche, zwei Gewichte, wie Greta bemerkte.

In Greta spannte sich alles zusammen, aber sich zu bewegen, wagte sie nicht.

Ohne ein weiteres Wort hängte er jeweils eins an die Ringe ihrer Brustknospen.

Beide Brüste wurden nach unten gezogen. Es tat nicht besonders weh, nur die Lust stieg. Aber das machte es für Greta nur schwieriger.

Roman stieß mit seiner Gerte sanft gegen eines der Gewichte.

Das brachte Greta zum Stöhnen.

Und ihre Lustgrotte wurde feuchter.

„Jetzt hör mir genau zu, Greta." meinte Roman zu ihr.

„Ich werde, solange Du kein Wort erzählst, alle 5 Minuten stärkere Gewichte anbringen. Zuerst oben, später unten. Soweit es möglich ist. Solltest Du Dich dann immer noch weigern, werde ich mit meiner Gerte Deinen Arsch bearbeiten, bis Du Dich endlich bequemst, meinem Befehl zu folgen. Hast Du mich verstanden, Sklavin?!"

„Ja, Gebieter." schluchzte Greta. „Ich würde ja, aber..." Diese Stellung...diese verdammt geile Stellung...wenn sie dann noch von gestern erzählte...

— ✳ —

Aber noch mehr Gewichte?

Stotternd begann Greta also, zu erzählen. Von dem Moment an, in dem Michael mit ihr sein Schlafzimmer betreten hatte.

Während ihrer Erzählung trat Roman an sie heran und streichelte ihren nackten Körper mit der Gerte. Das brachte Greta wieder zum Stottern und Zucken.

„Oh, mein Gott" dachte sie, während Lust zusammen mit Schmerz von den belasteten Beinen und Armen durch ihren Körper fluteten. Ihr Kitzler pochte, ihre Vulva war bereits klitschnass.

Sie fühlte, dass sie vor Anstrengung anfing, zu schwitzen.

„Gebieter!" flchte Greta. „Ich halte das nicht aus..."

Das brachte ihr einen schmerzhaften Schlag mit der Gerte über ihre prallen Pobacken ein.

Die Glöckchen, die immer noch an ihren Schamlippen hingen, klingelten. Greta stöhnte auf und bewegte sich ungewollt.

Sie konnte es nicht verhindern.

Sofort taten ihre Arme weh und zwangen sie wieder in die vorherige Position.

„Habe ich erlaubt, aufzuhören, Greta?" fragte Roman sie.

„Nein, Gebieter." antwortete Greta leise.

„Dann weiter!" befahl er.

Gretas Wangen glühten, als sie gehorchte.

Ihr fiel es schwer, das zu erzählen, was passiert war. Zu erzählen, wie sie es genossen hatte, von ihm beherrscht zu werden. Genossen, einzig zu seiner Befriedigung da zu sein, benutzt zu werden.

Ihr Begehren, seinen Samen in sich aufzunehmen, sich einzuverleiben.

Dass sie nicht genug von ihm kriegen konnte.

Die Lust, ihre Lust, übermannte sie wieder. Ihre Haut prickelte und sie fühlte, wie der Schmerz ihrer Arme und Beine sanfter wurde, verdeckt von ihrer Geilheit.

Ihre Knospen standen hart und fest ab, ihr Kitzler machte sie wahnsinnig.

„Stopp!" fuhr Roman sie plötzlich an.

Er schlug noch einmal mit der Gerte zu, traf dabei nicht nur ihren Po, sondern auch leicht ihre Lustpforte.

Greta stöhnte auf, so sehr genoss und erregte sie das.

Ja!

So war es. Sie liebte das, was Roman da tat. Sie wollte das.

Zitternd hörte sie mit der Erzählung auf.

Obwohl sie jetzt zu gern weiter gesprochen hätte.

Was hatte ihr Gebieter nun vor?

Sie wünschte sich nur Erfüllung. Endlich hinüberge-führt zu werden.

Egal wie.

Doch Roman sagte leise: „Du bist sowas von klitsch-nass, Sklavin. Ich muss verhindern, dass Du kommst."

Noch einmal bedeutete er ihr mit seiner Gerte, ihre Beine wieder weiter auseinander zu nehmen. Während ihrer Erzählung waren sie etwas zusammengerückt, ohne dass Greta es bemerkt hätte.

„Fass mich an meiner Muschi an, Gebieter. Bitte!" betete Greta in Gedanken. Nur einmal kommen. Einmal!

Aber Roman machte nichts dergleichen.

Er zog aus seiner Hosentasche ein schwarzes Tuch und verband Greta damit die Augen.

Noch mehr Konzentration auf ihren Körper?

Es war fast unerträglich für Greta.

Da hörte sie plötzlich neben ihrem Ohr eine leise Stimme: „Meine geile Sklavin. Gut siehst Du aus."

Sie weinte, als sie die Stimme hörte.

Er war hier.

Ihr Herr.

Michael.

„Schhhh." murmelte er. „Nicht weinen. Es wird alles gut."

Er strich sanft über ihr Gesicht, wischte ihre Tränen ab.

„Du bist perfekt, Greta, so wie Du hier stehst." sagte er leise.

„Ihr auch, Herr." dachte Greta, während sie seinen Duft einsog.

Allein seine Stimme ließ sie wegdriften.

Wie gern wäre sie jetzt vor ihm auf die Knie gefallen, hätte ihre Wange an seinen Oberschenkel gelegt.

„Möchtest Du jetzt kommen, Greta?" fragte er sie sanft.

„Darf ich, Herr? Erlaubt Ihr es mir?" entgegnete sie flüsternd, voller Angst, er würde es verbieten.

„Ich möchte, dass wir zusammen kommen, ok?" war seine Antwort.

„Ja, Herr. Ich danke Euch." Sie war so erleichtert.

Er wusste gar nicht, wie erleichtert…

„Aber noch ist es nicht soweit, Greta. Lass Dir Zeit."

Zärtlich strich er über ihren Körper, zu zärtlich für Gretas sensibilisierte Haut.

Sie stöhnte.

„Gleich…" flüsterte er.

Sie hörte seinen Reißverschluss, hörte, dass er seinen Schwanz rausholte.

Dann spürte sie ihn an ihren Schamlippen, die voll Schleim und reiner Begierde waren.

Er stieß in sie.

Sein Schwanz durchschnitt ihre nasse Spalte wie ein heißes Messer Butter.

Ohne Widerstand versenkte er ihn in ihr heißes Loch.

Ließ sie aufjaulen.

Greta merkte fast nicht, dass sich der Zug auf ihren Armen verlor, weil er den Karabiner gelöst hatte.

Er drückte sie auf die Knie, mit seinem harten, dicken Schwanz in ihr drin.

Dann begann er, sie zu ficken.

Endlich.

Hart und heftig, sie vollkommen ausfüllend.

Greta keuchte unter seinen Stößen, sie bestand nur noch aus Gefühl, aus Gier nach ihm und einem Orgasmus.

Als er endlich sagte: „Jetzt, Greta!" löste sich alles in ihr.

Sie spürte, wie er sich in ihr ergoss und ließ sich gleichzeitig fallen.

Fiel hinab in völlige Erfüllung und Glück.

Ihr Unterleib zog sich krampfend zusammen, pulsierte so stark wie nie zuvor. Er hielt es in ihr aus, bis sie ein weiteres Mal und sogar ein drittes Mal kam. Dann wurde das Pulsieren schwächer.

Erst kurz darauf zog er sich langsam zurück.

Sie war erstaunlich heftig gekommen, so eine Reaktion hatte er bis heute selten hervorgerufen. Das gefiel ihm. Gefiel ihm sogar sehr gut.

Er legte sie vorsichtig auf den Boden, denn sie zitterte nun am ganzen Körper, war schweißbedeckt.

Michael nahm ihr die Handschellen und die Augenbinde ab.

„Wie geht es Dir, Greta?" fragte er leise, während er sie behutsam hochhob.

„Herr, es geht mir gut." flüsterte sie. „Ihr müsst mich nicht tragen. Bitte nicht…"

„Ich muss nicht, aber ich mache es gern." meinte Michael nur und lächelte sie an. „Du hast es verdient."

„Danke, Herr." murmelte Greta. Ihr Herz zersprang vor Liebe zu ihm. Er hatte sie gelobt und angelächelt. Sie hatte ihn also erfreut.

Im Bett deckte er sie noch zu und ging dann ins Bad.

Roman trat an die Tür: „Sir? Was soll ich mit der Sklavin jetzt machen?"

Hatte Roman die ganze Zeit zugesehen?

„Egal." dachte Greta nur, während Glückshormone ihren Körper durchfluteten. Sie war plötzlich so müde.

„Lass sie sich ausruhen. Sie soll schlafen. Später lass ihr etwas zur Kräftigung bringen. Den Rest besprechen wir danach." hörte Greta Michaels Stimme.

„Ja, Sir."

Kurz darauf hörte Greta das Geräusch der Dusche.

Er duschte…hier…in ihrem Zimmer.

Ihr Körper fühlte sich an, als sei sie gerade einen Marathon gelaufen. Sie war vollkommen erschöpft. Die Beine schmerzten, ihre Arme auch, aber es war ein dumpfer, ziehender Schmerz.

„Das wird Morgen richtig wehtun." dachte sie noch, fast wohlig,…und schlief ein.

— ✳ —

Als Michael mit der Dusche fertig war, zog er sich wieder an und ging noch einmal an Gretas Bett.

Sie sah wunderschön aus, wie sie da lag.

Ihre Augen geschlossen, ihr Körper immer noch leicht glänzend von der Erfahrung, die sie gerade gemacht hatte.

Die Decke hatte sich etwas verschoben und einer ihrer Brüste lag frei. Ihre Knospe war immer noch steif und fest.

Michael hätte jetzt gern eine Klemme (oder mehrere?) dort befestigt, aber das hätte sie geweckt.

„Du brauchst Deinen Schlaf, meine wunderbar devote und geile Sklavin." dachte er lächelnd. „Damit Du genug Kraft für das nächste Mal hast."

Immer noch lächelnd verließ er Gretas Zimmer.

Er musste sich um Vincent kümmern.

Doch vorher fing ihn noch Roman ab, um zu besprechen, was er weiter mit Greta tun sollte.

Michael eröffnete es ihm kurz.

Was Roman zum Grinsen brachte.

Dennoch wandte er ein: „Meint Ihr, sie ist schon soweit, Sir?"

„Ja. Ich glaube, sie hat sich die Chance verdient. Wir werden sehen, ob sie es hinbekommt. Bereite sie einfach vor und sorge jetzt dafür, dass sie ausschläft und es ihr möglichst schnell wieder gut geht."

„Ja, Sir. Wie Ihr wünscht."

Ihre Wege trennten sich.

Greta dagegen schlief tief und traumlos.

Lange und erholend.

Als sie endlich wieder aufwachte, war bereits der nächste Tag angebrochen.

Vor ihrem Bett kniete Peter mit gesenktem Kopf.

Er hatte immer noch das Knäuel zwischen den Beinen, aber es schien ihn nicht mehr zu stören.

Greta drehte sich zu ihm hin und schrie fast in der Bewegung auf.

In ihren Armen spürte sie einen wahnsinnigen Muskelkater.

„Ich hatte es befürchtet." dachte sie.

„Gebieterin?" fragte da Peter. „Habt Ihr Schmerzen?"

„Ja, Peter." erwiderte Greta. „In den Armen."

Peter nickte: „Gebieter Roman hat mir bereits gesagt, dass Ihr das wohl sagen werdet. Wenn Ihr Euch etwas aufrichten könntet? Ich habe hier eine Salbe, die würde Euren Muskelkater etwas lindern."

Mit zusammengebissenen Zähnen setzte sich Greta auf.

Gott…warum tat das nur so weh?

Hatte sie sich tatsächlich so angestrengt?

Gestern kam ihr das überhaupt nicht so vor.

Peter nahm vorsichtig eine Hand, hob sie etwas hoch und verteilte auf dem Arm eine weiße Salbe.

Er verrieb sie sehr sorgfältig und massierte dabei gleichzeitig die Muskulatur.

Greta merkte fast sofort, wie gut ihr das tat.

„Das machst Du sehr gut, Peter." sagte sie.

„Danke, Gebieterin!" erwiderte Peter und lachelte.

Als er fertig war mit dem ersten Arm, machte er dasselbe mit dem anderen.

„Ist es jetzt besser, Gebieterin?" fragte er schließlich.

„Ja, Peter. Vielen Dank!"

Greta stand auf und ins Bad.

Sie musste unbedingt duschen.

„Soll ich Euch abseifen, Gebieterin?" rief Peter ihr hinterher, während er die Salbe fortlegte.

„Nein, schon gut, Peter. Ich mache es selbst."

Kaum hatte sie es ausgesprochen, wurde Greta bewusst, dass man den letzten Satz auch anders verstehen konnte.

„Nicht wieder, Greta." dachte sie verärgert über sich selbst. „Kannst Du denn an nichts anderes mehr denken?"

Während sie in die Duschkabine ging, musste sie sich eingestehen, dass sie wirklich an nichts anderes mehr denken konnte. Jedenfalls meist nicht.

Jetzt, während sie duschte, dachte sie daran, dass vorher ihr Herr hier ebenfalls geduscht hatte, nackt hier, genau am gleichen Platz gestanden hatte.

Prompt meldete sich ihr Körper.

Es prickelte in ihren Busen, zog im Bauch und sie war in Versuchung, es sich tatsächlich selbst zu machen…

auch wenn sie dafür bestraft werden würde.

Da blickte sie zur Duschwand und erschrak. Ihr Gesicht wurde feuerrot.

Im Wasserdampf war auf dem Glas ein Schriftzug erschienen.

— ✳ —

„UNTERSTEH DICH, GRETA!" war deutlich zu sehen.

Er hatte es gewusst.

Schon bei seinem Duschen hatte er gewusst, was sie vorhaben würde, wenn sie erst duschen gehen würde.

Und dafür gesorgt, dass sie es mitbekam.

Greta senkte sofort ihren Kopf.

„Nein, Herr." dachte sie schuldbewusst. „Es tut mir leid. Ich werde es ja nicht tun."

Fast wäre sie vor schlechtem Gewissen in der Dusche niedergekniet.

Aber sie würde es ihm beichten. Beim nächsten Mal, wenn er zu ihr kommen würde.

Warum hatte sie nur immer das Gefühl, er wäre anwesend, selbst wenn er nicht da war?

Schnell beendete sie die Dusche, trocknete sich ab und ging wieder in ihr Zimmer.

Peter hatte inzwischen auf ihrem Tisch ein Frühstück bereitgestellt und wartete kniend daneben.

Stumm nahm Greta Platz und aß. Langsam und bewusst.

So, wie Roman es ihr gezeigt hatte.

Aber Greta hatte nicht viel Hunger auf das Brötchen mit dem geräucherten Lachs, das weich gekochte Ei, die satt roten Erdbeeren, die Schale mit Müsli und den Milchkaffee.

Ihr Hunger galt nur ihm, ihrem Herrn.

So schob sie bereits nach kurzer Zeit das Tablett beiseite.

Peter sah sie erstaunt an: „Ihr wollt nichts mehr, Gebieterin?"

„Nein, Peter. Du kannst das Tablett wegräumen."

„Wirklich?"

„Ja, bitte."

„Wie Ihr wünscht…" murmelte Peter, nahm das Tablett und stellte es draußen ab.

Dann kniete er vor Greta nieder: „Gebieterin, ich muss Euch noch rasieren."

„Hm…ja…ich lege mich dafür wieder auf das Bett?" fragte Greta, die mit ihren Gedanken ganz woanders war.

Peter nickte, sagte aber noch: „Wartet, Gebieterin, erst das Handtuch."

Sorgfältig legte er ein dünnes, weißes Handtuch auf die Stelle, auf die sie sich legen sollte.

Kurz darauf war bei Greta wieder alles glatt und weich. Glücklicherweise hatte Peter sich inzwischen soweit an sie gewöhnt, dass er seine Aufgaben ohne größere Probleme erledigen konnte. Die Bestrafung von Roman hatte dazu auch beigetragen. Der Gebieter ging Peter seitdem nicht mehr aus dem Kopf.

Deswegen war er fast erfreut, als er nun vor dem Spiegel niederkniete und sagte: „Gebieter, ich bin fertig."

Zu Greta sagte er noch: „Der Gebieter Roman wird gleich zu Euch kommen. Ihr sollt schon einmal neben dem Bett in Begrüßungsstellung gehen, bis er kommt."

Dann ging er mit einer tiefen Verbeugung Greta gegenüber.

Greta nahm also neben dem Bett die gewünschte Stellung ein. Ihre Arme und Beine taten dabei immer noch weh, aber die Salbe ließ die Schmerzen erträglich sein.

Roman ließ nicht lange auf sich warten.

Wie immer betrat er den Raum mit einer Gerte in seiner rechten Hand. Er sah sie an und wartete.

Nur worauf?

Lange Zeit stand er nur da. Sah sie an.

„Schön." sagte er schließlich. „Die Stellung beherrscht Du jetzt. Aber warum sind Deine Haare nass?"

„Ich habe geduscht, Gebieter." stotterte Greta.

War das dann nicht immer so?

„Das geht so nicht, Greta!" sagte Roman vorwurfsvoll.

„Dein Herr könnte jederzeit zu Dir kommen. Du musst das bei jeder Tätigkeit, die Du machst, bedenken. Nasse Haare gehen da überhaupt nicht! Außer er wünscht es."

Greta stiegen Tränen in die Augen.

Sie war so dumm. Deswegen hatte Roman sie also angestarrt.

Nie würde der Herr sie mit seinem Zeichen ehren. Nie.

„Leg Deinen Oberkörper auf das Bett und zeig mir Deine Pobacken." befahl Roman.

Ohne Zögern folgte Greta ihm.

Wenigstens konnte sie zeigen, dass sie gehorsam war.

„Spreiz Deine Beine."

Roman fasste zwischen ihre Oberschenkel und entfernte die Glöckchen.

„Beine wieder zusammen."

Dann schlug Roman zu.

— * —

Zunächst nur ein paarmal mit seiner Hand, als ob er sich aufwärmen wollte, danach mit der Gerte.

Er nahm sich dabei diesmal nicht zurück.

Es tat weh. Richtig weh.

Ein scharfer Schmerz, den Greta bis in die Fingerspitzen spürte.

„Du weißt, warum Du bestraft wirst, Sklavin?" fragte Roman, während die Gerte noch einmal ihren Körper traf.

Greta schluchzte auf: „Weil ich meine Haare nicht getrocknet habe?"

„Nein." sagte Roman. Er schlug noch einmal zu. „Weil Du kurz davor warst, in der Dusche Hand an Dich zu legen und es mir nicht sofort gesagt hast, als ich zu Dir kam. Ich habe Dir sogar Zeit gelassen, es zu beichten."

Heiße und kalte Schauer rannten durch Gretas Körper.

Woher wusste er das?

Das hatte er also gewollt, darauf hatte er gewartet!

Ein weiterer Schlag traf sie, gezielt und sicher geführt.

„Bitte, Gebieter, bitte vergebt mir!" rief Greta verzweifelt, während sie versuchte, den Schmerz weg zu atmen.

Diesmal tat es nur einfach weh, keine Lust, er bestrafte sie, weil sie gefehlt hatte.

Instinktiv wollte Greta nach hinten fassen, ihren Po schützen vor weiteren Schlägen, aber Roman riss ihre Hände wieder nach vorn: „Wag es ja nicht!"

Er zog die Gerte wieder über ihr Gesäß.

„Was hast Du im Bad gemacht, Greta?"

„Gebieter…bitte…."

Die Gerte zischte durch die Luft.

Greta schrie kurz auf.

„Ich wollte mich selbst befriedigen, Gebieter! Ich wollte es tun, Gebieter!"

Ein weiterer Schlag.

„Warum wolltest Du es tun?"

„Weil mein Herr vorher in der Dusche war! Die Vorstellung, er stand dort, nackt, hat mich überwältigt, Gebieter."

Greta traf der nächste Schlag.

„Warum hast Du es dann doch nicht gemacht?"

„Weil ich seinen Befehl gelesen habe, Gebieter." Sie weinte jetzt. Ihr Arsch glühte und brannte.

Doch hatte sie es verdient. Sie hätte es Roman sofort nach der Dusche beichten müssen. Er hatte Recht.

Roman hörte auf.

„Begrüßung!" befahl er harsch.

Schluchzend gehorchte Greta, auch wenn das Sitzen auf ihren Backen jetzt weh tat.

„Was hast Du gelesen?" fragte Roman sie nun.

„*Untersteh Dich, Greta!*" flüsterte Greta. „Es tut mir so leid, Gebieter."

Er reichte ihr seine Hand: „Bedank Dich bei mir!"

Mit zitternden Händen führte sie seine Hand an ihre Lippen und küsste sie: „Ich danke Euch, Gebieter, dass

Ihr mich an meine Stellung erinnert habt. Es wird nicht wieder vorkommen. Es tut mir leid."

Roman musterte sie, wie sie dort kniete. Tränen liefen noch über ihre Wangen.

Sie sah einfach bezaubernd aus. So schuldbewusst, so gedemütigt, so zart.

Ja, sie würde das nicht wieder tun.

Nicht, weil Roman sie besonders hart gestraft hatte, sondern weil er sie bei einem Vergehen erwischt hatte, und das schlechte Gewissen ihr nur allzu deutlich im Gesicht stand.

Fürs Erste war es gut.

Er reichte ihr einige Din-A-4 Bögen.

„Gebieter?" fragte Greta vorsichtig, als sie sie nervös nahm.

„Du hast drei Tage Zeit, diese Seiten auswendig zu lernen, Greta! Dann gibt Dein Herr ein Bankett, auf dem Du den Text ohne Hilfe vortragen wirst."

Greta sah nun neugierig auf den Text.

Auswendiglernen war ihr schon immer leicht gefallen. Es würde kein Problem sein.

Doch dann las sie erschreckt den Anfang: „Hauch. Weiß. Grube im Tisch, nichts. Wildes Rufen bei den Rehen. Nimm die Katze. Kristallüsterne Geschäftigkeit...."

So ging es über die gesamten Seiten!

Der Text hatte keinerlei Sinn. Wie eine Aneinanderreihung zufällig gefundener Wörter.

Das konnte man unmöglich auswendig lernen...fünf ganz gefüllte Seiten!

„Drei Tage, Gebieter?" wagte Greta, zu fragen.

„Ja." erklärte Roman. „Es ist eine Prüfung. Das Auswendiglernen ist nur ein Teil davon. Ich werde Dir

Morgen sagen, welche Stellung Du dabei einzunehmen hast."

„Prüfung?" hauchte Greta ängstlich, verstummte dann aber.

Sie senkte den Kopf.

„Willst Du noch etwas wissen?" fragte Roman sie.

„Gebieter? Worauf werde ich geprüft?" Ihre Hände zitterten, als sie auf Romans Antwort wartete.

Doch der sagte nur: „Das erfährst Du früh genug. Jetzt lern!"

Er ging.

Greta sah sich den Text nun genauer an.

Es war tatsächlich völliger Wirrwarr, nicht ein vernünftiger Satz dabei.

Das würde sie nie hinbekommen. Nie.

Sie würde in drei Tagen scheitern.

Fortgeschickt werden.

Für immer.

Langsam rollte sie die Blätter zusammen und weinte.

— * —

Michael dagegen hatte am Tag zuvor in seinem Arbeitszimmer mit mehreren Security-Leuten seines Anwesens gesprochen.

Jetzt befand er sich in einem Keller seines Anwesens, ein Raum ohne Fenster, mit nur einer Ausbruchssicheren Tür. Hinter ihm stand ein alter, großer Schreibtisch, auf deren vorderen Kante er leicht angelehnt stand.

Vor ihm saß Vincent, gefesselt an einen festgeschraubten Stuhl, mit einem dunklen Sack über dem Kopf und tobte.

„Was soll das? Lasst mich sofort frei, Ihr Schweine!"
schrie er. „Ihr wisst nicht, wer ich bin! Ich werde Euch
alle langsam töten, wenn Ihr mich nicht sofort befreit!"
Michael verdrehte innerlich seine Augen.
Typisch Vincent!
Immer nur laut. Ohne Verstand.
Neben Vincent standen zwei von Michaels Security-
Männern, groß, kräftig und diskret.
Er gab einem von ihnen ein Zeichen.
Vincent wurde von seinem Sack befreit.
„Du?!" sagte er wütend, als er Michael sah. „Hast Du sie
nicht alle? Was soll das bitte?"
Michael seufzte: „Ich gebe Dir die letzte Gelegenheit,
weiter zu uns zu gehören, Vincent."
„Ach ja?" erwiderte Vincent spöttisch. „Dazu lässt Du
mich entführen? Ich bin Dein Bruder, schon verges-
sen?"
„Ja, das bist Du. Deswegen gebe ich Dir diese Chance."
entgegnete Michael ganz ruhig. „Du hast den Namen
unserer Familie mit Füssen getreten, als Du Dich an
gewisse Menschen gewandt hast. Versuche nicht, das
abzustreiten! Ich weiß, was Du die letzten Monate gemacht hast, Vincent."
Vincent spuckte vor ihm aus: „Du kannst mich mal,
Michael!"
Prompt schlug ihm einer von Michaels Männern ins
Gesicht.
Vincent grinste: „Na, toll. Du lässt Deinen eigenen Bruder schlagen. Selbst bist Du dazu wohl zu feige."
„Du weißt, in meinem Haus bin ich der Herr, Vincent
und erwarte Respekt! Auch von Dir." meinte Michael
dazu nur.
Was Vincent zum Lachen brachte: „Dann soll ich vor
Dir wohl auch noch kriechen?"

„Ja." sagte Michael trocken.

„Ja?" Vincent lachte noch mehr, hörte aber auf, als er Michaels Miene sah. „Du meinst das Ernst?!"

„Ich meine immer Ernst, was ich sage, Vincent."

„Du bist ein Volltrottel, wenn Du meinst, ich mache das." Vincent beugte sich zu ihm hin, soweit seine Fesseln es erlaubten.

Dann sagte er kalt: „Wenn Du mich nicht sofort frei lässt, werde ich mir beim nächster Gelegenheit einige Deiner Sklavinnen schnappen und in meine Box sperren. Versuch dann nur, sie zu befreien, wenn Du nicht einmal weißt, wo sie sind."

„So weit wird es nicht kommen, Vincent. Entweder Du unterwirfst Dich mir und stellst Dich freiwillig oder ich übergebe Dich der Polizei nebst allen Beweisen für Deine Untaten."

„Untaten?" fragte Vincent höhnisch. „Welche Untaten, Michael?"

„Muss ich das wirklich aufzählen, Bruder?" fragte Michael betrübt.

Vincent sah ihn nur lächelnd an.

Er glaubte nicht, dass Michael auch nur irgendetwas wusste oder beweisen konnte.

Dazu war er zu vorsichtig gewesen.

Doch als Michael begann, ihm zu sagen, was seine Leute herausgefunden hatten und welche Beweise er hatte, gefror das Lächeln auf Vincents Gesicht.

Michael wusste wirklich alles. Alles!

Woher?

Das konnte nicht sein.

„Willst Du noch mehr hören, Vincent?" fragte Michael hart.

Der schüttelte den Kopf. Er rief erbost: „Nein, Du brauchst nicht mehr aufzuzählen. Mir auch scheißegal.

Dann weißt Du es eben. Na und? Du würdest mich nie der Polizei ausliefern. Ich bin Dein Bruder."

„Du warst mein Bruder, wenn Du Dich nicht unterwirfst. Ich gebe Dir vier Tage Zeit. Dann will ich Dich vor mir auf den Knien sehen."

„Nie! Das werde ich nie tun." entgegnete Vincent fast trotzig.

„Nun gut. Ich zähle Dir nur die Alternative auf: Du wirst aus der Familie verstoßen. Ich werde dafür sorgen, dass Du, wenn Du irgendwann aus dem Gefängnis kommst, nie wieder irgendwo unterkommst. Du wirst keinen Einlass mehr in unsere Kreise haben, weder legal noch illegal. Du weißt, ich kann dafür sorgen. Friste Dein Leben als einfacher Mensch, ohne Macht, ohne Geld. Das würdest Du nie aushalten, glaub mir!"

Statt einer Antwort spuckte Vincent noch einmal aus. Was ihm einen weiteren Fausthieb ins Gesicht einbrachte.

„Vier Tage, Vincent." sagte Michael, dann verließ er den Kellerraum mit seinen Männern und machte das Licht aus.

Vincent blieb im Dunkel zurück.

Tobend vor Wut.

Michael fuhr mit seinen Männern in Vincents Villa. Dank seiner eingeschleusten Spione war es ihm ein Leichtes gewesen, die Villa zu übernehmen.

Hinter der Eingangstür wartete Fritz, Vincents Aufseher, auf ihn.

„Habt Ihr sie gefunden, Fritz?" fragte Michael ihn.

Fritz verbeugte sich zähneknirschend: „Es tut mir leid, Sir. Wir haben alles durchsucht. Sie und die Box sind unauffindbar."

„Warum bist Du nicht bei ihr geblieben?" fragte Michael verärgert.

„Ich konnte nicht, Sir. Sonst wäre ich zu früh enttarnt worden. Er wollte sie unbedingt allein bestrafen. Es tut mir leid, dass er sie in die Box gesperrt hat. Aber Ihr wisst, ich musste sie ihm während des Banketts vorführen. Sonst hätte ich sein Vertrauen verloren."

Fritz kniete vor Michael nieder: „Ihr könnt mich für mein Versagen schlagen, Sir, aber ich hätte nie gedacht, dass wir sie nicht finden. Ich dachte, ich kenne inzwischen jeden Winkel hier."

— * —

„Schon gut, Fritz." sagte Michael beschwichtigend. „Auch wenn Du hier für mich den Aufseher Vincents gespielt hast, Du kennst ihn nicht so gut wie Anna und ich es tun. Ihm ist es wohl sehr wichtig, wenn er sie so gut versteckt hat. Schon zu Hause hatte er stets eine Vorliebe für Geheimtüren und –verstecke. Ich muss einmal kurz telefonieren."

Fritz stand auf und blieb stehen mit gesenktem Kopf, während Michael sein Handy aus der Tasche nahm und Anna anrief.

Kurz schilderte er ihr sein Problem.

„Ja, Anna." sagte er. „Das vermute ich auch."

Eine kurze Pause. Dann nickte er und meinte: „Genau das. Das hat er schon immer geliebt. Meinst Du, der Raum ist eher im Keller oder oben?"

Anna schien wieder etwas zu antworten.

Dann erklärte Michael: „Hm. Okay. Also suchen wir nach einer Teufels- oder Dämonenstatue? Die einen Zugang zum Geheimkeller verdeckt?"

„Sir!" unterbrach Fritz ihn. „So etwas gibt es tatsächlich. Im Kaminzimmer."

„Warte, Anna!" sagte Michael. „Wir scheinen eine Spur zu haben. Ich ruf' Dich wieder an, ok?"

Er legte auf und fragte Fritz: „Was genau ist im Kaminzimmer? Ich glaube, da war ich noch nie."

„Ich führe Euch hin, Sir." entgegnete Fritz und erklärte weiter: „Rechts und links vom Kamin befindet sich je eine Figur, die zusammen das Bord über dem Kamin tragen. Rechts ein Engel und links ein Teufel. Beide geflügelt."

Michael folgte Fritz in das Kaminzimmer, das sich, wie ihm schien, am weitesten entfernt von der Eingangstür im Erdgeschoß befand.

Es war ein Zimmer, das bis unter die Decke mit dunklen Bücherregalen ausgestattet war. Es gab kein Fenster. In der Mitte befand sich ein großer, breiter Chesterfield-Sessel, mit rotem Leder bezogen, und ein kleiner Beistelltisch, auf dem einige Bücher lagen.

Direkt ihm gegenüber war der Kamin, den Fritz gemeint hatte.

Fritz hatte Recht gehabt.

Rechts umrahmte ein Engel den Kamin mit zusammengefalteten Flügeln und gewelltem, langem Haar.

Links ein Teufel mit zwei Hörnern und gefletschten Zähnen.

Michael sah sich beide Figuren genau an.

Irgendetwas irritierte ihn.

Nur was?

Vorsichtig strich er über beide Statuen, suchte nach einem versteckten Hebel oder ähnliches. Doch da war nichts.

Dann trat er ratlos wieder zurück und setzte sich in den Sessel.

Was war das Geheimnis?

Dann, plötzlich, fiel ihm endlich auf, was es war: Die Augen!

Die Augen des Engels waren aus Stein gemeißelt. Demselben Stein, aus dem auch der Engel selbst gemacht war.

Die Augen des Teufels waren jedoch eingesetzte rote Steine.

Michael stand auf und drückte die Augen des Teufels in dessen Kopf rein.

„Typisch, dass er sich so etwas ausgedacht hat." dachte Michael kopfschüttelnd. Als würde er den Teufel blenden, um die Geheimtür zu öffnen.

Es klickte und der Sessel schwang zu Seite.

Darunter war eine Treppe zu sehen.

Wortlos ging Michael hinunter, Fritz folgte ihm.

Das Licht in den Geheimräumen war automatisch angegangen.

Die Treppe führte nach unten in einen Gang, der an den Wänden mit dunkelrot-goldenen Stofftapeten bespannt war. Der Boden und die Decke waren mit schwarzem Granitplatten verkleidet.

„Der Weg in die Hölle." dachte Michael mit einem unguten Gefühl.

Irgendwann kamen sie an eine schwere, eichene Tür.

Michael öffnete sie, überrascht, dass sie nicht verschlossen war.

Dahinter war ein großer Raum, eher eine Art Saal.

Vincents Folterkammer.

In der Mitte befand sich seine Box.

— ✳ —

Es war eine große Holzkiste, fast wie ein großes, dreidimensionales Strichmännchen gebaut.

156

Zwei gespreizte Teile für Beine, daran angebracht ein Teil für den Körper, von dem zwei weitere Teile gerade für die Arme abgingen und eines für den Kopf.

Sie war schmal und ließ der darin Eingesperrten keine Bewegungsfreiheit.

Im Bereich der Geschlechtsteile und des Hinterausganges gab es Löcher in der Kiste, ebenso bei den Brüsten. Zudem ragten alle Zehen und Finger einzeln aus der Kiste heraus. Die Hände waren mit nach oben zeigenden Handflächen in der Box befestigt, die Füße nicht nach oben zeigend, sondern gekrümmt nach unten. Vincent hatte an jedes der herausragenden Einzelglieder Gewichte angebracht, die diese zusätzlich nach unten zogen, sobald seine Delinquentin sie nicht mehr hochhalten konnte. Was über eine längere Zeit qualvolle Dehnungen nach sich zog.

An den Busen hatte er mehrere Nadeln quer durchgestochen und diese mit feinen, aber festen Ketten verbunden. Die Ketten liefen an die Decke, wo sie so festgezogen waren, dass die Brüste schmerzhaft nach oben gezogen wurden. Verkrustetes Blut umgab beide Brüste. Er hatte es nicht entfernt.

Der Kopf von 202 war von einer Latexmaske verdeckt, die nur Löcher zum Atmen hatte und einen Ringknebel im Mund. Ein Schlauch steckte darin, der, wie Michael bemerkte, der künstlichen Ernährung diente. Selbst zum Essen sollte sie sich nicht bewegen dürfen.

Im Po steckte zudem ein großer Analplug, der regelmäßig bis zum Anschlag aufgepumpt wurde, erschlaffte und wieder aufgepumpt wurde.

Eines der gleichmäßigen Geräusche in dem Zimmer. Vincent hatte jede der Schamlippen mit mehreren Ringen gepierct und danach mit schweren Schlössern zusammengeschlossen.

157

In das noch verbliebene Loch stieß nun ein dicker, fester Dildo in regelmäßigem Rhythmus. Nicht gleichmäßig, der Rhythmus variierte, aber er wiederholte sich.
Von oben tropfte dazu ab und an etwas Gleitmittel.
Doch Michael wusste, dass Vincent damit nur erreichen wollte, dass sie länger durchhielt. Irgendwann hätte er das Gleitmittel weggelassen.
Wie lange war die Sklavin bereits in dieser Lage?
„Schnell, Fritz!" sagte Michael und schaltete die elektrischen Geräte aus.
202 stöhnte leicht, als sie es bemerkte.
Fritz entfernte zuerst die Gewichte von den Zehen und den Fingern.
Wieder stöhnte Vincents Sklavin.
„Einige Finger sind gebrochen, Sir." murmelte Fritz, während er vorsichtig die Ketten von den Brustnadeln entfernte.
„Das habe ich befürchtet, Fritz. Er hat zum Anfang stärkere Gewichte benutzt…oder die Finger sogar absichtlich gebrochen, um ihr noch mehr Schmerzen zuzufügen." meinte Michael betrübt und wütend zugleich.
„Wartet der Krankenwagen?"
„Ja, Sir."
Michael ging zum Kopf und entfernte vorsichtig den Schlauch, bevor er mit einer Schere, die er auf einem nahen Tisch gefunden hatte, die Maske aufschnitt.
„Ganz ruhig, 202." flüsterte er beruhigend. „Deine Folter ist jetzt zuende."
Sie starrte ihn nur mit großen Augen an, den Mund immer noch geöffnet.
„Es tut mir leid, aber wir müssen Dir noch die Nadeln entfernen, sonst bekommen wir Dich nicht aus der Box. Du darfst Deinen Mund ruhig schließen." forderte er sie vorsichtig auf.

Sie schüttelte den Kopf.

Er tastete sie ab. Ihr Kiefer war ausgerenkt.

Mit einer ruhigen, aber gekonnten Bewegung brachte Michael den Kiefer wieder in seine ursprüngliche Position.

„Sei die nächsten Tage vorsichtig, 202, ok?" sagte er.

„Ja, Herr." flüsterte sie kaum hörbar.

Er machte Fritz ein Zeichen.

Dann sagte er zu 202: „Die Nadeln werden jetzt entfernt. Ein letzter Schmerz."

Ein kaum wahrnehmbares Nicken.

Fritz zog sie mit einem schnellen Zug, doch Vincents Sklavin schaute nur Michael an.

Mit traurigen Augen.

Sie zuckte mit keiner Miene. Als sei ihr Schmerzgefühl schon längst vergangen.

Michael und Fritz schlossen die Box jetzt auf und holten sie vorsichtig heraus.

Sie war nicht in der Lage, zu stehen.

Mit ängstlichen Augen schaute sie Fritz an.

„Sir?" meinte der. „Vielleicht solltet lieber Ihr…?"

„Ja, das ist wohl besser."

Michael nahm 202 auf den Arm und trug sie zum Krankenwagen.

Als sie endlich dort auf der Trage lag, umsorgt von einem Arzt, der für Michael arbeitete, nahm sie Michaels Hand und küsste diese: „Danke, Herr."

„Es ist gut. Ich werde dafür sorgen, dass Du zukünftig sicher und versorgt bist, in jeder Hinsicht. Mein Bruder wird Dir nichts mehr antun können."

Er strich ihr über das Gesicht. Sanft.

Dann fragte er: „Verrätst Du mir Deinen echten Namen, 202?"

Vincents Sklavin überlegte, während der Arzt sie an einen Tropf legte. Länger.

Kannte sie ihn etwa nicht mehr? War Vincents Gehirnwäsche so weit gegangen?

Dann sagte sie aber, zögernd: „Leah. Ich hieß einmal Leah."

„Danke, Leah." sagte Michael leise.

Dann wirkte das Beruhigungsmittel, das der Arzt ihr gegeben hatte. Sie schlief ein.

— * —

Michael überließ sie seinen Männern zur Pflege und fuhr wieder in sein Anwesen, nachdem er Fritz einige Anweisungen gegeben hatte.

Er war wütend.

Am liebsten wäre er zu Vincent gegangen, um ihn zur Rede zu stellen.

Aber er hatte ihm vier Tage gegeben.

Erst dann würde er wieder mit ihm sprechen.

Er war nur froh, dass Leah noch lebte und sie das Zimmer rechtzeitig gefunden hatten.

Als Michael in seinem Arbeitszimmer war, schaltete er dort den Monitor an.

Er musste sich unbedingt ablenken.

In ihrem Zimmer verzweifelte Greta gerade wieder einmal an dem Text.

Sie hatte nach einer Stunde des Nichtstuns, weil ihr schon der Anfang so sinnlos erschienen war, doch mit dem Auswendiglernen begonnen.

Ihr Herr wollte es, also riss sie sich zusammen.

Wenn er es ihr zutraute, sollte sie es sich auch zutrauen.

Aber der Text war einfach unmöglich zusammengefügt.

Jetzt lief sie schon gefühlte Stunden hin und her, immer laut den Text vorlesend.

Doch je öfter sie in las, umso verwirrender kam er ihr vor.

„Wenigstens sind es richtige Wörter…und nicht nur aufgeschriebene Geräusche wie zB. Boing." versuchte Greta, sich Mut zuzusprechen.

Ihr Arsch brannte immer noch. Roman hatte gute Arbeit geleistet, sie würde die Strafe noch länger spüren. Sie daran erinnern, was sie falsch gemacht hatte.

Greta seufzte.

Es nützte nichts. Sie musste es wenigstens versuchen.

Grinsend lehnte sich Michael auf seinem Stuhl im Arbeitszimmer zurück.

Er schaute ihr gerade zu, wie sie im Zimmer auf und ab lief, laut vor sich hin redend.

Nicht umsonst waren überall in den Unterkünften Microkameras versteckt angebracht, so dass er seine Sklavinnen jederzeit überwachen konnte, wenn er wollte. Es war zu ihrem Schutz gedacht, aber in erster Linie zu seiner Lust.

Es war von ihnen, bevor sie sein Anwesen betraten, unterschrieben worden, dass sie nichts dagegen hatten, gefilmt zu werden.

Greta hatte das auch getan, aber wohl inzwischen vergessen. Kein Wunder, der Vertrag war lang und die wenigsten lasen ihn komplett durch. Was Michael nie verstanden hatte. Er las jeden Vertrag, den er unterschrieb minutiös, um keine Einzelheit zu überlesen.

Ihr Gesicht, als sie seine Botschaft in der Dusche gelesen hatte, würde er nie vergessen. Fast hatte sie ihm leid getan. Er hatte genau an ihrer Körperhaltung gesehen, dass sie in der Dusche kurz davor gewesen war, niederzuknien.

Schade, dass sie es nicht getan hatte.

Aber gut, dass sie wenigstens in Versuchung gekommen war.

Ja, sie könnte seine perfekte Sklavin werden.

Mal sehen, wie sie den unsinnigen Text verkraftete. Der Text war extra so gewählt, dass das Auswendiglernen fast unmöglich war.

Jedenfalls in drei Tagen.

Michael grinste noch einmal.

Es war gut zu sehen, wie Verzweiflung und Trotz sich in ihrem Gesicht abwechselten. Ab und zu blitzte auch etwas Hoffnung durch.

Immer dann, wenn sie sich ein Wort mehr hatte merken können.

Noch schöner war jedoch ihre Rückseite anzuschauen.

Roman hatte ihren Hintern kräftig versohlt, es war deutlich zu sehen.

Sie würde es sich beim nächsten Mal mehrfach überlegen, ob sie sich ihrer Lust ohne seine Erlaubnis hingab und es nicht gleich beichtete.

Michael machte den Bildschirm wieder aus.

Es gab noch einiges zu tun.

Roman würde sie schon weiter anweisen.

— * —

Pünktlich am nächsten Morgen erschien Michaels oberster Sklavenaufseher bei Greta.

Sie hatte fast nicht geschlafen, sondern weiter gelernt, bis sie erschöpft über dem Text eingeschlafen war.

So fand Roman sie.

Die Seiten lagen verstreut über das Bett, zerknüllt von ihren Schlafbewegungen.

Roman nahm sie vorsichtig auf, legte sie zusammen und legte sie auf den Nachttisch.

Dann stieß er Greta mit seiner Gerte an.

Sie murmelte im Halbschlaf irgendetwas, öffnete aber noch nicht ihre Augen.

„Greta?" sagte Roman ernst und tippte sie noch einmal mit der Gerte an. „Wach auf!"

Greta war von einer Sekunde zur anderen plötzlich hellwach und nahm, so schnell es ging, neben dem Bett die Begrüßungsstellung ein.

„Vergebt mir, Gebieter." bat sie Roman mit feuchten Augen. „Ich hatte Euch nicht kommen gehört."

„Warum hast Du noch geschlafen?" fragte er sie. „Du wusstest, ich komme heute wieder zu Dir."

Der Ton seiner Stimme ließ Greta erschauern.

Würde er sie wieder bestrafen?

Die Striemen auf ihrem Hintern vermehren?

Obwohl es gestern weh getan hatte und immer noch nicht ganz verheilt war, merkte sie, dass schon wieder Lust in ihr heraufkroch.

Lust, obwohl sie verzweifelt war wegen des Textes.

Lust, obwohl sie immer noch müde war.

Zu gern hätte sie noch einmal Romans Gerte gespürt, diesmal mit ihrer Lust.

„Hör auf!" sagte Roman da zu ihr. Er war verärgert.

Zu deutlich waren schon wieder Spuren der Erregung an ihrem Leib zu sehen.

Greta zitterte. Sie wusste genau, was er meinte.

„Ja, Gebieter. Ich strenge mich an." flüsterte sie leise.

Roman sah sie an, jetzt wieder etwas besänftigt: „Ich weiß, Greta, ich weiß. Wir werden sehen, ob Du es auch schaffst."

Darauf sagte Greta nichts, sondern blickte nur stumm zu Boden. Die Lust bahnte sich weiter ihren Weg durch sie hindurch, aber sie stemmte sich dagegen an.

Mit nur mäßigem Erfolg, aber wenigstens wuchs sie nicht mehr.

Roman merkte sofort an ihrer Haltung, dass es etwas besser war. Er nahm es mit Genugtuung zur Kenntnis. Sie wurde besser, kontrollierte sich stärker.

„Mach Dich erstmal frisch. Dann komm wieder her zu mir und bleib vor mir stehen."

Erleichtert nickte Greta und verschwand im Bad.

Diesmal dachte sie daran, ihre Haare nach dem Waschen sorgfältig zu trocknen. Einen Fehler machte sie normalerweise nur einmal.

Roman saß abwartend auf dem Sofa, auf dem sonst immer Michael gesessen hatte.

Er sah zu ihr auf, als sie langsam mit gesenktem Blick zu ihm ging und dann stehenblieb, die Hände auf dem Rücken.

„In zwei Tagen wirst Du den Text vor fünf auserwählten Herren aufsagen. Sie werden hinter einem Tisch sitzen, der nur schwach beleuchtet ist und Dich dabei gründlich ansehen. Du dagegen wirst im Licht stehen, damit sie Dich im Ganzen betrachten können."

Greta schluckte trocken. Die Lust kam wieder...mit der Angst. Das hörte sich fast nach einem Verhör an...oder eine Begutachtung?

„Ich werde Dir jetzt die Stellung zeigen, die Du dabei einzunehmen hast."

Roman stand auf.

„Nimm Deine Beine zusammen. Deine Hände lege hinter Deinem Hals aufeinander, die Ellenbogen nach hinten. Jetzt schließe Deine Augen."

Greta gehorchte. Roman ging um sie herum.

„Deine Beine fester zusammen. Ja, gut so. Du hast ganz gerade Beine, Greta, das ist mir vorher noch nicht aufgefallen. Keine Lücken zu sehen. Gut!"

Erfreut hörte Greta sein Lob über ihren Körper.

„Deine Ellenbogen weiter nach hinten und nach oben. Deine Arme sollen eine gerade Linie mit Deinen Körperseiten bilden. Ja, genau so."

Es begann, für Greta unangenehm zu werden. Sie hatte das Gefühl, gleich umzukippen. Lag das an ihren geschlossenen Augen?

Roman beendete seinen Rundgang und setzte sich wieder.

„Nun hol Dir von dem Tisch die High Heels, die ich mitgebracht habe, zieh sie an und dann nimm noch einmal die Haltung vor mir ein."

Unsicher öffnete Greta ihre Augen und befolgte Romans Anweisung.

Die High Heels waren aus schwarzem Lack und zu schnürende Stiefeletten mit einem wirklich hohen Absatz.

Greta war besorgt, damit überhaupt laufen zu können. Doch als sie sie anhatte und die ersten Schritte damit machte, erwiesen sie sich als erstaunlich bequem.

Als sie wieder vor Roman stand, in der angewiesenen Haltung, war er zufrieden.

Ja, es sah so noch besser aus. Ihre Haltung war fast perfekt: Gerade, mit gestreckten Beinen und wohlgeformtem Po, auf dem noch seine ihr gestern beigebrachten Striemen zu sehen waren, der kurvige Körper mit der starken Taille, die durch die Armhaltung herausgestreckten Brüste mit den Ringen an den Knospen.

Sehr hübsch.

Wirklich sehr hübsch.

„Jetzt fang an!" befahl er ihr.

— * —

Greta zuckte zusammen und ihre Haltung veränderte sich dadurch etwas.

Sofort korrigierte Roman sie mit seiner Gerte: „Nicht bewegen, Sklavin!"

„Es tut mir…"

Barsch unterbrach er sie: „Keine Entschuldigung. Ich will nur hören, was Du bereits kannst. Kein anderes Wort! Jetzt fang an!"

Anfangen?

Greta überlegte krampfhaft, wie der Text begann.

Sie war froh, dabei ihre Augen geschlossen halten zu können.

Dadurch konnte sie sich stärker konzentrieren.

Ihre Haltung fokussierte zusätzlich ihre Gedanken.

Was Greta überraschte, denn die Haltung war nicht bequem, sondern angespannt.

Wenn sie sich vorstellte, dass in zwei Tagen fünf Herren sie so anschauen würden…

Unverdeckt. Nackt. Nichts verborgen…alles preisgebend.

Angst und Lust…

Lust und Angst…

Beides wechselte sich ab, durchfuhr ihren Körper in zarten Wellen.

„Konzentrier Dich!" ermahnte Greta sich. „Keine Lust. Der Gebieter hat es Dir verboten!"

Das half.

Nur kurz.

Dann dachte sie wieder an die Gerte. Ihr wundes Hinterteil. Romans Strafe für ihr Vergehen. Sie wollte nicht eine weitere Strafe provozieren. Nicht wieder fehlen.

So ergab sie sich ihrer Pflicht.

Fast war es danach so, als erschiene vor ihrem inneren Auge die erste Seite und sie könne einfach vorlesen, was darauf stand.

Dann fing sie an, aufzusagen, was sie bereits konnte.

Überrascht merkte sie, dass sie in eine Art Singsang verfiel, als wolle sie dadurch die Sinnlosigkeit des Textes übertünchen.

Doch unten auf Seite zwei verschwamm das Bild vor ihren Augen…sie wusste nicht mehr weiter.

Sie verstummte, voller Furcht, es würde nicht ausreichend sein, was sie aufgesagt hatte.

Wartete auf Romans Reaktion.

Würde er sie strafen? Ihre Unzulänglichkeit erkennen?

Der meinte jedoch nur: „Begrüßung, Greta!"

Sofort fiel sie in die gewünschte Stellung, resigniert und ängstlich.

Doch Roman sagte: „Das war nicht schlecht für den ersten Tag."

Er hob mit der Spitze seiner Gerte unterm Kinn ihren Kopf empor und sagte: „Mach so weiter. Und merk Dir die Stellung, die ich Dir gesagt habe. Morgen erzähle ich Dir, was Du noch wissen musst."

„Danke, Gebieter." meinte Greta erleichtert, die nun wieder etwas Hoffnung schöpfte. „Ich werde alles versuchen, um meinen Herrn zufrieden zu stellen."

Roman nickte ihr zustimmend zu.

Er würde sich nicht wundern, wenn sie das wirklich tat. „Sie könnte gefährlich werden für Michael." dachte er kurz. „Wirklich gefährlich."

Dann sagte er noch: „Heute Abend gehst Du rechtzeitig ins Bett! Ich will Dich Morgen nicht schon wieder wecken müssen."

Dann ging er.

Greta blieb mit roten Wangen zurück.

167

Sie musste noch etwas wissen?

Was?

Doch sie hatte den Gedanken noch nicht zuende gedacht, da öffnete sich noch einmal die Tür.

Roman kam wieder zurück.

Immer noch in Begrüßungshaltung senkte Greta nur ihren Kopf.

Warum war er schon wieder da?

„Ich hatte noch etwas vergessen." sagte er und zeigte auf ihre Lustgrotte. „Damit Du nicht in Versuchung kommst, daran rumzufummeln, habe ich Dir etwas Schönes mitgebracht."

Er zeigte ihr einen Keuschheitsgürtel, der aber anders war als der, den sie schon einmal getragen hatte.

Dieser war aus rotem Leder und auf seiner Schamleiste vorn brannte ein kleines, weißes Licht.

„Du stellst Dich jetzt ganz ruhig hin, mit gespreizten Beinen, damit ich Dir den Gürtel umbinden kann." befahl er grinsend.

Leicht ängstlich folgte Greta. Das Licht machte ihr irgendwie Angst. Wofür war das da?

Roman strich leicht über ihre feuchte Spalte, fuhr mit seinem Finger sanft über ihre Vulva.

Was Greta fast stöhnen ließ. Warum war sie nur immer so geil?

„Hm…" sagte er feststellend, „Wie immer klatschnass. Ich hatte auch nichts anderes erwartet. Also brauche ich kein Gleitgel."

Er steckte ihr zuerst den Dildo für das Hinterteil in ihre nasse Grotte.

Greta stöhnte sofort auf, obwohl sie sich auf die Lippen biss, um nicht zu laut zu werden.

Sie war schon wieder so voller Lust…so erregt. Schon der Anblick des Gürtels hatte bei ihr wieder alle Schleu-

sen geöffnet, sie weich und devot gemacht, bereit, Lust
zu bereiten und zu empfangen.

„Muss ich Dir wieder auf den Musikknochen schlagen,
Greta?" drohte Roman ihr fast sofort.

Sie zuckte zusammen: „Nein, Gebieter. Ich bin schon
still."

„Das rate ich Dir auch." meinte Roman und zog den
Dildo wieder heraus.

„Beug Dich runter, damit ich gut an Dein hinteres Loch
komme!"

Greta folgte und spürte kurz danach, wie Roman den
befeuchteten Dildo in ihr Arschloch schob. Er ging
dabei behutsam vor, wollte ihr weder wehtun noch zu
sehr erregen, aber Greta durchfuhr dabei wieder ein
Schauer an Lust.

Wie sie sich nach ihrem Herrn sehnte…!

Kurz darauf saß auch der vordere Dildo an seinem
Platz.

Er drückte sie wieder hoch und schloss den Gürtel.

„Gut." sagte er.

Dann zeigte er ihr zwei Armbänder aus Metall. Auch sie
hatten ein weißes Licht.

„Weißt Du, was das ist?" fragte er sie.

„Nein, Gebieter." flüsterte Greta. Die Armbänder gefie-
len ihr noch weniger als das Licht am Gürtel.

Langsam schwante ihr, welche Bedeutung die Lichter
hatten.

Roman führte eines der Armbänder an den Gürtel.

Im gleichen Moment durchfuhr Greta ein Schmerz, der,
ausgehend von den Dildos, ihren Körper durchfuhr und
sie auf die Knie gehen ließ.

„Gebieter!" rief sie flehend auf, während sie gegen den Schmerz ankämpfte. „Bitte…"

Leicht lächelnd nahm Roman das Armband wieder fort. Ja, sie hatte so reagiert, wie er es wollte.

Sofort hörte der Schmerz auf.

„Steh wieder auf!" sagte er, scheinbar ungerührt, zu ihr. Ängstlich gehorchte Greta. Hoffentlich benutzte er das Armband nicht wieder. Warum strafte er sie jetzt?

„Deine Hände!"

Kurz darauf hatte Greta an jeden ihrer Handgelenke ein Armband. Beide waren fest geschlossen, ohne Möglichkeit, sie abzumachen.

Roman grinste sie an und erklärte: „So, Greta! Solltest Du mit Deinen Fingern noch einmal in die Nähe Deiner Muschi kommen, wird es wieder weh tun. Also: Finger weg!"

„Ja, Gebieter." murmelte Greta leise.

Er hatte ihr also nur zeigen wollen, was passierte, wenn sie versuchte, sich selbst zu befriedigen. Obwohl es schon mit dem Gürtel allein schwierig geworden wäre.

„Greta!" ermahnte sie sich dann aber selbst. „Belüg Dich doch nicht. Du hättest es hinbekommen. Auch mit Gürtel."

Sie war so durchtränkt mit Gier nach Erfüllung, im Grunde hatte Roman sie vollkommen durchschaut. Der Gürtel war dringend nötig, um sie zu zügeln.

„Noch etwas." durchbrach Roman ihre Gedankengänge. „Solltest Du zu den Sklaven gehören, die dem Schmerz des Gürtels Lust abgewinnen können: Wage es nicht, ihn so zu benutzen! Ich weiß genau, wann und wie lange der Schmerz besteht, denn der Gürtel ist mit meinem Handy verbunden. Jede Benutzung wird mir angezeigt. Hast Du das verstanden?"

„Ja, Gebieter." flüsterte Greta resigniert und wagte es, hinzuzufügen: „Zu denen gehöre ich aber nicht. Es tat wirklich sehr weh."

Doch tief in ihr regte sich ein Gedanke.

Was, wenn Michael ihr den Gürtel umgebunden hätte? Hätte es dann auch nur weh getan?

„Umso besser, Greta." meinte Roman jedoch zufrieden. „Wenn Du zur Toilette musst, sag Bescheid. Und zwar rechtzeitig! Peter kommt dann und befreit Dich kurz, damit Du Dich erleichtern kannst. Hast Du noch eine Frage?"

Zögernd fragte Greta: „Wie lange muss ich ihn tragen?" Das Teil machte ihr Angst. Was, wenn sie versehentlich einen ihrer Hände in die Nähe brachte?

Ihre Angst war zwar nicht so stark, dass sie das Safeword gesagt hätte, aber der Schmerz war wirklich heftig gewesen. Noch einmal wollte sie das nicht erleben.

„Oder doch?" dachte sie fast gleichzeitig. Von Michael als Strafe auferlegt?

„Bis zu Deiner Prüfung." war Romans kurze Antwort. „Morgen früh bin ich wieder bei Dir."

Dann ging er.

Diesmal wirklich.

Währenddessen hockte Vincent immer noch auf dem Stuhl im Kellerzimmer.

„Du verpisster Scheißbruder!" schrie er gerade. „Ich werde mich rächen! Hörst Du! Mögest Du tausend Höllenqualen erleiden! So lasse ich nicht mit mir umgehen!"

Er konnte es nicht glauben, dass Michael ihm das tatsächlich antat.

Sein eigener Bruder ließ ihn im Dunkeln gefesselt sitzen.

Nicht einmal zur Toilette hatte Michael ihn gehen lassen.

Obwohl er vorher oft genug danach verlangt hatte.

Erst ruhig, dann immer wütender.

Jetzt war seine Hose beschmutzt. Es stank.

Dieser verfickter Bruder!

Er hatte Michael noch nie gemocht.

Stets hatte Michael ihn spüren lassen, dass er das schwarze Schaf in der Familie war…der dümmere, der jüngere, der nie akzeptiert wurde, der, der sich immer zurücknehmen musste.

Ein letzter Versuch:

„Lass mich wenigstens duschen, Michael! Ich habe Hunger und Durst! Scheiße!!! Ich bin Dein Bruder! Das kannst Du nicht mit mir tun!"

Zu Vincents Überraschung ging plötzlich das Licht an und die Tür hinter ihm öffnete sich.

Geblendet von der Helligkeit schloss er reflexartig seine Augen, bevor er genervt sagte: „Das wurde aber auch Zeit."

Da spürte er schon die Spritze in seinem Arm.

Kurz darauf war er in Ohnmacht gefallen.

Als er wieder aufwachte, konnte er nicht fassen, wo er sich befand.

Michael hatte ihn ausziehen lassen und in einen Käfig gesperrt. Nackt! In einen ordinären Sklavenkäfig!

Zwar kein kleiner Käfig, er war groß genug, dass Vincent stehen und liegen konnte, aber es war ein Käfig aus soliden, dicken Stahlstäben mit einem glatten Stahlboden.

In einer Ecke war eine Stehtoilette, wie Vincent zu seiner großen Ärger bemerkte.

So konnte er zwar sein Geschäft ohne weitere Beschmutzungen verrichten, aber er war dabei ungeschützt und allen eventuell vorhandenen Blicken ausgeliefert.

„Ich weiß genau, dass Du zusiehst, Michael." dachte Vincent zornig. „Kannst mich mal am Arsch lecken!"

Er streckte seinen rechten Mittelfinger wem auch immer entgegen.

In der gegenüberliegenden Ecke stand eine Flasche Wasser und ein Teller mit belegten Broten.

Neben dem Teller lag ein Zettel.

Vor Wut schäumend nahm Vincent ihn in die Hand und las: „Es stimmt. Ich kann Dich nicht hungern und dürsten lassen. Du bist jetzt auch gewaschen. Überleg Dir, was Du machst. Noch zwei Tage!"

Zornig zerknüllte Vincent den Zettel und warf ihn durch die Gitterstäbe.

Er war immer noch in dem Kellerzimmer, nur dass jetzt schummrig genau so viel Licht brannte, dass er zwar alles sehen konnte, aber auch schlafen.

Dass er nackt war, störte ihn nicht weiter. Wenn Michael ihn damit hatte demütigen wollen, dann war ihm das misslungen. Immerhin etwas.

Er schnappte sich die Flasche und nahm einen tiefen Zug. Wenigstens war danach sein Durst gelöscht.

„Beruhige Dich endlich." befahl Vincent sich. „Er will doch nur, dass Du ausflippst. Gönn ihm den Triumph nicht."

Dann nahm sich Vincent ein Stück Brot und aß. Langsam. Wer wusste schon, wann ihm Michael wieder etwas bringen ließ...

Hockend auf dem Boden des Käfigs überlegte Vincent, was er machen würde. Am Ende der Frist, die ihm Michael gegeben hatte.

Wofür sollte er sich entscheiden?

Denn dass Michaels Worte keine leeren Worte waren, wusste Vincent. Michael hatte die Macht, die sich Vincent stets gewünscht hatte, um die er Michael immer beneidet hatte.

Er musste nachdenken.

173

Gründlich nachdenken.

Er hatte dafür noch zwei Tage.

— * —

Greta hatte fleißig weiter geübt.

Sie wunderte sich selbst darüber, was sie antrieb.

War sie einen Tag vorher noch verzweifelt wegen des Textes gewesen, hatte sie einen Tag später fast Spaß daran gehabt.

Aber es war ganz einfach: Sie würde ihrem Herrn beweisen, dass sie alles konnte, was er ihr zutraute.

Dabei hatte sie versucht, den neuen Keuschheitsgürtel möglichst zu verdrängen. Wie auch die Armbänder.

Was ihr leider nicht immer gelang.

Einmal war sie ihm zu nah gekommen, als sie nach einem Blatt griff, das auf den Boden gefallen und schräg hinter ihr gelandet war.

Dummerweise ging sie dafür direkt darüber in die Hocke, fasste mit der rechten Hand danach und wäre fast umgefallen, als sie der Schmerz traf.

Er war genauso heftig wie am Vortag. Warum war sie nur so dumm, das vergessen zu haben?

Was sollte Roman nur von ihr denken?

Sofort, als der Schmerz wieder fort war, ging sie zum Spiegel und kniete so demütig wie möglich davor nieder.

Dann erklärte sie: „Gebieter! Ich habe nicht gegen Euer Gebot verstoßen, sondern nur versehentlich das Gerät aktiviert, als ich nach einen Blatt griff. Es wird nicht wieder vorkommen."

Es kam tatsächlich nicht wieder vor.

Jedenfalls, solange sie wach war.

Doch je näher der Abend kam, desto mehr machten sich andere Gedanken in ihr breit.

Was war nachts? Wenn sie ihren Körper im Schlaf nicht kontrollieren konnte?

Roman hatte ihr befohlen, rechtzeitig ins Bett zu gehen und auszuschlafen.

Was nun, wenn sie in der Nacht versehentlich den Gürtel aktivierte?

Konnte sie das verhindern?

Schließlich bat sie Peter, als dieser das Abendessen abtrug, Roman zu holen.

Der kam prompt.

„Was willst Du?" fragte er sie neugierig. Er erwartete nicht, dass sie ihm eine Verfehlung meldete. Sein Handy zeigte an, dass sie den Gürtel nur einmal aktiviert hatte und sich dafür sofort entschuldigt hatte.

Greta hob ihre Hände, an den Gelenken zusammengeführt, zu ihm empor und bat: „Gebieter? Könntet Ihr mich so an das Bett fesseln für die Nacht?"

Überrascht sah Roman sie an: „Warum sollte ich das tun, Greta?"

Er war wirklich gespannt auf ihre Antwort, obwohl er schon ahnte, was sie antworten würde.

„Ich befürchte, ich könnte versehentlich im Schlaf den Gurt aktivieren, Gebieter. Das möchte ich, wenn Ihr es mir erlaubt, durch die Fesselung verhindern."

„Du denkst mit, Greta!" erwiderte Roman erfreut. „Sehr gut. Dann leg Dich aufs Bett, ich werde Deiner Bitte entsprechen."

Greta nahm erleichtert seine rechte Hand und küsste sie: „Danke, Gebieter."

Dann legte sie sich ins Bett und nahm Romans Fesselung entgegen.

Er strich ihr danach fast zart über das Gesicht und sagte: „Jetzt schlaf. Morgen früh bin ich wieder da."

Ohne weitere Worte schloss Greta ihre Augen und schlief fast sofort beruhigt ein.

„Erstaunlich." dachte Roman. „Nicht nur denkt sie mit, sie fühlt sich tatsächlich jetzt geborgen und sicher. Sie ist wirklich gefährlich für Michael."

Er grinste und ging.

Am nächsten Morgen fand er Greta wach im Bett.

Sie lag ohne Decke da. Scheinbar hatte sie diese in der Nacht fortgewühlt, war aber mit den gefesselten Händen nicht mehr in der Lage gewesen, sie wieder zu sich zu holen.

Als sie ihn sah, mühte sie sich in eine kniende Position, soweit es mit den gefesselten Händen ging. Sie senkte ihren Kopf und ihren Blick.

„Du bist diesmal wach, wie ich sehe." sagte er zu ihr.

„Ja, Gebieter." erwiderte sie.

„Heute Abend ist es soweit." meinte er und band sie los. „Wie hast Du geschlafen?"

Sie rieb kurz ihre Handgelenke, verließ das Bett und nahm am Boden die Begrüssungsstellung ein.

„Gut, Gebieter. Tief und traumlos." antwortete sie ihm dann.

Er nickte zustimmend.

„Dann mach Dich schnell fertig und nimm dann die Dir gestern gezeigte Stellung vor mir ein." sagte er, während er den Gürtel aufschloss.

Sie senkte zustimmend ihren Kopf und verschwand im Bad.

Er setzte sich auf das Sofa und rief laut: „Peter! Komm her!"

Der Putzsklave erschien fast sofort und fiel vor Roman in die Begrüßungsstellung.

„Steh auf! Deine Strafzeit ist vorbei." eröffnete er ihm.

Aus seiner Hosentasche holte er zwei Gummihand-
schuhe und eine Schere.

— * —

„Beine auseinander und Hände auf den Rücken." befahl
er Peter, dann schnitt er den Knoten an Peters Fesse-
lung auf.
Das Band war inzwischen dreckig, auch wenn Peter
versucht hatte, es sauber zu halten. Immerhin hatte der
Sklave es geschafft, den Seilball nicht stinken zu lassen.
Langsam und ruhig entfernte Roman das Seil von Peters
Geschlechtsteilen.
Peter schluckte und mochte nicht hinschauen.
Hoffentlich hatte sich nichts entzündet.
Weh hatte es bis jetzt zwar nicht getan, aber es hatte
angefangen, leicht zu jucken.
Roman schaute sich die gebundene Stelle genau an.
Was Peter fast wieder dazu brachte, zu erigieren.
Nur mit großer Mühe beherrschte er sich.
„Gut. Nur ein wenig wund. Wenn Greta wieder hier ist,
gehst Du unter die Dusche und wäscht alles sorgfältig.
Du weißt, was Du dann tun musst." sagte Roman und
zog sich die Handschuhe wieder aus.
Er legte sie zu den Seilresten.
„Nimm alles weg und dann bring das Tablett rein, dass
draußen steht."
„Ja, Gebieter. Ich habe es bereits gesehen." erwiderte
Peter.
Dann kniete er vor Roman nieder und meinte: „Danke,
Gebieter."
Roman lächelte ihn an: „Hol das Tablett!"

Fast hätte Peter vor Freude gepfiffen, als er nach draußen ging, um dem Befehl des Aufsehers nachzukommen. Roman hatte ihn tatsächlich angelächelt.

Das hatte er noch nie gemacht.

Als Peter das Tablett neben Roman abstellte und dann im Hintergrund wartend niederkniete, kam Greta auf den High Heels aus dem Bad und stellte sich vor Roman auf.

Mit einer kurzen Handbewegung schickte dieser Peter ins Bad und wandte sich dann Greta zu: „Gut, dass Du Dir die Stellung gemerkt hast. Jetzt hör mir genau zu, denn Michael will, dass Du Dich exakt an die folgenden Anweisungen hältst."

Greta wollte etwas sagen, aber Roman schnitt ihr sofort das Wort ab: „Kein Wort, Greta! Keine Bewegung!"

Sie erstarrte.

Roman sah es mit Anerkennung.

„Gut." meinte er und erklärte: „Heute Abend werde ich Dich in den Prüfungsraum bringen. Du gehst auf das Podest, dass vor den Tischen der Herren steht. Nimm die Haltung ein und sage kein Wort. Einer wird Dich auffordern, mit dem Text anzufangen. Du wirst sofort beginnen, den Text aufzusagen…und nicht damit aufhören, bis Du entweder zu Ende bist oder nicht mehr weiter weißt. Diese Anweisung gilt für Dich, egal, was sonst passiert. Du wirst kein anderes Wort sagen, sonst ist die Prüfung sofort vorbei."

Greta schluckte, sagte aber nichts.

Egal, was sonst passiert?

„Wenn Du eine Frage hast, erlaube ich Dir, sie zu stellen."

„Dürft Ihr mir sagen, was genau passiert?" fragte Greta vorsichtig.

Roman lachte kurz auf: „Kleine, neugierige Sklavin! Ich wusste, Du fragst nach. Ich sage es Dir aber nicht. Lass Dich einfach nicht ablenken, ok?"

„Ja, Gebieter." sagte Greta…und bekam dafür einen Schlag mit der Gerte. Es schmerzte, aber Greta wagte nicht, sich zu bewegen.

„Ich hatte Dir nicht erlaubt, noch etwas zu sagen!" fuhr Roman sie an.

Wieder erstarrte Greta. Diesmal vor Scham und Angst.

„Gut, so ist es besser. Ich hatte gesagt, Du sollst Dich nicht ablenken lassen. Denk heute Abend daran!"

Fast hätte Greta wieder geantwortet, aber rechtzeitig nahm sie sich zurück, blieb stumm.

„Du hattest schon wieder Deinen Mund leicht geöffnet, Greta." sagte Roman grinsend.

Warum sah er nur jede Zuckung von ihr?

Diesmal blieb sie mit großer Anstrengung stumm und starr.

„Nicht bewegen. Nichts sagen." dachte sie und war froh, dass sie die Augen geschlossen halten konnte.

Peter kam wieder und kniete vor Roman nieder.

„Gebieter, ich bin fertig." sagte er demütig mit gesenktem Kopf.

„Du hast das Bad auch hinterher sauber gemacht?"

„Ja, Gebieter." bestätigte Peter.

„Dann kannst Du jetzt gehen. Halte Dich aber für die Gebieterin bereit, falls sie etwas möchte."

Stumm verneigte Peter sich und verließ das Zimmer.

„Wie weit kannst Du den Text, Greta? Du darfst mir dafür antworten." fragte Roman.

Greta überlegte und sagte dann leise: „Gebieter, ich denke…bis zum Ende. Noch nicht perfekt, ganz und gar nicht, aber das müsste ich bis zum Abend hinbe-

kommen. Ich hoffe, dass ich meinen Herrn zufrieden-
stellen kann."

Ihr Herz machte einen Sprung, als sie an Michael dachte. Ihr Herr. Ihr Ein und Alles.

Dann fügte sie leise hinzu: „Ich hoffe es wirklich sehr,
Gebieter."

„Warum?" wollte Roman wissen.

Sollte Greta ihm das wirklich sagen?

Schon, wenn sie nur an ihren Herrn dachte, hüpfte ihr
Herz vor Freude. Sie betete ihn geradezu an. Seine
Wünsche waren ihre Wünsche.

„Er ist mein Herr." sagte sie aber nur.

Als würde das alles erklären. Aber für sie erklärte es
wirklich alles.

„Ok, Greta. Begrüßung." befahl Roman und Greta sank
sofort in die Knie.

Er tippte sie kurz mit seiner Gerte an und sagte dann:
„Dein Herr hat mich ermächtigt, Dir noch folgendes zu
sagen: Solltest du die Prüfung zu seiner Zufriedenheit
absolvieren, darfst Du zukünftig ständig in seiner Nähe
sein."

Greta glaubte nicht, richtig gehört zu haben.

Sie?

Sie blickte Roman an und stotterte: „In seiner Nähe?
Ständig?"

— ✳ —

„Ja. Also streng Dich an. Dein Herr hat Gefallen an Dir
gefunden und will Dich belohnen. Wenn Du Dich in
der Prüfung als würdig erweist."

Roman meinte es tatsächlich ernst.

Greta wurde überrollt von ihren Gefühlen, als sie es ihm
endlich glaubte.

„Das ist fast zuviel der Ehre, Gebieter…" flüsterte Greta mit bebenden Lippen. „Ich bin doch nur eine unter vielen. Nichts Besonderes."

Sie verstummte kurz, nahm dann Romans Hand und küsste diese: „Danke, Gebieter! Eine demütige Sklavin dankt Euch aus tiefstem Herzen."

Lächelnd entzog Roman ihr seine Hand und erwiderte ruhig: „Du wirst es schaffen, Greta. Davon bin ich überzeugt. Michael hat mit Dir eine gute Wahl getroffen."

Er ging.

Greta dagegen durchfluteten ungeahnte Glücksgefühle.

Am Abend würde sie ihrem Herrn beweisen können, dass sie seiner Wahl würdig war.

Mit einem glückseligen Lächeln wandte sie sich wieder dem Text zu.

Noch acht Stunden.

Die viel zu schnell vorbei waren.

Dann stand Roman wieder im Zimmer.

Greta nahm sofort die Begrüßungsstellung ein.

Roman grinste sie an: „Bist Du bereit?"

„Ich hoffe es, Gebieter." sagte Greta leise.

Langsam kamen bei ihr Zweifel auf.

Würde sie den Text auch noch während der Prüfung können?

Würde sie das, was währenddessen passieren sollte, aushalten?

Würde sie sich nicht ablenken lassen?

Nicht fehlen?

Damit ihr Herr auf sie stolz sein konnte?

„Deine Hände, Greta!" befahl Roman und entfernte die Armbänder von ihren Handgelenken.

Er sah genau, was sie fühlte. Unsicherheit, Furcht, aber auch Aufregung und Neugierde.

„Steh auf, Greta! Beine auseinander."

Der Gurt wurde von ihm entfernt.

Ihre Lippen glänzten feucht im Licht der Deckenlampe, die Ringe glitzerten.

Armbänder und Gurt legte er auf dem Sofa ab.

Dann befestigte er eine Kette an ihrem Halsband, das bis zu ihrer Scham nach unten führte, dort sich teilte und zwei kleine Karabiner am Ende aufwies.

Jeden befestigte er an einem Ring.

Wenn Greta jetzt gerade stand, wurden die Schamlippen leicht nach vorn gezogen.

Und sie würde gerade stehen müssen während der Prüfung.

Er beugte mit einem sanften Griff ihren Oberkörper wortlos nach vorne, dann platzierte er einen gläsernen Analplug mit Schmuckstein in ihrem hinteren Ausgang.

Greta durchlief ein Kribbeln.

Der Plug fühlte sich im ersten Moment kühl an, nahm dann aber sehr schnell die Wärme ihres Körpers an.

Ein gutes Gefühl.

Fast ein zu Gutes, wie Greta bemerkte.

Ihre Aufregung vermischte sich mit ihrer Lust. Ihre Augen begannen, zu glänzen, ihre Wangen, zu erröten.

„Folge mir!" forderte Roman sie auf. Er hatte ihre Reaktion sofort bemerkt. Sie war bereit.

Dann ging er mit ihr durch das Anwesen. Es war völlig menschenleer, so leer hatte Greta es noch nie gesehen.

Während des Weges rieb die Kette ihre Schamlippen aneinander und sie merkte den Plug nur allzu gut.

Ihre Erregung bahnte sich weiter einen Weg durch ihren Körper, langsam, aber stetig wie ein Schwelbrand.

Greta war froh, als sie endlich das Zimmer erreichten, in dem ihre Prüfung stattfinden sollte.

Eine ganz schlichte, normale, weiß lackierte Tür verschloss es.

Roman sah Greta noch einmal sorgfältig an.

Dann sagte er sehr ernst: „Denk daran! Du gehst ohne weitere Worte zum Podest, stellst Dich in der gelernten Haltung hin und wenn Dich einer der Herren auffordert, beginne Deinen Vortrag. Du sagst kein, aber auch wirklich kein anderes Wort, bis Du fertig bist. Egal, was um Dich herum oder mit Dir geschieht oder was man Dich fragt."

„Ja, Gebieter." flüsterte Greta.

Nun war sie total angespannt. Doch selbst ihre Nervosität war nicht so stark wie ihre Begierde und Neugierde. Was würde hinter der Tür passieren?

Roman öffnete ohne weitere Worte die Tür und ließ sie hineingehen. Er dagegen blieb draußen und schloss die Tür.

Greta war überwältigt von dem Anblick, der sich ihr bot.

— * —

Der Raum, in dem sie sich nun befand, war in Wirklichkeit ein Saal. Nie hätte sie gedacht, dass sich ein derartiger Saal hinter der einfachen Tür befinden könnte.

Der Saal hatte keine Fenster, aber rechts und links führten schmale Arkaden mit Säulen zum Ende.

Zwischen den Säulen knieten auf der ganzen Länge Sklaven, Frauen wie Männer, und blickten zu Boden. Sie waren alle nackt bis auf ihr Sklavenband.

Darauf hatte Roman sie nicht vorbereitet. Es schüchterte sie ein, machte sie noch unsicherer, als sie vorher schon gewesen war.

Vorsichtig ging sie jedoch vorwärts. Versuchte, die Sklaven, an denen sie vorbeischritt, zu ignorieren.

Doch das war leichter gesagt als getan.

Denn jeder Sklave, an dem sie vorbeiging, erhob sich lautlos und blieb mit gesenktem Blick stehen. Sie reagierten auf sie, ehrten ihren Weg durch ihre Bewegungen.

Ihre High Heels klackten unüberhörbar auf dem glatten Saalboden. In ihm waren Mosaike eingelassen, die verschiedene Szenen von Sklavinnen zeigten, die ihren Herren dienten. Doch Greta hatte nicht wirklich ein Auge dafür.

Hier war Greta noch nie gewesen.

Sie empfand Ehrfurcht und Angst. Der ganze Saal dünstete Respekt aus.

Fast wäre sie umgedreht und geflohen.

Zu sehr stand sie im Mittelpunkt. Zu sehr fühlte sie alle Blicke auf sich gerichtet.

Aber dann dachte sie an Michael und ging weiter.

Am Ende des Saales stand ein halbrunder Tisch, ins Dunkel getaucht. Greta konnte fünf Gestalten erkennen, aber keine Gesichtszüge.

Vor dem Tisch war das Podest.

Nicht besonders hoch, aber es waren drei Strahler darauf gerichtet, die es in helles Licht tauchten.

„Du schaffst das, Greta!" versuchte sie, sich selbst zu beruhigen.

Doch ihre Hände zitterten. Verrieten ihr Lampenfieber und ihre Anspannung.

Stumm trat sie auf das Podest und nahm die gewünschte Haltung ein. Schloss die Augen.

Die Strahler hüllten sie in Wärme und leuchtendes Licht. Selbst mit den geschlossenen Augenlidern war es hell.

Jetzt wusste sie, warum die Augen zu sein sollten. Es war einfach zu hell für offene Augen.

So stand sie da und wartete.

Es war unnatürlich leise. Das lauteste Geräusch war das Atmen der Sklaven in den Arkaden.

Greta zog sich der Bauch zusammen…konnte nicht irgendjemand endlich etwas sagen?

Oder war sie jetzt schon so schlecht, dass sie gleich fortgeschickt wurde?

Doch da befahl einer der Herren, wohl in der Mitte des Tisches, denn daher schien die Stimme zu kommen: „Du bist Greta?"

Die Stimme hatte Greta noch nie gehört. Wer sprach da? Sie hatte erwartet, die Stimme ihres Herrn zu hören. Aber er war es nicht. Wo war er? Sah er nur zu?

Fast wollte sie antworten, so froh war sie, endlich etwas zu hören.

Ihre Lippen waren kurz davor, sich zu öffnen.

Doch rechtzeitig besann sie sich. Sagte nichts, wie Roman es aufgetragen hatte.

Da fuhr die Stimme fort: „Du bist hier, weil Dein Herr Dich prüfen will. Dir sind die Kriterien nicht bekannt, nach denen entschieden wird. Nur so viel dazu: Es sind nicht die, an die Du vielleicht denkst. Jetzt fang an!"

Erlösende Worte.

Endlich.

Greta begann.

Kaum hatte das erste Wort ihre Lippen verlassen, als sich ihr von hinten ein Mann näherte.

Greta spürte es genau.

Seine Aura berührte die ihre.

„Hallo, Greta." flüsterte er in ihr Ohr.

Fassungslos stockte Greta der Atem. Ihr Herz stolperte und ihr Körper reagierte sofort auf diese Stimme.

Sie gehörte ihm. Michael. Ihrem Herrn.

— * —

„Nein." dachte Greta erschüttert. „Er selbst."
Ihre Haut kribbelte und ihr kleiner Lustknoten zwischen
den feuchten Schamlippen fing an, zu pulsieren.
Fast konnte sie nicht weitersprechen.
Doch mit einem leichten Lächeln sprach sie weiter.
Er war da.
Sie brauchte sich nicht mehr zu fürchten.
Noch einmal hörte sie leise seine Stimme: „Du bist
wunderschön, wie Du hier stehst, kleine Sklavin. Ich
werde Dich jetzt fesseln. Um Dich noch begehrenswer-
ter und schöner zu machen."
Wieder durchfuhr Greta ein Schauer der Lust. Ließ sie
leicht schwanken.
Wie gern hätte sie sich ihm zugewandt. Etwas gesagt.
Ihm gedankt, dass er da war.
Aber sie fuhr fort, den völlig unsinnigen Text zu spre-
chen.
Noch stärker als vorher musste sie jetzt bestehen.
Michael hatte genau gemerkt, wie angespannt sie vor
seinem Erscheinen gewesen war, wie nervös.
Jetzt schien sie lockerer, aber eindeutig auch erregter.
Er lächelte.
Ihre Reaktion auf ihn war wie immer erstaunlich stark.
Er nahm das erste Seil, das er mitgebracht hatte und
fing an, ihren Knöchel zu umbinden.
Greta fühlte die Fessel durch das Leder der High Heels.
Er zog sie fest, aber nicht so, dass es weh getan hätte.
Dann band er langsam nach oben weiter, schlang meh-
rere Schlaufen um ihre Beine, immer im gleichen Ab-
stand.

186

Greta sprach weiter, aber es fiel ihr schwer.

Ihre Scham wurde immer feuchter, der Plug in ihrem Po verstärkte den Effekt, von der Kette an ihren Lippen ganz zu schweigen.

Das Seil spannte auf ihrer Haut, festes, dickes Seil, das ihre Lust nach oben fluten ließ, ihre Beine verband, so als seien sie nur eines.

Unterhalb ihrer Pobacken hörte er auf.

„Sehr gut." dachte er, als er fertig war. Das rote Seil, das er für ihre Beine ausgewählt hatte, passte perfekt zur Farbe ihrer Stiefeletten. Es sah schön aus, wie das Seil ganz zart in ihre Haut schnitt. Später würde sie seine Spuren noch etwas am Körper haben.

Ob sie es auch so mochte wie er?

Von hinten fuhr seine Hand zwischen ihre nun zusammengebundenen Lenden.

Greta zuckte zusammen und verstummte kurz.

Was machte er da? Musste er das machen?

Seine Hand goss Öl in das Feuer ihrer Lust. Sie wurde jetzt richtig nass.

„Sprich weiter, meine immer feuchte Sklavin." flüsterte er ihr sofort zu.

„Oh, mein Gott! Oh, mein Gott!" dachte Greta verzweifelt, setzte aber wieder ein mit dem Text.

Nicht ablenken lassen!

Bloß nicht ablenken lassen.

Die Worte des Textes tropften zögernd durch ihren Mund. Seine Hand fühlte sanft ihre Feuchtigkeit und zog sich dann wieder zurück.

Sie hörte, wie er mit seiner Hand ihren Duft aufsog und sich dann ein weiteres Seil nahm.

Er band nun ihren rechten Arm so zusammen, wie er es mit den Beinen getan hatte. Dabei prüfte er immer wieder, ob das Seil nicht zu fest war. Oder zu locker.

„Wenn es Dir zu sehr weh tut, Greta, sag Bescheid.
Nicke dann kurz." murmelte er.

Weh? Da tat nichts weh.

Er strich über ihren Körper, sanft, zart, unerträglich.

Wie sollte sie so den Text aufsagen?

Zuviel an Ablenkung, zuviel.

Ihr Körper schien ein eigenes Leben zu führen, ihrem
Willen nicht mehr zu gehorchen, als Michael begann,
den linken Arm wie den rechten zu binden.

Gretas Kopf rief immer noch den Text ab, ihre Zunge
spuckte die Wörter heraus, aber ihr Körper brannte vor
Begierde.

Diese Fesselung…wunderbares, sanftes Halten…seine
leichten Berührungen…so sacht und lind.

„Nimm mich…nimm mich…" dachte ihr Körper, während ihr Kopf weiter die Wörter hervorholte, die sie
gelernt hatte.

Jetzt ging Michael um sie herum und stand vor ihr.

Sie spürte es genau.

Er drehte den Ring an ihrer linken Brustwarze einmal
im Kreis, was sie fast aufschreien ließ.

— * —

Nicht vor Schmerz. Tat es überhaupt weh?

Es war einfach unvorstellbar gut.

„Rede weiter, Greta!" befahl sie sich verzweifelt.

Sie fühlte, dass er einen Stab durch den Ring zog.

Aus Glas.

Oder aus Metall?

Es war leicht kühl.

Dann machte er dasselbe mit dem Ring der rechten
Brustwarze und führte den Stab weiter durch diesen
hindurch.

188

„Sprich weiter…weiter…achte nicht auf das, was Dein Herr macht…"

Der Stab war schwer, obwohl er nicht dick sein konnte, denn die Ringe ihrer Knospen hatten keinen sehr großen Durchmesser.

Er zog dennoch ihre Brust nach unten, die Nippel stießen gegen den Stab und wurden zusätzlich gereizt.

„Bitte… nicht mehr…nicht mehr…"

Da hörte sie, wie er einen Karabiner um den Stab schloss. Scheinbar hatte der Stab eine Vorrichtung, um dort einen Karabiner zu befestigen.

Dann fühlte sie einen Zug nach vorn oben.

Sie musste sich dagegen stellen, um nicht hinzufallen.

Doch durch Gretas Bemühen, weiter gerade zu stehen, wurde der dumpfe, ziehende Schmerz in ihren Brüsten intensiver und schärfer. Ein leichtes Keuchen entrang sich Gretas Kehle, bevor sie weitersprach.

Welch göttlicher Schmerz!

Warum konnte sie noch weitersprechen?

Greta wusste es nicht.

Sie merkte, dass sie abdriftete, fort aus dem Saal.

Aber noch nicht ganz, noch war der Saal da, wie ein Traumbild.

Was machte sie noch einmal hier?

Ach ja…ihr Herr prüfte sie.

Mit großer Anstrengung konzentrierte sie sich noch einmal auf die Aufgabe, sprach weiter.

Wo war sie jetzt?

Schon auf dem letzten Blatt?

„Es ist bald vorbei." hörte sie seine Stimme nah bei sich.

Vorbei?

Warum?

Sie wollte nicht, dass es vorbei war.

Da spürte sie eine Berührung an ihrem Rücken.

Er strich mit etwas von ihrem Hals hinunter bis zum Po.

„Weißt Du, was das ist, Greta?" fragte er mit seiner warmen Stimme. Sie hatte einen leicht drohenden Unterton.

„Nicht antworten…nicht antworten…denk nur an Deinen Text." dachte Greta verzweifelt.

Der zusätzliche sanfte Reiz entfachte ihren Körper ein weiteres Stück.

„Es ist der Griff meiner Lieblingspeitsche. Starkes, geschmeidiges Leder." gurrte er ihr ins Ohr. „Sie wird Dir gefallen, Greta."

Wollte er sie jetzt auspeitschen?

Innerlich schrie Greta auf.

Das würde sie nicht mehr können.

Oder?

Nur noch ein paar Worte…nur ein paar…bald hatte sie es doch geschafft.

Rechtzeitig?

Dass er sich von ihr entfernte, bekam sie nur noch vage mit.

Doch das Zischen der Peitsche war unüberhörbar, das harte Zerteilen der Luft.

Dann spürte sie das Auftreffen der Spitze auf ihrem Rücken. Der Schmerz setzte erst danach ein.

Brennender, schneidender Schmerz.

„Ah!" schrie Greta auf. Laut. Unüberhörbar.

Ihr Körper war so empfindlich geworden…und doch fern weg.

Der Schrei…nicht ihrer…

So sprach sie das letzte Wort des Textes: „Wunderbar."

— * —

Sofort wurde es dunkel um sie herum.

Die Spots waren ausgeschaltet worden.

Kälte durchfuhr sie nach den heißen Lampen wie ein Schock.

Was jetzt?

Hatte sie bestanden?

Michael trat an sie heran, löste vorsichtig den Karabiner von der Stange zwischen ihren Brüsten. Sie konnte nicht mehr stehen, schwankte, doch er fing sie auf und legte sie auf den Boden.

Sie zitterte.

„Eine Decke!" rief er. „Holt mir eine Decke!"

Eine dicke, gepolsterte Decke wurde neben ihm ausgebreitet.

Irgendjemand half Michael, Greta hinaufzulegen.

Weich, es war so weich. Als würde sie auf einer Wolke liegen.

Schnell schnitt er die Fesseln durch, die von ihr abfielen wie die Blütenblätter eines blühenden Kirschbaums.

„Es ist vorbei, Greta. Alles ist gut." sagte er beruhigend zu ihr und strich zärtlich über die Abdrücke, die die Seile auf ihrer Haut hinterlassen hatten.

Die Stange zwischen ihren Brüsten entfernte er ebenso wie den Analplug.

Doch sie spürte es fast nicht.

Zu viel Anstrengung. Zu viele Reize. Zu viel Lust.

Lust…Begierde…nach ihm.

Sanft führte er ihre Arme wieder vom Hals weg. Sie konnte es nicht von sich aus tun, verharrte in der Stellung, in der sie gefesselt worden war.

Er massierte sie, gekonnt und liebevoll, und langsam entspannte Greta.

191

„Alles in Ordnung mit Dir?" fragte er sie besorgt. „Du darfst jetzt antworten."

Sie öffnete ihre Augen, sah ihn an.

Er war so wunderschön, so begehrenswert, nie würde sie ihm gerecht werden können.

„Ja, Herr." flüsterte sie lächelnd, auch wenn ihr Körper weiter schrie: „Nimm mich! Jetzt! Sofort!"

Er sah sie auch an und grinste: „Dir hat es gefallen, oder?"

Sie nickte. Ihr hatte es fast zu gut gefallen.

„Schließ Deine Augen wieder." befahl er ihr.

Dann nahm er sie auf und trug sie in sein Schlafzimmer, legte sie auf sein Bett.

„Du schläfst jetzt, Greta!" sagte er.

„Herr? Bitte?" wagte sie, leise zu sagen.

Michael sah sie jetzt ernst an: „Was möchtest Du wissen?"

Zögernd nahm sie seine rechte Hand und führte sie ehrfürchtig an ihre Stirn.

Dann fragte sie leise mit zitternder Stimme: „Herr, hat Eure Sklavin die Prüfung bestanden?"

Sofort entzog er ihr die Hand.

„Morgen, Greta. Jetzt schlaf!" meinte er ruhig und deckte sie zu. „Ich möchte, dass Du ausgeruht bist, wenn ich es Dir sage. Diese Nacht gehört mein Bett Dir. Wir sehen uns morgen früh."

Enttäuschung brandete in Greta auf.

Sie hatte nicht bestanden.

Es konnte nicht anders sein.

So rasch, wie er ihr seine Hand entzogen hatte.

Als Michael das Zimmer verlassen hatte, konnte sie ihre Tränen nicht mehr zurückhalten.

Was hatte sie falsch gemacht?

Hatte sie zu schnell gesprochen? So dass er nicht mehr dazu kam, sie richtig zu peitschen?

War sie nicht erregt genug gewesen? Hätte sie einen Orgasmus haben müssen?

Je mehr sie nachdachte, desto überzeugter war sie, durchgefallen zu haben.

Wie hatte der Herr am Tisch noch gesagt: „Dir sind die Kriterien nicht bekannt, nach denen entschieden wird."

Es konnte also nicht das korrekte Aufsagen des Textes sein.

Denn das hatte sie hinbekommen.

Oder doch nicht?

Entsetzt merkte sie, dass sie es nicht wusste.

Die Erfahrung im Saal war so extrem gewesen, dass sie es vergessen hatte. Sie konnte sich nur noch an den Anfang und das letzte Wort erinnern.

Wieder weinte sie. Bis ihr einfiel, dass sie in seinem Bett lag.

Wenigstens das hatte er ihr noch gnädigerweise erlaubt.

Traurig sog sie seinen Geruch ein, der überall lag.

„Mein Herr…ich habe Euch enttäuscht." dachte Greta betrübt.

Sie nahm eines der beiden Kissen und drückte es an sich. Als sei es sein Körper.

So schlief sie erschöpft ein.

Am nächsten Morgen war sie schon früh wach.

Ihr Körper tat weh, ja, aber noch mehr weh tat ihr die Gewissheit, versagt zu haben.

Wie sollte sie ihm jemals wieder vor die Augen treten können?

Er würde sie bestimmt wieder zu Jakob schicken.

Seufzend stieg sie aus dem Bett und machte es sehr sorgfältig, damit es wieder ordentlich und sauber aussah. Dann kniete sie daneben nieder und nahm die Begrüßungsstellung ein.

Immer noch trug sie die Kette an ihrem Halsband, die mit den Karabinern an ihren Schamlippen befestigt war. So wartete sie mit gesenktem Kopf.

Bis er hereinkam.

Er trug diesmal eher legere Kleidung, eine schwarze Jeans und ein weißes, weites Hemd, dessen oberste Knöpfe geöffnet waren, so dass man seinen Brustkorb sehen konnte.

„Makellos." dachte Greta nur. „Absolut makellos."

Seine Lederschuhe knarzten etwas beim Gehen. Sie waren neu. Oder sahen jedenfalls so aus.

Elegante, teure Lederschuhe.

In der rechten Hand hielt er eine Peitsche.

War es die, mit der er sie gestern geschlagen hatte?

Gretas Herz brannte bei seinem Anblick lichterloh.

Er trat zu ihr und sagte: „Hallo, Greta."

Voller Angst warf sie sich vor ihm nieder, legte ihren Kopf an seine Schuhe.

„Warum machst Du das?" fragte er verwundert.

„Bitte, Herr, schickt mich nicht zurück." flehte sie ihn an. „Ich werde mich bessern, Euren Wünschen entsprechen, aber bitte schickt mich nicht fort."

„Ach, Greta." antwortete er lächelnd und hockte vor ihr nieder.

Er hob ihren Kopf an: „Schau mich an, ok?"

Vorsichtig gehorchte sie. Ihre Lippen bebten, ihre Augen waren feucht vor Kummer.

Sanft strich er über ihr Gesicht, wischte zart eine Träne ab, die sich ihren Weg über ihre Wange bahnte und sagte: „Warum sollte ich Dich fortschicken? Das hast

Du schon einmal gedacht. Ich hatte es damals nicht vor und habe es auch jetzt nicht vor. Warum denkst Du das immer?"

Verzweifelt biss sich Greta auf die Lippen, bevor sie stotterte: „Ich weiß nicht, Herr. Ihr schickt mich nicht fort? Obwohl ich versagt habe?"

Er schüttelte nur wortlos seinen Kopf ob ihrer Worte.

„Greta, mein scheues Reh…kein Wort mehr. Du wirst bald alles verstehen."

Das Ende seiner Peitsche band er an ihr Halsband und stand auf.

„Komm!"

Sie gehorchte. Ohne Zögern. Ohne Widerspruch.

Während er sie mit sich fortzog, lächelte er leicht.

Sie war so voller Selbstzweifel, es würde ihm sehr gefallen, diese für immer fortzunehmen.

Sie zu das zu machen, was ihr gebührte.

Aber zunächst musste er ihr das Ergebnis der Prüfung mitteilen.

Dafür brachte er sie wieder in den Saal.

Dieser war diesmal hell erleuchtet.

Greta sah jetzt, dass er doch Fenster hatte, die jedoch durch verschiebbare Wände verdeckt werden konnten.

Diese waren nun fort und helles Tageslicht flutete den Saal.

Die Arkaden waren leer, aber das Podest stand immer noch an seinem Platz und auch der Tisch.

Jetzt sah Greta die fünf Herren, oder besser, die drei Herren und zwei Damen.

Sie kannte jedoch nur Anna, die anderen waren ihr unbekannt.

Alle starrten sie ernst an.

Sehr ernst.

Michael neigte kurz seinen Kopf vor ihnen.

Die fünf standen daraufhin auf und neigten auch ihren Kopf vor ihm. Dann setzten sie sich wieder.

Er löste seine Peitsche von ihrem Hals und flüsterte ihr zu: „Begrüßungsstellung auf dem Podest!"

Mit mulmigem Gefühl gehorchte Greta.

Ihr Magen krampfte sich zusammen.

„Lass es schnell vorbei sein." flehte sie in ihrem Inneren. Sie zitterte leicht.

Anna erhob sich und sagte gelassen: „Greta, Du wurdest gestern geprüft. Es ging bei der Prüfung nicht darum, ob Du den Text kannst oder ob Du gehorchst."

Gequält schaute Greta zu Boden. Konnte Anna nicht endlich zum Ende kommen? Sie wegschicken, damit sie es hinter sich hatte?

— ✳ —

„Es ging einzig und allein darum, ob Michael mit Dir harmoniert. Ob Du tatsächlich zu ihm passt, er seine Lust an Dir abreagieren kann und Du dabei ebenfalls Lust empfindest. Es ging nicht um Perfektion."

Anna sah zu Michael herüber und grinste: „Dein Herr wollte gern unsere Meinung hören, bevor er sich entscheidet."

Sie blickte zu ihrem Bruder: „Willst Du jetzt unsere Meinung hören?"

Der grinste sie auch an: „Nun sag schon, Anna! Lassen wir meine Sklavin nicht zu lange warten."

Sie lachte auf und erwiderte: „Warum nur fragst Du uns? Du wusstest doch schon vorher, was wir sagen würden."

„Komm, Anna, Ihr hattet gestern doch auch Euren Spaß!" rief er ihr zu, diesmal mit leicht drohendem Unterton.

„Ja, Ihr harmoniert." entgegnete sie, nun wieder ernst.

„Wir waren uns alle einig. Von unserer Seite aus ist es in Ordnung."

„Danke." meinte Michael trocken. „Geht jetzt. Ich will mit Greta allein sein."

„Hm…wie Du willst." sagte Anna und verließ mit den anderen den Saal.

Michael stellte sich vor Greta und lächelte sie an.

Die wusste nicht, was sie denken sollte.

Hatte Anna etwa gesagt, sie habe bestanden?

Konnte das wirklich sein?

Greta wurde nun wirklich schlecht.

Ein Kribbeln zog sich durch ihren Körper, machte sie fast wahnsinnig.

Michael blickte sie an, lächelte und sagte: „Greta, hast Du es verstanden? Du hast natürlich bestanden. Wie konntest Du nur etwas anderes denken?"

„Oh, Herr!" schluchzte Greta auf. Auf Knien rutschte sie vom Podest und nahm seine Hand, rieb sich an ihr und küsste sie.

Er strich ihr zärtlich über den Kopf: „Jetzt bist Du ganz mein, meine kleine Sklavin. Du kannst also meine andere Hand loslassen. Ab heute wirst Du mich überall hin begleiten und in meinen Gemächern leben."

Sie schaute mit Tränen in den Augen zu ihm auf. Flüsterte: „Danke, Herr. Ihr könnt nicht wissen, wie froh ich bin."

„Doch, ich weiß es. Du hast es mir eben eindrucksvoll gezeigt." grinste Michael und entzog ihr vorsichtig seine Hand.

Greta senkte beschämt ihren Kopf.

Aber wie sollte sie ihm sonst danken?

„Steh auf!" befahl er ihr.

Mit seinem Peitschengriff brachte er sie dazu, ihre Beine auseinander zu nehmen.

Dann sagte er lächelnd: „Das gefällt mir immer wieder, Greta, wenn Du so dastehst."

Röte zog über Gretas Gesicht. So etwas hatte er noch nie gesagt.

Er strich über ihren Bauch, im leichten Bogen, dann über ihren Schamhügel und fuhr mit seinem Finger zwischen die langen Schamlippen.

Seinen Kopf legte er neben ihren, während er ihren Kitzler berührte.

„Du bist schon wieder klitschnass, Greta." murmelte er.

„Ja, Herr." gab Greta zu.

Allein sein Anblick vorhin hatte sie wieder feucht werden lassen. Besonders die Peitsche in seiner Hand.

Ob er sie noch einmal damit schlagen würde?

Irgendwann?

Michael entfernte stumm die Kette von den Ringen ihrer Schamlippen und hakte die Karabiner ineinander. Kurzerhand war es eine Leine. Gretas Leine.

Er gab sie Greta in die Hand: „Das ist ab heute Dein immer zu tragender Schmuck. Achte auf ihn und mach ihn rechtzeitig sauber. Ich werde es mit einem Blick sehen, wenn Du ihn vernachlässigst! Dann würde ich Dich bestrafen. Mit einer harten Strafe."

Greta senkte ihren Blick.

„Ja, Herr." erwiderte sie fast freudig. Sie würde die Kette ehren und immer gern tragen. Damit sie sich immer wieder an diesen Tag erinnern konnte.

Er drehte sich um und ging zur Tür des Saals.

Auf halbem Weg drehte er sich um und rief grinsend: „Wo bleibst Du? Du hast ab heute immer bei mir zu sein, wenn ich nichts anderes sage. Leise, unauffällig, wie mein kniender Schatten."

„Vergebt mir, Herr!" entgegnete Greta und eilte ihm
entgegen.
Sie konnte es nicht fassen, dass es tatsächlich wahr geworden war. Nun durfte sie immer bei ihm sein.
Dann verließen beide den Saal.

— ✳ —

Michael ging in sein Arbeitszimmer.
Dort zeigte er auf eine Stelle und befahl: „Knie Dich
dort hin. Kopf gesenkt, Hände vorn gefaltet."
Kaum hatte Greta die gewünschte Stellung eingenom-
men, berief er über Telefon mehrere seiner Security-
Männer ein und Roman.
Sie trafen alle kurz danach ein.
Roman sah nur kurz zu Greta und grinste.
Er hatte es gewusst. Sie hatte es geschafft.
Kurz beugte er seinen Kopf vor Michael und meinte:
„Sir? Ist es soweit?"
Greta wurde von Roman nicht mehr beachtet. Sie kniete
weiter an der Wand mit geneigtem Kopf. Wartete.
„Ja." bestätigte Michael ihm. „Hast Du Deine Peitsche
mit?"
Stumm zeigte Roman ihm diese.
„Gut. Dann wollen wir mal hören, was er zu sagen hat."
Mit einem Seufzer stand Michael auf.
„Meinst Du, er beugt sich mir?"
„Sir, darüber kann ich mir kein Urteil erlauben." erwi-
derte Roman.
„Greta!" rief Michael. „Komm her!"
Sie stand auf, trat auf ihn zu und kniete dann wieder vor
ihm hin, ihm das Ende der Leine reichend.
Michael sah Roman an: „Hast Du ihr das gezeigt?"
Der grinste: „Nein. Sie denkt halt mit, Sir."

199

Jetzt grinste auch Michael und nahm die Leine in die Hand: „Das war sehr gut, Greta."

Lächelnd blickte Greta ihn an: „Danke, Herr."

Dann gingen sie. Fort in den Keller. Zu Vincent.

Der war inzwischen völlig ruhig geworden.

Er konnte nichts an seiner Situation ändern, also akzeptierte er sie.

Vorübergehend.

Seine Stunde würde schon noch kommen.

Als sich die Tür zu seinem Kellerzimmer daher öffnete, war er vorbereitet.

So demütig, wie er konnte, kniete er in seinem Käfig nieder.

Wie es ihm widerstrebte, das zu tun! Sein ganzer Körper sträubte sich dagegen.

Aber nur so konnte er sein Ziel erreichen.

Michael, sein verhasster Bruder, betrat den Raum, mit seinem Aufseher und einigen anderen Männern.

„Zu feige, um allein zu mir zu kommen." dachte Vincent gehässig, behielt aber seine Stellung bei.

Er musste geduldig sein.

Michael sah erstaunt, dass Vincent im Käfig kniete.

Dass sein Bruder so schnell klein beigeben würde, hätte er nie erwartet. Oder war das nur ein Spiel von ihm?

Vor dem Käfig fragte Michael dennoch: „Wie hast Du Dich entschieden, Vincent? Vier Tage sind vorbei."

„Du siehst doch, wie ich mich entschieden habe!" grummelte Vincent mürrisch.

„Ich will es aber von Dir hören. Vor Zeugen." forderte Michael ernst.

Jetzt blickte Vincent auf. Er kämpfte mit sich und flüsterte dann: „Ich unterwerfe mich Dir."

„Lauter, Vincent. Und rede mich korrekt an!" verlangte Michael streng.

Ungläubig starrte Vincent ihn an und rief: „Das kannst Du nicht…"

Er stoppte jedoch, als er Michaels Miene sah. Michael meinte es todernst.

„Dieses Schwein!" dachte Vincent.

Mit zusammengebissenen Zähnen korrigierte er kurz seine Haltung, neigte seinen Kopf und sagte dann laut: „Ich unterwerfe mich Euch, Herr."

Es war getan.

„Irgendwann bringe ich Dich dafür um, Michael!" dachte Vincent jedoch wütend. „Und der Tag wird früher kommen, als Du denkst!"

„Ich freue mich, dass Du Dich dazu entschlossen hast, Vincent." meinte Michael. Er schloss den Käfig auf.

„Jetzt stell Dich an die Wand dort drüben! Rücken zu uns!"

„Wie bitte?" Vincent glaubte, sich verhört zu haben. „Ich habe mich unterworfen, Michael!"

Doch Michael sah ihn nur verärgert an: „Dann wagst Du es, mich mit meinem Namen anzusprechen und Dich mir zu widersetzen?"

Vincent kochte vor Wut.

Doch er war schlau genug, dies nicht zu sehr nach außen zu zeigen. Michael hatte ihn in der Hand. Noch.

So stieg er aus dem Käfig und kniete mit vor Wut geballten Fäusten vor Michael nieder: „Vergebt mir, Herr." Dabei betonte er das Wort Herr besonders.

„Es geht doch." sagte Michael nur und fuhr fort: „An die Wand!"

An der Wand waren zwei Ringe angebracht, an die Vincent gebunden wurde.

„Weißt Du, warum Du jetzt gepeitscht wirst?" fragte Michael ihn, während er sich schräg rechts von Vincent hinstellte und seine Peitsche entrollte.

Roman tat dasselbe links von ihm.

— * —

Greta hatte die ganze Zeit wieder an einer Wand gekniet und still zugehört.

Was war passiert?

Warum war Vincent jetzt nackt hier in einem Käfig gefangen gewesen?

Sie wagte nicht, zu fragen oder etwas zu sagen.

Wartete ab. Sah zu.

Vincent antwortete gerade mürrisch und wütend:

„Nein…Herr."

Michael erklärte: „Vorweg: Es werden nur sechs gezielte Schläge sein. Ich weiß, Du hältst nicht viel aus. Du warst schon immer besser im Austeilen als im Einstecken. Zwei für Leah, zwei für unsere Familie und zwei, weil Du Dich nicht sofort unterworfen hast. Es reicht einfach, Vincent!"

Der sagte dazu nichts.

Greta sah nur, dass er sich anspannte.

Michael führte den ersten Schlag aus.

Er traf Vincent auf dem linken oberen Rücken und hinterließ einen dunkelroten Striemen.

Von Vincent kam jedoch kein Laut. Michael hatte Recht gehabt. Er war kein Masochist. Schläge bereiteten ihm nur Lust, wenn er sie selbst austeilte.

Aber die Genugtuung, schon jetzt einen Ton von sich zu geben, wollte er Michael nicht geben.

Er zuckte nur kurz zusammen. Das konnte er dann doch nicht verhindern.

Dann schlug Roman zu.

Sein Schlag traf Vincent genau spiegelverkehrt zu Michaels.

Ein weiterer Striemen erschien.

Doch Vincent blieb immer noch still.

Obwohl er innerlich fluchte, weil es wirklich verdammt weh tat.

Mehr, als er gedacht hatte.

Greta war jedoch beeindruckt von der Präzision, mit der die beiden ihre Peitschen benutzten.

Hatte sie den gleichen Striemen auf dem Rücken? Sie konnte sich zwar nur noch vage daran erinnern, wie weh der einzelne Schlag in der Prüfung getan hatte. Eines wusste sie aber noch: Der Schmerz war nicht gering gewesen.

Michael holte ein weiteres Mal aus und zeichnete Vincent genau parallel zu dem ersten Schlag einen weiteren Striemen auf die Haut.

Diesmal ballte Vincent seine Hände, um den Schmerz abzufangen.

Wie gern hätte er jetzt seinen Bruder eigenhändig ausgepeitscht, die Rollen vertauscht. Der Gedanke an Michael mit blutigem Rücken ließ Vincent den Schmerz etwas vergessen.

„Warte nur ab, Michael…" dachte Vincent voll unterdrücktem Zorn.

Kurz darauf tat Roman es Michael gleich.

Sein Schlag war genauso exakt wie Michaels. Sein Striemen zeigte die gleiche Färbung.

Ein leichtes Keuchen war nun zu hören. Vincent war keine Peitschenhiebe gewohnt und schon immer schmerzempfindlich gewesen. Das war nun eindeutig zu hören und zu sehen.

Nur ein Gedanke ließ ihn die Strafe aushalten: Das würde sein Bruder noch bereuen…

Der Hass in ihm wuchs.

Michael und Roman sahen sich nun an und nickten.

Dann schlugen beide gleichzeitig los.

Ihre Peitschen trafen genau zur selben Zeit auf Vincents Körper, malten zwei weitere, diesmal blutige Linien auf den Rücken, knapp unterhalb der anderen.

Ein Schrei entrang sich Vincents Kehle, nur kurz, unterdrückt, aber der Schmerz überzog seinen Körper mit einem Schweißfilm.

„Macht ihn ab!" befahl Michael seinen Männern und rollte seine Peitsche wieder auf.

Dann sagte er zu Vincent: „Jetzt bedank Dich bei mir, dass es nur sechs Hiebe waren. Verdient hättest Du wesentlich mehr."

Vincent drehte sich langsam um. Sein Rücken brannte und er fühlte das Blut, das seinen Weg nach unten suchte.

Wie sehr er seinen Bruder hasste! Wie sehr er ihn tot sehen wollte!

Doch noch war es nicht soweit. Noch nicht.

So sank er auf die Knie, nahm Michaels Hand, führte sie an seine Wange und sagte widerstrebend: „Danke… Herr."

Michael jedoch entzog ihm seine Hand und hielt ihn mit seinem Peitschengriff in der knienden Stellung.

Dann eröffnete er seinem Bruder: „Du wirst in meinem Anwesen bleiben, bis Deine Wunden abgeheilt sind. In Fesseln. Dann werde ich Dich persönlich zur Polizei bringen und Du wirst Dich dort selbst anzeigen. Für Dich hoffe ich, dass Du es auch wirklich tust. Sonst weißt Du ja, was ich machen werde."

Mit gesenktem Kopf hörte Vincent zu. Am liebsten hätte er seinen Bruder auf der Stelle in die Box gesteckt, bis er um Vincents Gnade betteln würde.

Ja, das wäre nach Vincents Geschmack.

Doch jetzt musste er sich zusammenreißen. Unterwerfung heucheln.

„Darf ich wenigstens vorher noch einmal Anna sehen…Herr?" fragte Vincent leise, fast übertrieben devot in der Stimme.

Greta war sich nicht sicher, ob er aus echter Demut oder aus unterdrückter Wut so leise sprach.

Es konnte beides sein. Sie traute Vincent nicht.

Michael überlegte, antwortete nicht sofort.

— * —

Was Vincent sichtlich nicht gefiel: Er ballte seine Fäuste. Mit leichtem Grinsen registrierte Michael es. Ja, sein Bruder unterwarf sich nur äußerst ungern. Aber er war zu klug, um seiner Wut zu sehr Ausdruck zu verleihen. Vielleicht würde er sich doch noch ändern. Oder ließe sich wenigstens unter Kontrolle halten. Später, wenn er aus dem Gefängnis war.

„Ich erlaube es Dir." antwortete Michael schließlich.

„Einfach, weil ich Dir das nicht verweigern kann, ohne auch Ärger mit Anna zu bekommen. Aber erst nach dem Mittag. Dann bist Du angezogen und trägst Handfesseln. Roman wird Dich zu ihr bringen. Beachte aber: Auch sie ist ab heute Deine Herrin! Erweise Ihr daher den nötigen Respekt."

Vincent neigte seinen Kopf.

Er sagte nichts.

Doch im Innern lächelte er. Er kam seinem Ziel näher.

Dafür würde er auch vor Anna niederknien.

„Roman?" wandte sich Michael an seinen Aufseher.

„Ja, Sir?"

Mit seiner Peitsche zeigte Michael auf Vincent: „Sorg dafür, dass seine Wunden versorgt werden und er eine

Hose und ein Hemd anzieht. Rasiere ihn auch! Ich werde Anna Bescheid geben, dass er heute Nachmittag bei ihr sein wird. Heute Abend bring ihn zu mir. Er kann mir beim Abendbrot zuschauen, kniend. Damit ihm seine jetzige Stellung in meinem Haus klar wird."

„Wie Sie wünschen, Sir." antwortete Roman.

Michael ging ohne ein weiteres Wort.

Stumm folgte Greta ihm.

Er ging in einen der Innenhöfe seines Anwesens, der, den Greta immer die Hundewiese genannt hatte.

Es war eine runde Fläche mit Rasen, in der genau mittig ein Baum stand. Das Gras dort war saftig grün und gepflegt. Kein Unkraut war zu sehen.

„Auf alle viere, Greta!" befahl Michael ihr, kaum dass sie ihren Fuß auf das grüne Gras gesetzt hatte.

Sie fiel sofort hin.

Während sie so wartete, schloss er den Eingang zu. Sorgfältig, langsam.

Greta schluckte trocken, als er sich zu ihr umdrehte.

Er konnte direkt auf ihren festen, prallen Arsch schauen, der sich in der Mitte teilte und den Blick auf die mit Ringen geschmückten Schamlippen freigab.

Allein bei dem Gedanken daran wurde Greta wieder feucht.

„Wir machen jetzt einen kleinen Spaziergang." meinte Michael lächelnd, während er ihre Leine aufnahm. „Komm."

Er zog an der Kette.

Greta wollte aufstehen, aber er drückte sie sofort mit seiner Peitsche wieder runter und grinste: „Bleib unten, meine läufige Hündin! Du gehst voran. Los!"

Er zeigte mit dem Kopf in Richtung des Baums.

Vorsichtig bewegte sich Greta vorwärts.

Es war ungewohnt, auf allen vieren durch das Gras zu gehen, nackt, nur mit dem Halsband bekleidet.

Michael hielt ihre Leine fest.

Ihm bot sich ein schöner Anblick.

Ihr Hintern bewegte sich im Rhythmus ihrer Beine hin und her, ihr Körper tanzte fast in lasziven Bewegungen.

Er sah, dass es ihr gefiel, dabei beobachtet zu werden.

Kleine glitzernde Tröpfchen ihrer Feuchte hingen zwischen den Falten ihrer Fotze.

Wurden verrieben, während sie weiter vorwärts kroch.

Das Gras duftete frisch und fühlte sich kühl an.

Es war ein sonderbares Gefühl, darauf zu kriechen.

Dass ihr Herr sie beobachtete, erregte Greta tatsächlich mehr, als sie zugegeben hätte.

Doch ihr Körper verleugnete es nicht.

Würde er sie hier nehmen?

Würde er wie ein Tier über sie herfallen?

Doch noch tat er nichts dergleichen.

Er folgte ihr nur langsam und atmete tief durch: „Die frische Luft tut gut nach dem stickigen Keller, oder?"

„Ja, Herr." stimmte ihm Greta zu.

Tatsächlich war die Luft hier klar und angenehm warm.

Seine Stimme hörte sich plötzlich entspannt an, glücklich.

„Bleib nicht stehen, meine läufige Hündin. Wir wollten doch spazierengehen." ermahnte er sie, als sie in ihren Bewegungen, ohne es wirklich bemerkt zu haben, stoppte.

— * —

Beschämt setzte Greta sich wieder in Bewegung.

Ab und zu dirigierte er sie mit einem zarten Stups seiner Peitsche. Sagte jedoch kein Wort.

Greta zuckte jedes Mal zusammen. Die Berührung entflammte sie, auch wenn es nur der Riemen seiner Peitsche war.

Ob er sie damit schlagen würde, wenn sie sich widersetzte?

Sie wollte es lieber nicht riskieren, nachdem sie gesehen hatte, wie gut er damit umgehen konnte. Außerdem klebte noch Vincents Blut an ihr.

Und doch…tief in ihrem Innern…sehnte sie sich nach einer weiteren Berührung durch seine Peitsche.

So gehorchte sie aber zunächst und umrundete mit ihm dreimal langsam den Baum, in immer engeren Kreisen, wie sie bemerkte.

Was hatte er vor?

Ein leichter Luftzug wehte stetig durch ihre nackten Schamlippen. Sie waren feucht…nass…und die Luft kühlte sie ab. Es war wie eine zarte Berührung und es erregte sie.

Lust, Begierde.

Sie träumte davon, dass er sie nahm. Sofort. Von hinten. Doch er folgte ihr nur.

Wenn auch sein Blick auf ihr ruhte.

Dessen war sie sich bewusst, auch, weil er ihren Weg ständig korrigierte.

Vor dem Baum hielt er sie an.

„Stopp!" befahl er.

Sie blieb stehen.

Er ließ die Leine fallen und beugte sich zu ihr herunter, führte seine Hand zwischen ihre Lenden.

Nass. Sie war so nass.

Er grinste.

Ja, sie war wirklich wie eine läufige Hündin.

„Stell Dich an den Baum, Greta!"

Sie stand auf.

An ihren Knien und Handinnenflächen waren Grasreste geblieben, kleine grüne Flecken auf ihrer hellen Haut.

Er griff nach oben in die Krone des Baums und holte eine Tasche heraus.

Greta schauderte. Vor Glück oder Furcht?

Sie wusste es nicht, aber das war egal.

Lust kribbelte in ihr. Lust auf ihren Herrn.

Egal, was er vorhatte. Es würde gut werden…

Er führte seine Hände ihren Körper entlang bis zu den Achseln, führte ihre Arme nach oben, legte seinen Kopf an ihren Hals, küsste ihn und flüsterte: „Halt Deine Arme oben."

Prickelnde Berührungen. Greta fing jetzt schon an, heftiger zu Atmen.

Er band ein Seil an eines ihrer Handgelenke, mehrfach, bis es das Gelenk wie ein dickes Armband umschloss.

Dann führte er das Seil durch einige Äste zum anderen Handgelenk, fesselte es in derselben Art und Weise.

„Damit meine läufige Hündin mir nicht fortläuft." flüsterte er ins andere Ohr.

Doch das hätte sie nie vorgehabt.

Ihre Busen drückten an die Rinde des Baumes, zart, ohne weh zu tun. Lebewesen traf auf Lebewesen.

Die Rinde war nicht besonders rau, es war kein alter Baum, keine Eiche. Und doch spürte Greta leichte Unebenheiten, die auf der nackten Haut ein Kribbeln hinterließen.

Ihre Lust stieg, als er einen ihrer Fußgelenke mit einem weiteren Seil fesselte. Er führte das Seil um den Baumstamm herum und fesselte dann das andere Fußgelenk so, dass sie breitbeinig stehen musste, fest an den Baum gelehnt.

Jetzt fasste er wieder nach oben und korrigierte ihre Handfesseln so, dass sie sich fast nicht bewegen konnte.

Sie war verbunden mit dem Baum.

Ihre rechte Wange lehnte daran, Halt suchend.

Spürte die Wärme der großen Pflanze über ihren gesamten Körper. Die Rauheit der Rinde.

Er strich über ihren Rücken, langsam, prüfend, reizte ihre Nerven, bis er zu ihrer Vulva kam.

Ein Keuchen vor Lust, als er ihre Lippen leicht auseinanderstrich, die Nässe prüfte und erstaunt merkte, wie sehr voller Schleim sie war.

Er öffnete seine Hose, um seinem Schwanz Platz zu schaffen. Sie fühlte den harten, steifen Penis an ihrer Arschfalte.

„Ja, stoß zu!" dachte sie. „Bitte fick mich!"

Doch er fuhr mit einer Hand in ihre Haare und riss daran ihren Kopf nach hinten zu sich.

— * —

„Sag mir, was Du bist!" befahl er scharf.

„Eure Sklavin, Herr." antwortete Greta stöhnend, während die Lust in ihr überhandnahm.

Wellen, pure Wellen der Erregung pulsierten.

„Nein." erwiderte er scharf. „Du bist meine läufige Hündin."

Er zog ihren Kopf noch näher an sich heran. Greta keuchte auf.

„Jetzt sag mir, was Du bist." zischte er leise in ihr Ohr.

„Ich bin…" flüsterte Greta und fühlte das Pochen ihres Kitzlers, als sie es sagte. „ …Eure läufige Hündin, Herr."

„Ja, das bist Du." bestätigte er und stieß seinen Schwanz tief in ihre triefende Lustgrotte.

Greta schrie auf.

Endlich!

Ihr Körper wölbte sich ihm entgegen, soweit es ging.
Sie wollte ihn ganz, alles in sich aufnehmen. Immer
wieder.

Nur zu gern tat Michael ihr den Gefallen.

Er begann, sie hart und wild zu ficken, während er ihr
Haar festhielt.

Ihr Körper stieß dabei immer wieder gegen den Baumstamm, aber sie merkte es nicht.

Er führte sie hinweg, fort von seinem Anwesen…fort
von der Wiese… fort von dem Baum…fort aus ihrem
Körper.

Sie war nur noch Gefühl, reine Begierde, wollte
ihn…nur ihn allein.

Und er gab ihr, was sie wollte. Ohne Gnade. Ohne Pause.

Ließ sie spüren, was sie war.

Eine läufige Hündin, die befriedigt werden wollte.

Als er schließlich kam, kam auch sie.

Ihr war egal, ob sie es durfte oder nicht. Sie konnte es
nicht zurückhalten.

Es war eine solche Erlösung!

Eine göttliche Wonne!

Ihr ganzer Leib bebte und pulsierte.

„Ja…" hörte sie seine Stimme. „ Das hat Dir gefallen,
oder?"

Greta konnte fast nichts sagen. So sehr durchdrang sie
immer noch der Orgasmus, pulsierte ihr Körper.

Dennoch rang sie sich zu einem: „Ja, Herr." durch.

Sie war völlig erschöpft, hing befriedigt in den Fesseln.

Er küsste zärtlich ihren Hals, strich über ihr Haar, das er
jetzt losgelassen hatte.

„Aber ich hatte Dir nicht erlaubt, auch zu kommen."
sagte er dabei. Eher feststellend als drohend.

Greta zuckte dennoch zusammen.

„Ich konnte mich nicht zurückhalten, Herr." gab Greta zögernd zu. „Ihr wart einfach überwältigend. Könnt Ihr mir noch einmal verzeihen?"

„Hm." sagte Michael. „Ich werde es mir überlegen. Aber erwarte nicht zu viel. Ganz ohne Strafe wirst Du nicht davonkommen, Greta."

Er strich noch einmal sanft von den gefesselten Händen ausgehend über ihre Arme, dann ihre Körperseiten entlang über die Taille bis zu ihrem Po und kniff hart hinein.

Greta stöhnte. Ihr Körper war nach dem Orgasmus einfach noch viel zu empfindlich.

„Ich mag es nicht, wenn meine Sklavin ohne Erlaubnis kommt." fügte er hinzu.

„Ja, Herr. Eure Sklavin bittet Euch wirklich inständig um Vergebung."

„Kein Wort mehr, Greta." flüsterte er jedoch. „Jetzt wollen wir uns zunächst ausruhen, ok?"

Greta nickte erleichtert.

Sorgfältig entfernte er die Seile, bis sie wieder frei war.

Legte sie ins Gras, in das weiche, grüne Gras.

Dann legte er sich daneben und nahm sie in seine Arme.

Wortlos. Ruhig. Beschützend.

Sagte kein Wort mehr über ihre Verfehlung.

So lagen sie da, den Himmel über sich.

Es war ein einfaches Vergnügen und gerade dadurch perfekt.

Bis Greta zögernd meinte: „Herr?"

Michael war leicht schläfrig, fragte aber: „Was möchtest Du?"

„Darf ich Euch einmal mit Eurem Namen anreden, Herr?"

„Das ist Dein Wunsch?" fragte Michael lächelnd.

Greta nickte, wenn auch voller Angst, er würde es ablehnen oder sie dafür bestrafen.

Doch er sagte nur: „Ich erlaube es. Einmal."

„Danke, Michael." flüsterte Greta leise. „Danke für alles."

Es war so schön, seine Namen aussprechen zu dürfen.

Zu seinem Erstaunen mochte Michael es auch, dass sie ihn gesagt hatte. Er klang sehr angenehm aus ihrem Mund.

„War das jetzt gut?" fragte er sich kurz irritiert. So hatte er noch nie empfunden.

Er dachte jedoch nicht weiter darüber nach. Zu viel gab es noch zu tun.

So nahm er Gretas Leine, stand auf und zog sie hoch.

Grinsend sagte er zu ihr: „Danke mir nicht, Greta. Dafür ist es noch viel zu früh."

Sie folgte ihm, lächelnd.

Nein, es war nicht zu früh gewesen.

Ganz und gar nicht zu früh.

— * —

Vincent ließ alles über sich ergehen.

Er kniete vor Roman nieder, machte alles, was dieser ihm sagte, sagte selbst jedoch kein Wort.

Roman versorgte die Wunden auf seinem Rücken, rasierte ihm das Gesicht und gab ihm ein T-Shirt und eine Hose, die er anziehen musste.

Dann fesselte er Vincents Hände mit Handschellen.

Ihm war Vincents plötzlicher Gehorsam nicht geheuer.

Roman war sich sicher: Irgendetwas hatte Michaels Bruder vor. Nur was?

Er befestigte noch eine Kette an den Handfesseln und befahl Vincent, aufzustehen und ihm zu folgen.

213

Vincent folgte stumm mit gesenktem Kopf.

Zu gern hätte Roman ihn noch etwas gedemütigt, aber Michael hatte es ihm verboten.

Dennoch konnte er es nicht lassen, Vincent auf halbem Weg zu drohen, als er ihn zu Anna brachte. Er hielt plötzlich an, drehte sich um und sagte: „Auch, wenn Michael Dir glaubt, Vincent…Ich tue das nicht! Deswegen hör mir jetzt genau zu: Solltest Du auch nur versuchen, ihn zu hintergehen, werde ich Dich ohne Skrupel töten."

Auch darauf reagierte Vincent nicht. Er stand nur da mit gesenktem Kopf.

„Schau mich an, wenn ich mit Dir rede!" befahl Roman ihm barsch.

„Vergebt, Gebieter." murmelte Vincent und hob seinen Kopf.

Er sah Roman jedoch nicht direkt an, sondern auf dessen Lippen. Was Roman sofort bemerkte.

Energisch nahm Roman Vincents Kinn in seine rechte Hand und zwang ihn, den Kopf so hoch zu halten, dass er ihm in die Augen sehen musste: „Du sollst mir in die Augen sehen, Vincent!"

Jetzt hob Vincent tatsächlich seinen Blick. Sah Roman direkt in seine Augen.

Roman gefiel nicht, was er darin sah.

Da war Trotz und dahinter, fast unverhohlen, Hass.

„Siehst Du es, Roman?" dachte Vincent währenddessen. „Ja, ich hasse Dich, meinen Bruder, seine gesamte Belegschaft. Sieh es mir ruhig an… Du kannst nichts tun. Nichts."

Zu Roman sagte er jedoch nur ganz ruhig: „Darf ich meinen Kopf bitte wieder senken, Gebieter?"

„Ja, mach." sagte Roman und zog ihn weiter hinter sich her.

Vor Annas Zimmer wartete Konrad.

Er fiel vor Roman in die Begrüßungsstellung und sagte: „Gebieter? Meine Herrin erwartet Euch bereits. Soll ich Euch die Tür öffnen und Euch ankündigen?"

„Ja." erwiderte Roman nur.

Konrad stand auf und ging in Annas Gemächer. Roman hörte, wie sie miteinander sprachen, dann öffnete Konrad die Tür wieder und kniete daneben nieder: „Gebieter Roman, Ihr dürft jetzt eintreten."

„Danke, Konrad."

Roman zog Vincent hinter sich her in den Empfangsraum Annas.

Sie stand neben einem Beistelltisch und schenkte sich gerade ein Glas Sekt ein.

Vincent fiel auf seine Knie, während sich Roman verbeugte.

„Madame? Ich bringe Euch den angekündigten Sklaven."

„Gut, Roman." meinte Anna ruhig. „Du kannst jetzt gehen."

„Seid Ihr Euch sicher, Madame?" fragte Roman vorsichtig nach.

Anna drehte sich jetzt zu ihm um. Sie war verärgert: „Sonst hätte ich es nicht gesagt, Roman!"

„Verzeiht, Madame. Ich traue ihm einfach nicht." erwiderte Roman. „Aber wenn Ihr es wünscht, gehe ich selbstverständlich. Ich werde draußen warten."

Er verneigte sich noch einmal kurz vor Anna und verließ den Raum.

Anna ging zu Vincent, der immer noch auf dem Teppich vor ihrem Sessel kniete und nahm seine Kette auf. „Da hast Du Dich also tatsächlich unterworfen…" meinte sie leicht spöttisch.

„Es blieb mir nichts anderes übrig, Anna." erwiderte Vincent, nun wütend, und wollte aufstehen.

Aber Anna hinderte ihn daran: „Hat Michael Dir nicht gesagt, Du sollst mich mit Respekt behandeln?"

Er blickte sie an, zornig: „Du verlangst das auch von mir?"

„Du hast Dich selbst in die Lage gebracht, Vincent. Jetzt halte sie aus. Ich werde genauso wenig wie Michael erlauben, dass Du Deine Stellung vergisst. Hast Du mich verstanden?"

„Ja." rief Vincent genervt. „Schon gut."

„Schon gut…was?!" wollte Anna wissen.

„Herrin." presste Vincent hervor. Dann sagte er jedoch voller Ärger: „Warum tut Ihr beide mir das an? Ich bin Euer Bruder!"

— ✳ —

Anna lachte auf: „Weil Du Dich nie an Spielregeln gehalten hast, Vincent! Du wolltest schon immer alles, ohne Rücksicht auf irgendwen oder irgendetwas. Aber so geht es einfach nicht mehr weiter. Falls es Dich interessiert: Ich habe versucht, bei Michael ein gutes Wort für Dich einzulegen. Viel genützt hat es jedoch nicht. Weil Du einfach zu weit gegangen bist. Keine unserer vielfältigen Warnungen vorher hat Dich auch nur zum Nachdenken gebracht."

Anna setzte sich in ihren Sessel.

Dann sah sie Vincent an und sagte: „Tja… ich hoffe nur, Du denkst nun einmal nach."

„Ja, Herrin." erwiderte Vincent, immer noch mit leichter Ironie in der Stimme. „Ich denke nach. Schon seit Tagen."

Anna sah ihn an. Zweifelnd. Ob er es ernst meinte? Als Kind war Vincent ihr immer näher als Michael gewesen. Dann meinte sie: „Du darfst meinetwegen aufstehen und Dich hinsetzen."

„Ich darf, Herrin?" fragte Vincent eher höhnisch als dankbar.

„Du brauchst nicht zynisch zu werden. Darfst auch gerne knien bleiben, während wir uns unterhalten. Mir ist es egal." sagte Anna. Warum machte Vincent es sich immer nur so schwer?

Vincent stand zögernd auf und setzte sich auf den Sessel, der neben Annas stand. Dieser war etwas kleiner und schlichter, aber nach den Tagen im Käfig auf dem Stahlboden eine Wohltat.

„Verzeiht, wenn ich nur hier ganz vorn sitze, aber Euer Bruder hat mich mit seiner Peitsche bearbeitet, Herrin!" brach es aus Vincent heraus. Er schäumte immer noch innerlich vor Hass und Wut.

„Es wird schon nicht so schlimm gewesen sein, Vincent." entgegnete Anna, völlig unbeeindruckt.

„Mir hat es gereicht." murmelte Vincent mürrisch. Sein Rücken brannte wie Feuer. Aber er durfte sich nicht zu sehr gehen lassen.

„Beruhige Dich." ermahnte sich Vincent dann aber und schloss kurz seine Augen. „Denke an Dein Ziel."

Er atmete tief ein und beugte sich nach vorn: „Ja, Ihr habt Recht. Er hat sich sehr zurückgehalten. Es war dennoch…schwer für mich."

„Das glaube ich Dir sogar, Vincent." meinte Anna. „Ich bedaure, dass es so weit kommen musste, kann jetzt aber nichts mehr für Dich tun. Mach, was Michael will und Du kannst hierher zurückkehren und dann fast wieder so leben wie bisher."

„Fast…" murmelte Vincent verärgert. „ Euer Sklave zu sein ist nicht annähernd mein bisheriges Leben."

„Aber, Vincent…" erwiderte Anna lachend. „ Dann wirst Du natürlich nicht mehr unser Sklave sein. Du wirst Dich frei bewegen können und Deine Bezüge wiederhaben. Michael wird Dich lediglich unter Beobachtung stellen."

Vincent blieb dazu stumm, dachte aber: „Das ist fast das Gleiche…"

Auf keinen Fall würde er sich das bieten lassen. Alles oder gar nichts.

„Dürfte ich einmal auf Toilette gehen, Herrin?" fragte Vincent plötzlich Anna.

Anna erlaubte es ihm: „Bitte, geh ruhig. Du kennst Dich ja aus."

„Danke, Herrin." erwiderte Vincent. Er stand auf und betrat das Bad.

Endlich.

Zuerst ging er tatsächlich auf die Toilette. Dann aber kniete er neben der Badewanne nieder und entfernte vorsichtig eine Fliese.

Es war nicht einfach, schon gar nicht mit den gefesselten Händen, aber mit ein wenig Geschick hatte er sie bald in der Hand.

Behutsam legte er sie auf den Badteppich und griff dann in das entstandene Loch.

Ja. Da war das, was er suchte. Das, was er für so einen Fall vor einiger Zeit hier platziert hatte.

Schnell steckte er es in seine Hose, so, dass niemand es finden würde, wenn derjenige nicht gezielt danach suchte.

Die Fliese wurde von Vincent wieder an ihrem alten Platz befestigt.

Er grinste.

Annas Bad war der einzige Raum im Anwesen, der ohne Kamera war. Sie mochte überhaupt nicht gern dort gefilmt werden, auch nicht zur Überwachung, und hatte sich daher diese Ausnahme bei Michael ausbedungen.

„Du warst mir immer schon die Liebste, Anna!" dachte Vincent grinsend, während er spülte und sich die Hände wusch.

Dann ging er wieder zu Anna und kniete vor ihr nieder. Er eröffnete ihr: „ Ich danke Euch für Eure offenen Worte, aber ich würde es jetzt vorziehen, wieder unter die Obhut des Gebieters gestellt zu werden. Eigentlich wollte ich nur zu Euch, um Folgendes zu sagen: Es tut mir leid für alles, was ich Euch angetan habe."

Im Inneren fuhr er zu sich fort: „…und Dir noch antun werde. Aber Ihr beide lasst mir keine Wahl, Anna."

Er senkte seinen Kopf.

Überrascht sah Anna auf ihren Bruder hinab. Sollte ihn tatsächlich doch noch ein schlechtes Gewissen plagen? Sehr unwahrscheinlich, aber wer wusste das schon?

„Ich danke Dir, Vincent. Und nehme Deine Entschuldigung an. Es ist jedoch schade, dass Du schon wieder gehen willst. Aber ich werde Deinem Wunsch entsprechen." meinte sie.

Sie winkte Konrad und schickte ihn nach Roman.

Der kam fast sofort und verbeugte sich vor Anna.

„Du kannst ihn wieder mitnehmen, Roman." sagte sie, strich Vincent aber noch einmal über die Haare und meinte zu ihm: „Ich hoffe wirklich, ich kann Dich bald wieder richtig in die Arme schließen."

„Danke, Herrin." murmelte Vincent nur und ließ sich bereitwillig von Roman fortführen.

Jetzt würde es nicht mehr lange dauern…

— ✳ —

Greta hatte den Nachmittag über zunächst in Michaels Büro auf dem Boden an der Wand gesessen, während er telefonierte und am PC arbeitete. Er hatte ihr keine bestimmte Haltung befohlen, so dass sie einfach dasitzen durfte.

Es war so schön, ihn bei der Arbeit zu beobachten, seine Stimme zu hören.

„Greta?" sprach er sie dann plötzlich an, ohne sie anzusehen.

„Ja, Herr?"

„Bring mir einen Kaffee."

Greta sah ihn irritiert an: „Vergebt mir, Herr. Aber woher?"

„Hinter der Tür rechts von Dir ist eine Küche."

„Ja, Herr." murmelte Greta beschämt und wollte schon aufstehen, da fiel ihr noch etwas ein.

„Herr, verzeiht meine Unkenntnis…aber wie wünscht Ihr Euren Kaffee?"

Jetzt sah er sie doch an und lächelte verschmitzt: „Hinter der Tür wirst Du einen Kaffeevollautomaten finden. Dort liegt ein Zettel für Dich."

Greta verneigte sich und ging.

Tatsächlich war im Nebenraum eine Küche.

Nicht besonders groß, aber mit allem Notwendigen ausgestattet.

Direkt gegenüber der Tür war der Vollautomat.

Und ein zusammengefalteter Zettel.

Sie nahm ihn und öffnete ihn.

Darauf stand:

„Du wirst nichts in dieser Küche tun oder auch nur anfassen, was ich Dir nicht befehle. Jetzt geh zur Spüle und führe Dir ein, was Du dort findest. Dann komm wieder zurück zu mir!"

Ein wollüstiger Schauer durchfuhr Greta.

Was hatte er in der Spüle versteckt?

Gespannt ging sie zu dem wie neu wirkenden Spültisch, blickte hinein und sah einen Plug aus Edelstahl. Außerdem einen weiteren Zettel.

„Leck ihn. Gründlich! Dann führe ihn ein und zeig ihn mir. Knie dafür vor mir nieder und dreh Deinen Po zu mir hin. Fall dann auf alle viere, damit ich einen unbeschränkten Blick auf das Schmuckstück habe. So warte, bis ich wieder etwas sage. Vernichte vorher noch hier in der Küche beide Zettel!"

Gretas Muschi begann schon wieder, anzuschwellen.

Sie nahm den Plug und führte ihn in ihren Mund.

Er schmeckte im ersten Moment…metallisch.

„Wie auch sonst?" dachte Greta kichernd und schalt sich selbst.

Aber dann stellte sie sich vor, dass es sein Schwanz war. Das Glied ihres Herrn.

Fast mochte sie den Plug nicht mehr aus dem Mund nehmen.

Aber er war gut feucht, als sie ihn vorsichtig einführte.

„Oh, mein Gott!" dachte sie erregt, als er den Widerstand durchbrach und endlich dort saß, wo er sitzen sollte.

Jetzt musste sie die Zettel vernichten.

Ihr erster Gedanke war, nach Streichhölzern zu suchen, um sie in der Spüle zu verbrennen.

Aber ihr Herr hatte verboten, irgendetwas anzufassen.

Was sollte sie tun?

Zerreißen und in den Mülleimer werfen?

Ach nein, das ging ja auch nicht.

Entsetzt merkte Greta, dass ihr nur eine Möglichkeit blieb.

Sie riss ein Stück des ersten Zettels ab und steckte ihn sich in den Mund.

Es war nicht besonders eklig, aber doch trocken und klebte zunächst am Gaumen.

Mit etwas Spucke konnte sie ihn aber kauen und herunterschlucken.

So machte sie weiter, bis beide Zettel fort waren. Gegessen.

Ihr Mund war jedoch nun ganz trocken und sie hätte gern ein Glas Wasser getrunken.

Aber sie durfte nichts anfassen. So hatte er es befohlen und sie wollte nicht schon wieder fehlen.

Also ging sie wieder zurück.

Michael saß immer noch am Schreibtisch und telefonierte. Er sah sie nicht an, sondern notierte sich gerade etwas.

Greta ging auf ihn zu und kniete dann nieder.

Drehte sich um und fiel auf alle viere. Ihren Kopf senkte sie.

Michael telefonierte weiter und schaute nicht einmal zu ihr hin.

Sie wartete.

Wartete in der Stellung, die er befohlen hatte.

Er hörte auf zu telefonieren, stand auf.

Greta wartete darauf, von ihm angesprochen zu werden, aber er ging wortlos um sie herum und in…die Küche.

Dort blieb er eine Zeit, die Greta endlos vorkam.

War das jetzt ihre Strafe dafür, vorhin ohne Erlaubnis gekommen zu sein?

Diese Nichtbeachtung?

Sie merkte, dass ihre Augen feucht wurden.

Gern wäre sie jetzt ihm zu Füssen gestürzt, um ihn demütig um Verzeihung zu bitten.

Aber er hatte diese Stellung befohlen, bis er etwas zu ihr sagte.

Also blieb sie.

Als er herauskam, ging er wieder zu seinem Schreibtisch und telefonierte.

Ohne Greta auch nur eines Blickes zu würdigen.

Was hatte er in der Küche gemacht? Er hatte nichts mit hinaus gebracht.

Wieviel Zeit war inzwischen vergangen?

Greta schluchzte lautlos auf. Ja, er bestrafte sie.

Ihr Körper wurde immer schwerer, sie merkte, dass ihre Arme ihn nicht mehr lange tragen wollten.

Da hörte sie plötzlich seine Stimme: „Greta! Wo bleibt mein Kaffee?"

„Herr?" fragte sie atemlos.

Barsch rief er: „Ab in die Küche!"

— * —

Greta stand auf und ging.

Tränen liefen über ihr Gesicht, aber sie versuchte, es ihn nicht anmerken zu lassen.

In der Küche stand sie zitternd vor dem Vollautomaten. Was jetzt?

Sie wusste immer noch nicht, wie er seinen Kaffee mochte.

Da sah sie auf dem Automaten wieder einen gefalteten Zettel.

„Für Greta" stand auf ihm.

Voll Furcht klappte sie ihn auseinander.

„Schau in den Ofen! Öffne das, was in ihm ist."

Mehr stand nicht drin.

Stumm gehorchte sie.

Im Ofen lag ein Päckchen.

Sie nahm es heraus, legte es auf den Boden und öffnete es zögernd.

Drin befand sich wieder ein Zettel für sie.

Und mehrere Klammerpaare, die jeweils mit einer feingliedrigen Kette miteinander verbunden waren.

„Deine Brüste und Deine Schamlippen müssen noch geschmückt werden. Ein Paar an die Knospen und den Rest unten anbringen. Dann vernichte wieder die Zettel und präsentiere Dich mir wie mit dem Plug!"

Greta nahm eine der Klammernpaare und befestigte sie an ihren Knospen. Es tat weh, aber der Schmerz war ihr nur Recht.

Dann befestigte sie die anderen an ihren unteren Lippen.

Es waren vier Paare, wie sie registrierte, während sie sich klammerte.

Der Druck der Klammern verstärkte wieder ihre Lust.

Die Lust auf ihn.

Er hatte ihr immer noch nicht erlaubt, etwas in der Küche anzufassen, also aß sie auch die neuen Zettel. Jetzt war ihre Kehle noch stärker ausgetrocknet.

Mehr Papier würde sie nicht hinunterbekommen.

Diesmal ging sie hinaus mit einem ganz anderen Gefühl. Ängstlich.

Würde er sie wieder nicht beachten?

Er beugte sich über einige Unterlagen.

Doch diesmal stand, von Greta unbemerkt hereingekommen, Jakob vor Michaels Tisch.

Ihr früherer Aufseher sah sie grinsend an, als sie hereinkam.

Was machte Jakob hier?

Wollte Michael sie jetzt doch fortschicken? Hatte sie es verbockt?

Wieder füllten sich Gretas Augen mit Tränen, aber sie kniete nieder, drehte sich um und präsentierte sich, wie er es gewünscht hatte.

„Wie findest Du sie?" fragte Michael Jakob, kaum, dass sie die gewünschte Stellung innehatte.

„Ihr habt sie gut im Griff, Sir." war Jakobs Antwort. An der Stimme merkte Greta, dass er immer noch grinste.

„Nein, Jakob." bemerkte Michael jetzt ernst. „Leider noch nicht."

Sofort durchflutete Greta ein noch schlechteres Gefühl.

„Bitte, Herr…." dachte sie betrübt. „ Bitte vergebt mir." Sie wagte jedoch nicht, etwas zu sagen.

„Nicht, Sir?" fragte Jakob verunsichert.

Michael stand auf und ging zu Greta. Sie spürte seinen Schatten über sich.

„Sie gehorcht nicht immer. Wenn die Lust sie überfällt, wartet sie nicht meine Erlaubnis ab. Sie ist dann zu geil."

Scham durchfuhr Greta wie ein Schwert.

Michael hielt seine Hand Jacob entgegen: „Deine Gerte!"

„Oh, nein…" dachte Greta verzweifelt, behielt aber ihre Haltung bei.

Sie sah nicht, was Jakob machte, hörte aber kurz darauf, wie die Gerte durch die Luft zischte.

Gegen ihren Willen duckte sie sich etwas, um sich gegen den Schmerz zu wappnen, aber die Gerte traf sie nicht. Es war nur ein Probeschlag gewesen.

„Gutes Instrument, Jakob." meinte Michael lobend.

„Was meinst Du, wieviele Schläge angemessen sind für so ein Fehlverhalten?"

„War es das erste Mal, Sir?"

„Ja. Jedenfalls bei mir."

„Tja, Sir, ich würde sagen, so wie sie sich jetzt hier präsentiert, sind zwanzig Schläge durchaus ausreichend und angemessen. Sie macht gerade einen sehr gehorsamen Eindruck."

„Das sieht bestimmt nur so aus." murmelte Michael.

„Nein, Herr, bitte sagt so etwas nicht…" dachte Greta gequält.

„Greta! Steh auf und leg Deinen Oberkörper über meinen Schreibtisch!" befahl er.

Mit gesenktem Kopf gehorchte Greta.

Ihre Busen lagen mit den Klammern auf dem harten Holz, schmerzten, aber Greta beachtete es nicht. Ihr Herz schmerzte viel mehr.

Sie hatte ihn enttäuscht.

Er war böse auf sie.

Zwanzig Schläge nahm sie da gern auf sich, wenn er nur besänftigt wurde.

„Meinst Du auch, das ist angemessen, Greta?" fragte Michael jedoch nun zu ihrem Entsetzen sie.

„Herr…" flüsterte sie und schloss ihre Augen. „ Ich finde alles angemessen, wenn Ihr mir nur danach vergebt. Es tut mir leid. Ich wollte Euch weder verärgern noch enttäuschen."

„Das hättest Du Dir vorher überlegen sollen." ermahnte Michael sie. „Am Baum schien es Dir nichts ausgemacht zu haben. Zwanzig Schläge dann also."

Bevor Greta sich richtig darauf vorbereiten konnte, schlug er zu.

Die Gerte traf genau.

— ✳ —

226

Greta stöhnte auf. Der Schlag war zu überraschend gekommen, als dass sie den Laut hätte unterdrücken können.

Sie hielt sich am Schreibtischrand krampfhaft fest, ihr Becken wurde gegen das Holz gedrückt, als er zum zweiten Mal zuschlug.

Greta blieb diesmal still.

Innerlich wollte sie nur, dass er ihr vergab. Nie wieder würde sie sich so hinreißen lassen wie am Baum.

Nie wieder.

So ertrug sie jeden einzelnen Schlag.

Auch wenn die Ketten dabei an ihrer Vulva klirrten und die Klammern in Schwingung gerieten.

Auch wenn ihre Brüste über das Holz schupperten und die Klemmen an den Knospen schmerzhaft verschoben wurden.

Auch wenn der Schmerz zum Ende hin so stark war, dass sie eigentlich nicht wusste, wie sie es schaffte, still zu bleiben.

Auch wenn ihr seit dem zehnten Schlag Tränen über die Wange rollten.

Als Michael fertig war, gab er die Gerte Jakob wieder.

„Ein wirklich gutes Teil, Jakob. Ich danke Dir!"

Jakob verbeugte sich: „Ich danke Euch, Sir, dass ich aushelfen durfte."

„Du kannst jetzt gehen."

Noch einmal verbeugte Jakob sich und verschwand.

„Begrüßung, Greta!" befahl Michael und setzte sich wieder auf den Schreibtischstuhl.

Schluchzend gehorchte diese, auch wenn sie sich nun nur noch mühsam richtig auf den Po setzen konnte.

„Du kannst froh sein, dass ich Jakob gefragt habe. Ich selbst hätte Dich mit der doppelten Anzahl bestraft." führte Michael ruhig aus.

Jetzt sah Greta zu Michael hoch.

Er hätte sie stärker bestraft?

Warum hatte er es dann nicht getan?

Nur kurz dachte sie nach.

Dann hob sie ihre Hände flehend zu ihm empor: „Herr, ich bitte Euch um noch einmal zwanzig Schläge."

„Du bittest mich um eine Ausweitung der Strafe?"

„Ja, Herr, denn ich möchte Eure Vergebung."

Michaels Ausdruck im Gesicht wurde plötzlich fast weich, er lächelte und sagte: „Greta, das ist nicht nötig. Ich habe Dir vergeben. Es ist jetzt gut. Kein Wort mehr darüber."

Sie sah ihn an, suchte darin nach der Wahrheit. Hatte er ihr wirklich verziehen?

Schließlich senkte sie ihren Kopf. Ja, er hatte.

„Danke, Herr." sagte sie, nun beruhigt.

Michael lächelte sie immer noch an und meinte: „Komm her und stell Dich vor mich."

Er betrachtete sie und nahm ihr die Brustklemmen ab.

Das Blut schoss hinein, ein jetzt süßer Schmerz.

Es wurde warm in den Knospen.

„Tat es sehr weh, Greta?" fragte er dabei ruhig.

„Nicht so sehr wie das Gefühl, Euch enttäuscht zu haben, Herr." murmelte Greta leise.

Sie war schon wieder erregt. Schluckte trocken, weil sie so nah an ihm stand und er sie anfasste.

„Dreh Dich um!" befahl er sanft.

Er zog eine Schublade auf und holte eine Tube heraus.

Wortlos drückte er etwas Salbe auf die Fingerspitzen seiner rechten Hand und rieb vorsichtig ihre Striemen ein.

Es war unfassbar wohltuend, so von ihm umsorgt zu werden. Jetzt, wo er ihr vergeben hatte.

Es war ein zärtlicher, ruhiger Moment.

„Nimm jetzt die anderen Klammern ab und gib sie mir." forderte er.

Sie tat, was er wollte und überreichte ihm die Ketten, in dem sie sich wieder zu ihm umdrehte und sie ihm kniend überreichte: „Bitte, Herr. Ich schwöre, ich werde Euch nie wieder enttäuschen."

„Versprich nichts, was Du nicht auch halten kannst." meinte er dazu nur.

Sie senkte ihren Kopf. Er glaubte ihr nicht.

Hatte er vielleicht sogar Recht?

Greta musste sich eingestehen, dass es sein könnte. Sie wusste es nicht, aber sie wusste, dass ihr Körper und ihr Herz so stark auf ihn reagierten, dass sie nicht sicher war.

Warum nur kannte er sie besser als sie sich?

Ohne weitere Worte nahm er ihr die Ketten ab und legte sie auf den Schreibtisch.

„Jetzt möchte ich endlich meinen Kaffee, Greta." sagte er mit einem verschmitzten Lächeln.

„Ja, Herr." antwortete Greta und ging wieder in die Küche.

— ✳ —

Kam aber kurz darauf zurück.

Kniete wieder vor Michael nieder.

Wartete, bis er sie ansprach: „Immer noch keinen Kaffee für Deinen Herrn dabei, Greta?"

„Vergebt mir, Herr, aber ich weiß doch nicht, wie Ihr Euren Kaffee mögt." flüsterte Greta leise. Ihre Augen füllten sich mit Tränen.

Warum hatte sie ihn nicht gleich gefragt?

In der Küche hatte sie nur kurz vor dem Automaten gestanden, bis ihr die Erkenntnis gekommen war.

„Habe ich es Dir nicht gesagt?" fragte Michael und grinste.

„Nein, Herr." stotterte Greta.

Sie schämte sich unendlich für ihre Unwissenheit.

Was er sofort erkannte. Sein Grinsen erstarb.

„Schon gut, Greta. Du kannst es doch nicht wissen." meinte er mild.

Er hob ihren Kopf am Kinn empor und wischte sorgfältig eine Träne, die über ihre Wange rollte, fort.

„Nicht weinen." flüsterte er. „So wichtig ist mein Kaffee nicht. Ich mag ihn übrigens stark, mit etwas Milch und zwei Teelöffel Zucker. Die Taste am Vollautomaten ganz oben rechts. Er ist schon entsprechend gefüllt. Nimm einen der Becher aus dem Schrank darüber. Mit Untertasse, ok?"

„Ja, Herr." murmelte Greta. Immer noch waren ihre Augen feucht. Aber sie beruhigte sich allmählich.

Michael nahm ihren Kopf jetzt zwischen seine Hände und sah ihr tief in die Augen: „Sorg Dich nicht. Du bist mein, Greta. Solange Du in meinem Haus bist, wirst Du bei mir bleiben. Du hast die Prüfung bestanden."

„Warum sagt Ihr mir das, Herr?" fragte Greta atemlos. Ihr Herz raste förmlich.

„Damit Du endlich verstehst, dass ich Dich zwar strafen werde, wenn ich es für nötig halte, aber ich Dich nie fortschicken werde in Deine alte Position, außer Du wünschst es."

Heiß und kalt fuhr es Greta den Rücken hinunter.

Konnte er Gedanken lesen?

Michael lächelte, als er ihr Gesicht sah: „Ich habe in Deinen Augen die Bestürzung bemerkt, als Du Jakob erblickt hast."

Immer noch lächelnd ließ er sie los: „Milch für den Kaffee findest Du im Kühlschrank. Du darfst jetzt alles anfassen. Mach Dir danach auch gern einen, wenn Du möchtest."

„Ja, Herr!" erwiderte Greta und weinte nun fast vor Glück. Er hatte ihr gesagt, er wollte sie in seiner Nähe haben. Nie fortschicken.

Sie brauchte keine Angst mehr zu haben.

Kurze Zeit später war Michaels Kaffee fertig.

Um ihn ihrem Herrn zu reichen, kniete sie vor dem Schreibtisch nieder, hielt nur die Untertasse, hob diese empor und senkte dabei ihren Kopf. So hatte es Peter immer mit ihrem Essen gemacht.

Er nahm den Kaffee lächelnd entgegen.

„Danke, Greta." sagte er und nahm einen Schluck.

Atemlos wartete sie.

„Er ist gut. So mag ich ihn." meinte Michael. „Jetzt darfst Du Dir Deinen machen."

Greta lächelte und ging zurück in die Küche.

Sich selbst machte sie einen mit viel Milch, eher einen Café au lait. Er schmeckte wunderbar.

Den Rest des Nachmittags saß sie wieder an der Wand, wenn man davon absah, dass sie die Tassen von Michael und ihr zwischendurch abwusch und wieder zurückstellte.

Bis er sich am Abend zu ihr wandte und sagte: „Komm, gib mir Deine Leine!"

Sie stand auf, und reichte ihm das Ende ihres Schmucks kniend.

Michael nahm es.

Dann verließen sie das Arbeitszimmer.

Er führte sie in sein Esszimmer, das sie vorher noch nie betreten hatte.

Es war ein mit Holz getäfelter und mit edlem Kirschholzparkett ausgestatteter Raum. Irgendwie fühlte sich Greta an Oscar Wilde erinnert.

Die Vorhänge vor den Fenstern waren aus schwerem, dunkelgrünem Pannesamt und mit üppigen goldenen Seilen zur Seite gebunden, an den Wänden hingen mehrere Bilder in Goldrahmen, klassische Darstellungen mit Jagdmotiven in Öl.

Ein besonders großes Bild hing im Rücken von Michaels Platz: Die Darstellung der Göttin Diana, knapp bekleidet mit Pfeil und Bogen.

Michael nahm darunter Platz und wies Greta an, sich zu seinen Füßen auf den Boden zu setzen.

Der Tisch, an dem er saß, war groß, rechteckig und ohne Tischtuch. Michael saß am Kopf, gegenüber vom Eingang.

Auf dem Tisch standen mehrere dreiarmige Kerzenleuchter aus Silber, die den Raum in ein warmes Licht tauchten.

Gedeckt war nur für ihn.

Kaum hatte Michael Platz genommen, öffnete sich die Tür und Roman kam mit Vincent herein.

Greta nahm sofort die Begrüßungsstellung ein.

„Sir?" fragte Roman, seinen Kopf neigend.

„Sehr gut, Roman!" sagte Michael ruhig. „Lass ihn neben der Tür knien."

Vincent wartete Romans Befehl nicht ab, sondern ließ sich sofort auf die Knie nieder, mit gesenktem Kopf, damit niemand das leichte Lächeln sah, dass seinen Mund umspielte.

Er konnte es nicht gänzlich unterdrücken.

Sein Bruder würde bald merken, was es bedeutete, ihn so zu demütigen. Bald.

„Möchtest Du Dich zu mir setzen, Roman?" fragte Michael. Vincent wurde von ihm ignoriert. „Ich vermute, Du hast auch noch nicht gegessen?"

„Danke, Sir." erwiderte Roman und setzte sich auf die Seite von Michael, von der aus er Vincent noch gut im Blick hatte.

Ohne irgendeinen besonderen Befehl öffnete sich jetzt die Tür erneut.

Zwei Sklavinnen kamen herein, sie trugen eine Dienstmädchenuniform, ihr Sklavenhalsband und High Heels. Eine deckte für Roman den Tisch, während die andere Speisen auftrug.

Wortlos gingen sie dann wieder, um kurz darauf weitere Speisen zu servieren.

Dann verließen sie endgültig den Raum.

Auf dem Tisch standen nun mehrere Schüsseln mit Fleisch, Rosmarinkartoffeln, verschiedenem Gemüse wie Schnittbohnen und Zuckermöhren und einer dunklen Soße. Dazu noch eine Dekantierkaraffe, in dem ein Rotwein feurig glänzte und ein Glaskrug mit Wasser.

„Greta?" sagte Michael jetzt. „Bitte füll mir und meinem Gast etwas auf unsere Teller."

Sofort stand Greta auf und ihr Gesicht färbte sich rot. So etwas hatte sie noch nie gemacht.

Unsicher schaute sie auf die Sachen und fragte leise: „Herr? Vergebt mir, aber wieviel wünscht Ihr? Ich war noch nie dabei, wenn Ihr gegessen habt…"

Ihre Stimme erstarb.

Sie wusste immer noch so vieles nicht.

— * —

„Ich sage es Dir, Greta. Keine Angst!" beschwichtigte Michael sie. „Ich finde es gut, dass Du fragst und nicht

233

einfach etwas auf die Teller tust. Gib mir erst einmal ein Stück vom Fleisch, zwei Löffel Gemüse, drei Kartoffeln und eine Soßenkelle der Soße über das Fleisch."

Erleichtert, wenn auch etwas zittrig, tat sie, wie er gesagt hatte. Dabei versuchte sie, den Teller ansehnlich aussehen zu lassen.

Was Michael nicht entging.

Sie dachte wirklich mit.

Dann wandte sie sich Roman zu: „Gebieter? Was möchtet ihr?"

„Du kannst mir dasselbe geben, Greta." meinte dieser lächelnd. „Und ein wenig Wein einschenken."

„Ja, Gebieter." murmelte Greta. Dann fiel ihr siedendheiß ein, dass ihr Herr noch nichts zum Trinken hatte.

So wandte sie sich wieder an Michael: „Bitte, Herr, ich bin wirklich unzulänglich. Möchtet Ihr auch etwas Wein?"

„Bediene erst einmal Roman, Greta. Dann darfst Du mir gern auch ein wenig einschenken." sagte er.

Stumm befolgte Greta, was er gesagt hatte.

Sie war froh, als beide versorgt waren und sie sich wieder zu Michaels Füssen setzen konnte.

Vincent schaute die ganze Zeit zu Boden, kniend.

Seine gefesselten Hände vor sich.

Er wartete. Wartete auf den richtigen Zeitpunkt.

Wenn sie ihn vergaßen, ihn nicht mehr beachteten.

Noch schaute Roman zu ihm hin, misstrauisch und wachsam.

Obwohl er sich mit Michael unterhielt.

Das Essen war sehr gut. Greta musste ihnen nach einer Weile etwas nachreichen.

„Möchtest Du auch etwas probieren, Greta?" fragte Michael plötzlich.

„Wenn Ihr es mir erlaubt, Herr…" erwiderte sie und erhob sich in eine kniende Stellung. Sie hatte schon die ganze Zeit Hunger gehabt, aber nicht gewagt, etwas zu sagen.

„Mach Deinen Mund auf, meine kleine Sklavin!" befahl er lächelnd.

Dann nahm er etwas Fleisch auf die Gabel und fütterte sie damit.

Es war köstlich. Zartes Rinderfilet, das im Mund zerfiel.

„Schmeckt es Dir?" wollte Michael wissen.

„Ja, Herr. Es ist sehr gut." erwiderte Greta und lächelte zurück, um dann zögernd hinzuzufügen: „Darf ich noch etwas bekommen?"

Er nickte ihr zu.

Jetzt nahm er eine Kartoffel und legte sie ihr in den Mund.

Sie sah ihn an, während sie langsam kaute. Sah ihm in seine wunderschönen Augen, in denen sie sich verlor.

Er hatte so lange, dunkle Wimpern. Wie konnte nur ein Mann so gut aussehen?

Fast vergaß sie das Kauen.

Als sie schluckte, auch die Kartoffel war einfach lecker gewesen, senkte sie ihren Blick wieder.

Er fragte sie, ob sie noch etwas Gemüse wollte.

Was sie bejahte.

So fütterte er sie mit den Leckereien seines Tellers, bis sie satt war.

„Auch etwas Wein?" fragte er sie dann.

Wein?

Sie hatte schon lange keinen Alkohol zu sich genommen. Warum auch? Er machte sie trunken. Allein durch seine Anwesenheit.

So schüttelte sie den Kopf und sagte zögernd: „Ich würde lieber nicht, Herr. Wenn Ihr es erlaubt…"

„Auch gut, Greta. Du musst keinen trinken." sagte Michael ruhig. „Dann Wasser? Du musst auch etwas trinken."

Greta nickte.

Er führte sein Wasserglas an ihre Lippen und goss das kühle Nass in ihren Mund. Als ein Tropfen daneben glitt, nahm er ihn mit dem Zeigefinger seiner anderen Hand fort. Zärtlich.

Greta vergaß in dem Moment alles um sich herum.

Er war ihr Herr. Niemals würde sie ihn verlassen.

Dann stellte Michael das Wasserglas auf den Tisch und wandte sich Roman zu.

Greta setzte sich zurück auf den Boden. Innerlich schon wieder voller Begierde. Auf ihn. Aber sie hatte sich zu gedulden.

Die beiden Männer unterhielten sich angeregt.

Um sich abzulenken, blickte Greta kurz zu Vincent hin.

Der kniete immer noch im Halbdunkel neben der Tür.

Mit seinen Händen schien er plötzlich in seine Hose zu greifen.

Greta konnte es nicht richtig sehen.

Versuchte er etwa, sich hier im Esszimmer, einen runterzuholen?

Greta war entsetzt.

Sie versuchte, genauer hinzuschauen.

Ja, Vincent griff in seine Hose, während er kniete.

Holte etwas hinaus.

Hob seinen Kopf.

Grinste.

Hob seine Hände, die immer noch gefesselt waren.

In Richtung auf Michael.

Und in Sekundenbruchteilen erkannte Greta plötzlich, was er in der Hand hielt.

Ein Blitz erschien.

„Nein!" schrie Greta und sprang auf.

Stellte sich vor ihren Herrn.

Schützend.

Ohne nachzudenken.

Als die Kugel sie traf, spürte sie zuerst keinen Schmerz, nur einen dumpfen Stoß.

Sie hörte Michaels entsetzten Ruf nach ihr: „Oh mein Gott! Greta!"

Hörte Roman „Verdammtes Schwein! Ich habe es gewusst!" schreien und aufstehen.

Dann durchfuhr ein infernaler Schmerz ihren Körper und ihr wurde schwarz vor Augen.

Die Welt versank in totale Dunkelheit.

— * —

Als sie wieder aufwachte, lag sie in einem Krankenhausbett.

In einem Einzelzimmer, es war sonst kein anderes Bett darin, aber sie war eindeutig in einem Krankenhaus.

Vorsichtig spürte sie in ihren Körper.

Irgendetwas war anders.

Gut, sie hatte einen Verband um, hatte Schmerzen im Brustbereich.

„Kein Wunder." dachte sie, erstaunlich ruhig. „Auf Dich ist geschossen worden."

Aber da war etwas anderes, das ihr Angst bereitete.

Sie trug kein Halsband, keine Leine, keine Piercingringe mehr, alles war entfernt worden. Alles.

„Nein…" dachte Greta, während sie immer noch versuchte, richtig wach zu werden. „Nein! Bitte nicht….bitte…"

Sie schloss kurz ihre Augen. Versuchte, sich zu beruhigen.

Das war bestimmt nur gemacht worden, weil man sie ins Krankenhaus gebracht hatte. Bestimmt.

Bis sie eine freundliche Stimme hörte: „Frau Schneider? Sind Sie wach?"

Vorsichtig öffnete Greta ihre Augen wieder.

Vor ihr stand eine Krankenschwester.

„Ah! Gut!" meinte diese. „Wir hatten uns schon Sorgen gemacht. Aber jetzt haben Sie das Schlimmste überstanden. Haben Sie Hunger?"

Greta nickte zögernd.

„Ich hole sofort etwas. Nur einen Moment."

Schon war die Krankenschwester weg.

Kam aber kurz darauf mit einem Tablett herein, das sie auf dem Tisch neben dem Bett abstellte.

Sie half Greta, sich aufzusetzen, drehte die Tischablage hinüber und legte dann das Tablett darauf.

Der Duft des Essens waberte durch den Raum.

Sie hatte ihr eine Schüssel mit Hühnersuppe gebracht.

Aber Greta hatte keinen richtigen Hunger. Sie merkte jetzt erst, wie weh die Schusswunde tat.

„Wo bin ich?" fragte sie stattdessen.

„Im St. Elisabeth Krankenhaus." war die Antwort.

Greta zuckte zusammen.

Das konnte doch unmöglich sein.

In ihrem alten Wohnort gab es so ein Krankenhaus.

War sie wieder dort?

„Essen Sie, Frau Schneider!" sagte die Krankenschwester jetzt freundlich. „Sie müssen doch wieder zu Kräften kommen."

„Ich habe keinen Hunger." meinte Greta nur.

Wo war ihr Herr?

Warum lag sie in einem normalen Krankenhaus?

„Ach ja, Frau Schneider…" ließ sich da die Schwester wieder hören. Sie griff in die Tasche ihres Kittels und holte einen Brief heraus, den sie Greta überreichte: „Für Sie!"

Dann ging sie.

Greta sah den Brief an.

Er war nicht beschriftet. Keine Adresse, kein Absender. Nichts.

Mühsam setzte sich Greta etwas anders hin.

Die Schusswunde schmerzte, obwohl sie, wie sie jetzt registrierte, durch einen Tropf Schmerzmittel bekam.

Dann öffnete sie voller Angst den Brief.

Er war von ihm:

Greta, ich danke Dir, dass Du mein Leben gerettet hast, indem Du die Kugel, die mein Bruder mir zugedacht hatte, abgefangen hast.

Umso mehr tut es mir leid, Dir diesen Brief schreiben zu müssen. Ich hoffe, Du wirst es irgendwann verstehen.

Aber ich muss Dich jetzt, nachdem Vincent Dich fast erschossen hätte, aus meinen Diensten entlassen.

Versuche nicht, zu mir zurückzugehen oder nach mir zu forschen. Es hätte keinen Zweck!

Mein letzter Befehl an Dich lautet: Kehre zurück in Dein altes Leben! Lebe lang und glücklich! Vergiss mich!

Du brauchst Dir keine Gedanken über Deine Versorgung machen. Eine meiner Firmen wird Dir bis zu Deinem Tod ein monatliches Gehalt überweisen, von dem Du gut leben kannst. Ich habe dafür gesorgt, dass Du eine ausreichend große Wohnung dein Eigen nennen kannst (den Schlüssel und die Adresse findest Du in Deiner Tasche), Du kannst auch Deinen alten Arbeitsplatz wieder antreten, wenn Du möchtest.

Glaub mir…Es ist besser so.

Um Vincent brauchst Du Dir auch keine Sorgen machen. Ich habe ihn endgültig aus der Familie verstoßen und ihn der Polizei

239

übergeben. Sollte er jemals wieder in Freiheit kommen, werde ich
ihn überwachen lassen. Er wird Dir nichts mehr antun können.
Michael

Greta las den Brief mehrere Male…ohne ihn wirklich
begreifen zu können.
Das konnte nicht sein.
Was hatte sie falsch gemacht?
Was?
Verzweifelt strich sie über den Brief, zärtlich…als könne
sie dadurch in Kontakt mit ihm treten.
„Bitte, Herr! Nein!" dachte sie immer wieder. Flüsterte
es…bis die Tränen kamen.
Doch sie versiegten schnell wieder.
Nur, um umso heftiger auszubrechen.
Ihre Tränen fielen auf das Blatt Papier, verschmolzen
mit seiner Schrift.
Es war das passiert, was sie am meisten gefürchtet hatte:
Er hatte sie fortgeschickt. Für immer.

— ＊ —

Drei Monate vergingen.
Greta lebte in der Wohnung, die er ihr geschenkt hatte.
Weil er es gewollt hatte.
Sie hatte ihre alte Arbeit wieder angefangen.
Weil er es gewollt hatte.
Sie lebte ihr altes Leben.
Weil er es gewollt hatte.
Nur glücklich, das war sie nicht.
Obwohl er es gewollt hatte.
Denn das schaffte sie nicht.
Nachts lag sie oft wach und las seinen Brief immer wie-
der.

Immer wieder.

Jedes Mal brach sie in Tränen aus.

Eigentlich hätte sie ihn wegwerfen müssen. Zerreißen, verbrennen, vernichten.

Aber sie konnte es nicht tun. Sie schaffte es nicht, war es doch das Einzige, das sie noch mit ihm verband.

Manchmal, am Wochenende, kniete sie vor ihrem Spiegel in der Wohnung nieder und rief ihn.

Als könnte er sie über den Spiegel sehen, so wie damals in ihrem Zimmer auf seinem Anwesen.

Es kam natürlich nie eine Antwort und meist lag sie dann irgendwann schluchzend wie ein Fötus am Boden.

Dort schlief sie dann ein.

Wachte auf mit Kopfschmerzen.

Ohne Hoffnung.

Ihre Wohnung war groß und im besten Viertel ihrer Stadt, aber Greta genoss es nicht.

Sie vermisste ihn.

Sein Anwesen.

Seine Stimme.

Seine Augen.

Seine Berührungen.

Seine Seile.

Seine Schläge.

Anfangs hatte sie noch, entgegen seiner Anweisung, ihren Kontakt aufgesucht, der sie damals zu ihm vermittelt hatte.

Aber dieser hatte ihr schnell klargemacht, dass sie eine persona non grata geworden war. Ohne Chance, jemals wieder auch nur in die Nähe von ihm zu kommen.

Warum?

Warum hatte er sie fortgeschickt?

Sie fand keine Antwort.

Zerbrach fast daran.

Lebte aber weiter, weil er es so gewollt hatte.

Dann, nach den drei Monaten, klingelte es an ihrer Tür.

Sie war gerade von einem anstrengenden Arbeitstag zurück gekommen.

Nun liebte sie anstrengende Arbeitstage, war sie danach doch zu kaputt, um noch trauern zu können.

Es war draußen schon dunkel.

Wer kam jetzt noch zu ihr?

Sie öffnete, ohne groß nachzudenken.

Vor der Tür stand jedoch niemand.

Nur ein kleines Päckchen lag auf der Fußmatte.

„Hallo?" rief sie in den Flur.

Aber weit und breit war niemand zu sehen.

Irritiert nahm sie das Päckchen auf, nahm es mit hinein.

„Komisch." dachte sie.

Wer machte denn so etwas?

Sie betrachtete das Päckchen.

Es war ohne Absender, ohne Adresse, ganz schlicht weiß.

Drinnen öffnete sie es.

Keuchte auf, als sie sah, was drinnen lag: Zwei Piercingschmuckstücke für die Brüste und zwei für den Intimbereich. Besondere, teure Stücke, wie sie auf den ersten Blick sah.

Das konnte unmöglich sein.

Wer wusste davon?

Sie hatte ihre Neigung immer geheim gehalten. Auf der Arbeitsstelle ein Sabbatjahr genommen, als sie sich ihm verpflichtet hatte.

Sie hatte auch niemandem erzählt, dass sie nun gepierct war. Wenn auch nach seinem Fortschicken nur noch mit schlichtem, unauffälligem Schmuck, damit nichts zuwuchs.

Ihr ganzer Körper zitterte, als sie das Päckchen sorgfältig untersuchte.

Aber da war sonst nichts. Nur der Schmuck.

Ob er…?

Greta schüttelte den Kopf.

Nein. Nicht er. Niemals mehr er.

„Vergiss ihn doch endlich!" sagte sie wütend zu sich.

Sie nahm das Päckchen und ging in die Küche, zu den Mülleimern.

Es konnte nur ein schlechter Scherz sein.

Lieber gleich wegwerfen als einen weiteren Gedanken daran zu verschwenden.

Da klingelte es wieder.

Sie legte das Päckchen auf den Küchentisch und ging erneut zur Tür.

„Egal, wer da jetzt steht, der kann was von mir hören!" dachte sie erbost, aber wieder lag nur ein Päckchen auf der Fußmatte, diesmal etwas größer.

Greta schaute sich um.

Immer noch war niemand zu sehen.

Auch dieses Päckchen nahm sie hinein.

Diesmal öffnete sie das Päckchen mit noch größerer Aufregung.

Sie ahnte zwar, was darin sein könnte, aber ihre Augen wurden feucht, als sie es sah: Ihr Halsband mit der Leine.

Es war eindeutig das, was sie damals getragen hatte. Es roch nach ihm, nach seinem Anwesen.

Schluchzend vor Freude führte sie es an die Wange.

Endlich hatte sie es wieder.

Aber jetzt war es klar: Nur er konnte es ihr geschickt haben.

„Danke, Herr." dachte sie.

Wenigstens diese Nacht würde sie endlich besser schlafen.

So konnte sie sich wenigstens vorstellen, bei ihm zu
sein.

Aber warum?

Warum hatte er das getan?

Nach drei Monaten?

Da klingelte es ein drittes Mal an der Tür.

— ✳ —

Diesmal lag nur ein Brief für sie da.

Ohne Absender, ohne Anschrift.

Greta wurde schlecht. Der letzte Brief dieser Art war
sein Abschied gewesen.

Was hatte er ihr jetzt geschrieben?

Zitternd nahm sie ihn in die Hand.

„Du musst es tun!" sagte sie zu sich selbst. „Egal, was
drin steht. Du musst ihn lesen."

Aber dann saß sie nur im Wohnzimmer, hielt ihn in
ihren Händen und starrte darauf.

Auf dem Tisch vor ihr lagen der Piercingschmuck und
ihre Leine mit dem Halsband.

Schließlich gab sie sich aber doch einen Ruck und riss
den Brief auf.

Es stand nicht viel drin.

22 Uhr

Darunter ein verschlungenes M.

Mehr nicht.

Greta wurde nun richtig schlecht. Der Brief fiel ihr aus
den Händen.

Er wollte hierher kommen.

244

In ihre Wohnung.

Michael.

Er hatte sie doch nicht vergessen.

Aber warum hatte er ihr das angetan?

Sie fortgeschickt?

Sich nie wieder bei ihr gemeldet?

Wie spät war es überhaupt?

Greta sah entsetzt auf die Uhr: Es war genau 21 Uhr.

Nur noch eine Stunde. Eine einzige Stunde.

Was sollte sie jetzt machen?

Sie war nur froh, dass sie ein ordentlicher Mensch war.

So musste sie nicht allzuviel aufräumen.

Aber was dann?

Sie duschte ausgiebig. Wusch ihr Haar und föhnte es,
bis es wunderschön und voller Volumen fiel.

Dann nahm sie den Schmuck, legte ihn an.

Erstaunt darüber, dass es so leicht ging. Ihr gefiel.

Das Halsband schmiegte sich kurz darauf auch wieder
um ihren Hals. Welch wohliges, bekanntes und zu lang
vermisstes Gefühl.

Dann zog sie sich jedoch noch richtig an, oben mit
einem weiten Rollkragenpullover, der das Halsband
vollständig verdeckte.

Darüber einen Blazer, so dass sich auch die Leine nicht
mehr unter dem Pulli abzeichnete.

Noch ein Tuch.

Ja, jetzt sah sie wirklich nicht so aus, als trüge sie irgendetwas von dem, was er ihr vor die Tür gelegt hatte.

Es war viertel vor zehn, als sie sich wieder auf das Sofa
im Wohnzimmer setzte und wartete.

Voller Aufregung. Voller Angst. Voller Zweifel.

Es wurde die längste Viertelstunde ihres Lebens.

Um 22 Uhr klingelte es dann tatsächlich.

Sollte sie ihm öffnen?

Obwohl er sie so sehr verletzt hatte?

Unsicher ging Greta jedoch zur Tür und öffnete. Sie konnte nicht anders.

Sie wollte endlich wissen, warum.

Er stand tatsächlich da. Unglaublich gut aussehend in einem Anzug.

Ihre Beine sackten fast weg, als sie ihn sah.

„Darf ich reinkommen?" fragte er nur und fügte hinzu: „...Sarah?"

„Bitte." murmelte Greta, deren Herz einen Stich bekam, als er ihren richtigen Namen nannte. Sie wollte das nicht. Für ihn wollte sie Greta sein. Nur Greta.

Sie öffnete die Tür etwas weiter.

Wie sie sich danach sehnte, vor ihm niederknien zu dürfen...

Aber sie waren jetzt nicht auf seinem Anwesen. Er hatte sie entlassen. Sie mit ihrem echten Namen angesprochen.

Er lächelte sie an und betrat die Wohnung.

Warum musste er sie so anlächeln?

Es war immer noch das schönste Lächeln der Welt.

Sie zog die Tür hinter ihm zu.

„Nimm Platz." sagte sie so ruhig, wie es ihr möglich war. Sie wagte nicht, seinen Namen auszusprechen.

„Danke." erwiderte er, bevor er sich auf das Sofa setzte.

Greta setzte sich auf den Sessel ihm gegenüber mit verschränkten Händen.

„Bitte verletze mich nicht wieder..." dachte sie nur und sah ihn an. Sie sagte nichts.

„Ich dachte eigentlich, Du hast...nun ja...etwas anderes an." sagte Michael, immer noch lächelnd.

Er zeigte dabei zwar keinerlei Unruhe, aber Greta sah in seinen Augen, dass ihm die Situation Unbehagen bereitete.

„Was willst Du wirklich hier?" fragte sie sich.
Immer noch sagte sie nichts, sah ihn nur an... traurig, flehend, erwartungsvoll.

— * —

Er blickte sie ebenfalls an und wurde dann ernst.
Leise erklärte er: „Es tut mir leid, Sarah. Alles. Es war nicht richtig von mir, was ich getan habe. Als Du angeschossen wurdest, von meinem eigenen Bruder, der mich umbringen wollte, merkte ich nur, ...dass Du mir zu viel bedeutest. So hatte ich vorher noch nie empfunden."
Ein heißer Schauer durchfuhr Greta.
Was wollte er ihr sagen?
„Sprich weiter!" dachte sie.
Sie entgegnete aber nichts.
Wartete.
Er atmete einmal tief durch und fuhr dann fort: „Roman hatte mich vorher schon gewarnt. Du seist gefährlich für mich."
Dann lächelte er erneut: „Ich habe ihm nicht geglaubt. Aber Roman hatte vollkommen Recht. Du bist gefährlich. Ich habe Dich fortgeschickt, weil ich es endlich auch merkte, als Du blutend in meinem Armen ohnmächtig wurdest. Es war für mich, als würde mein gesamtes Leben ins Dunkel getaucht. Als habe jemand einen Dolch in mein Herz gestoßen und dann umgedreht. Aber ich wollte dieses Gefühl nicht zulassen. Ich war immer unabhängig und frei, wollte mich nie binden. Hoffte, es würde alles so werden wie früher, wenn Du erst einmal fort bist."
Sein Gesicht verzog sich plötzlich zu einem verlegenen Grinsen. Er sah nun fast wie ein kleiner Junge aus, als er

247

meinte: „Ich weiß, ich habe mich wie ein Arschloch verhalten. Das ist sonst nicht meine Art. So einfach nur einen Brief zu hinterlassen und mich dann nie wieder zu melden. Das musst Du mir glauben. Aber ich hoffte, ich könne Dir alles etwas einfacher machen, wenn Du wenigstens finanziell unabhängig bist. Deswegen die Wohnung und die Apanage. Nur…Dein Gesicht verfolgt mich seitdem. Es wurde nichts mehr wie früher. Gar nichts. Anna hat mich auch richtig fertig gemacht. Das kann sie sehr gut, wenn sie will."

Er machte eine Pause.

Greta schwieg weiter.

Was sollte sie auch dazu sagen?

Er hatte sie zutiefst verletzt…aber immer noch begehrte sie ihn mehr als irgendetwas anderes auf der Welt.

Da meinte er betreten: „Bitte mach es mir doch nicht so schwer…Kannst Du nicht auch einmal etwas sagen?"

Sollte sie ihn wirklich erlösen? Etwas erwidern?

Oh mein Gott…warum sah er nur so gut aus, roch so gut?

„Du hast mir immer noch nicht gesagt, was Du willst." erwiderte Greta nun leise. „Oder wolltest Du Dich nur entschuldigen?"

Das war alles.

Ihre Wangen glühten.

Würde er das sagen, was sie sich mehr als alles andere auf der Welt immer noch wünschte?

„Du willst wirklich hören, was der Grund ist, weswegen ich hier bin? Weißt Du es denn nicht schon?" fragte er leise.

„Sag es mir. Bitte." erklärte sie. Ihre Hände zitterten.

„Ich möchte es aus Deinem Mund hören."

Sie sah nun förmlich, wie er sich einen Ruck gab.

Dann stand er vom Sofa auf, kniete neben ihr nieder, sah ihr in die Augen und sagte: „Ich hoffe, Du kannst mir verzeihen. Komm zu mir zurück und empfange dann mein Zeichen. Ich will Dich. Nur Dich."

So wartete er.

Auf ihre Antwort.

Er hatte es tatsächlich gesagt.

Eine Last fiel von Greta ab.

Ein Gefühl von Erleichterung machte sich breit in ihr.

Sie konnte doch noch glücklich werden.

Mit ihm. Ihrem Herrn.

„Bitte steh auf." flüsterte sie.

Er erhob sich sofort, sah sie jedoch weiter an, jetzt traurig, weil er erwartete, sie würde ablehnen.

Doch Greta lächelte.

So stand sie auf und zog sich aus.

Ruhig, langsam, sorgfältig.

Er blickte sie dabei an und ein glückliches Lächeln erschien auf seinem Gesicht, als er sah, was sie untendrunter trug.

Dann, als sie nackt war, nur noch seine Schmuckstücke und das Halsband mit der Leine trug, kniete sie vor ihm nieder und hielt ihm mit gesenktem Kopf das Ende empor.

„Bringt mich nach Hause, Herr. Ich bin Greta, Eure Sklavin."

-ENDE-